在雨地里穿行

刘庆邦/著

在 雨 地 里 穿 行

图书在版编目（CIP）数据

在雨地里穿行 / 刘庆邦著. -- 天津：百花文艺出版社，2010.11
ISBN 978-7-5306-5720-1

Ⅰ. ①在… Ⅱ. ①刘… Ⅲ. ①散文–作品集–中国–当代 Ⅳ. ①I267

中国版本图书馆CIP数据核字（2010）第195041号

百花文艺出版社出版发行
地址:天津市和平区西康路35号
邮编:300051
e-mail:bhpubl@public.tpt.tj.cn
http://www.bhpubl.com.cn
发行部电话: (022)23332651 邮购部电话: (022)27695043
全国新华书店经销
天津午阳印刷有限公司印刷
*
开本787×1092毫米 1/16 印张 16.25 插页2 字数241千字
2010年11月第1版 2010年11月第1次印刷
印数：1-4000 册 定价：31.00 元

目 录

辑一 将心比心

辑二 异域感怀

辑三 心底情景

辑四 创作随想

辑五　骨肉亲情

辑六　序言精粹

我看散文

(自序)

谈散文我有些为难。若谈在地里种庄稼,或在地底下挖煤,我都不至于太离谱。这些行当我都干过多年,有一些比较成熟的经验。谈散文就不同了,我写散文不太多,怕谈不好。当然,我读过不少散文,自己认为好的散文也能举出几篇,如沈从文的《湘行散记》,史铁生的《我与地坛》等。鲁迅先生的《社戏》也应该是散文。这些散文让人走神,能把人的心魂带到很远的地方,让人想唱想哭。再读还是觉得好。

朋友们可能注意到了,我以上举出的几篇散文的作者,他们都是小说家,也就是说,他们的散文是小说家写的散文。作为小说家,他们每人都有不少优秀小说问世。可他们的优秀散文和优秀小说比起来,就显得少多了。这是为什么?我觉得这个问题值得深究。我曾经应朋友之命,写过一篇《逃不过散文》的短文,文中认为:“作者写小说,可以写得云山雾罩,扑朔迷离。人们看完一篇小说,可能连作者的影子也抓不到。散文就不同了,作者交出一篇散文,同时把作者心灵的缰绳也交了出去。人们看罢一篇散文,等于顺便也把作者牵出来遛了一遭。换个比方,作者是一只兔子,各种文体是一道道网,兔子逃过了小说,逃过了报告文学,逃过了……可一到散文这道网前,就逃不脱了。”

小说是小说,散文是散文,两者不可混为一谈。据说早年间这两者是不分的,可现在分工比较明确了,就应该各说各的。也听见有人称某篇小说为散文化小说，但毕竟还是小说，不是散文。

小说和散文的区别，我想是不是可以这么看，小说是虚构，散文是纪实；小说是创造有头有尾的故事，散文是老老实实地讲述自己生活的一些片断；小说主要靠想象力，散文主要讲究实感和亲历；小说中的人物是他人，散文中的人物主要是自己；小说可以批量生产，散文不可多得等等。

写小说时，我们凭借自己拥有的经验或听来的故事，在想象的天地里左冲右突。想象力不时地欺骗着我们，有时把我们折磨得很痛苦，有时又使我们觉得很痛快。过后翻看自己的作品，禁不住对有的地方暗自称妙，怀疑是不是自己想出来的，不知当时是怎么想出来的。如果世界上没有散文这种形式，我们觉得只写小说就够了。可是偏偏还有散文。散文也是一个舞台，它构成了对写家的诱惑，也构成了对写家的逼迫，有时难免到这个舞台上露一露。按照自己对散文的理解，我把在小说舞台上的操练比作演戏，那么，在散文舞台上，我就卸去所有的戏装，什么也不表演，只在台上亮一亮相，以此告诉人们：这是我。这种亮相可能会彻底暴露自己，会搭上“血本”，所以这种机会总是很少。一个人的生命是短暂的，大多数人的经验也很平凡，没有多少可以写入散文中的事。

我赞成张炜的说法：写散文不能“专门”化，它应该是情感被逼到尽头时的一次吐露。天天被逼到尽头，专门倾吐，这不可能。

刘庆邦

2010年7月10日于北京和平里

辑一　将心比心

王安忆写作的秘诀

至少在两个笔记本的第一页，我都工工整整抄下了王安忆的同一段话，作为对自己写作生活的鞭策和激励。这段话并不长，却有着丰富的内容，且坦诚得让人心悦诚服。我看过王安忆许多创作谈，单单把这段话挑了出来。如果一个作家的写作真有什么秘诀的话，我愿把这段话视为王安忆写作的秘诀。王安忆是这么说的："写小说就是这样，一桩东西存在不存在，似乎就取决于是不是能够坐下来，拿起笔，在空白的笔记本上写下一行一行字，然后第二天，第三天，再接着上一日所写的，继续一行一行写下去，夜以继日。要是有一点动摇和犹疑，一切将不复存在。现在，我终于坚持到底，使它从悬虚中显现，肯定，它存在了。"

这段话是王安忆的长篇小说《遍地枭雄》后记中的一段话，我以为这也是她对自己所有写作生活的一种概括性自我描述。通过她的描述，我们知道了她是怎样抓住时间的，看到了她意志的力量，坚忍不拔的持续性，对想象和创造坚定的自信，以及使创造物实现从无到有的整个过程。她的描述形象，生动。在她的描述里，我仿佛看到了她伏案写作的身影。为了不打扰她的写作，我们最好不要从正面观察她。只看她的侧影和背影，我们就可以猜出她可能坐了一上午，知道了她的写作是多么有耐心，是多么专注。看到王安忆的描述，我不由想起自己在老家农村锄地和在煤矿井下开掘巷道的情景。每锄一块地，当望着长满禾苗和野草的大面积的土地时，我都有些发愁，锄板长不盈尺，土地一望无际，什么时候才能把一块地锄完呢？没办法，我们只能顶着烈日，挥洒着汗水，一锄挨一锄往前锄。锄了一天又一天，我们终于把一大块地锄完了。在地层深处开掘巷道也是如此。煤矿的术语是把掘进的进度说成进尺，按图纸上的设计，一条巷道长达数百米，甚至逾千米，而我们每天所能完成的进尺不过两三米。其间还有可能面临水、火、瓦斯、地压和冒顶的威胁，不知要战胜多少艰难险阻。就这样，我们硬是在无路可走的地方开掘出一条条通道，在几百米深的地下建起一座座巷道纵横的不夜城。之所以联想起锄地和打巷道，我是觉得王安忆的写作和我们干活有类似之处，都是一种劳动。只不过，王安忆进行的是脑力劳动，我们则是体力劳动。哪一种劳动都不是闹着玩儿的，做起来都不轻松。还有，哪一种劳动都带有不同程度的强制性。我们的强制来自外部，是别人强制我们。王安忆的强制来自内部，是自觉的自己强制自己。我把王安忆的这段话说成是她写作的秘诀，后来我在她的一次访谈中得到证实。当时王安忆说："我写作的秘诀只有一个，就是勤奋的劳动。"她所说的秘诀并不是我所抄录的一段话，但我固执地认为它们的意思是一样的，不过前者是详细版，后者是简化版而已。很多作家否认自己有什么写作的秘诀，好像一提秘诀就有些可笑似的。王安忆不但承认自己有写作的秘诀，还把秘诀公开说了出来。在她看来，这没什么好保密的，谁愿意要，只管拿去就是了。的确，这样的秘诀够人实践一辈子的。

2006年底，中国作家协会召开第七次作代会期间，我和王安忆住在同一个饭店，她住楼下，我住楼上。我到她住的房间找她说话，告辞时，她问我晚上回家不回，要是回家的话，给她捎点稿纸来。她说现在很多人都不用手写东西了，找点稿纸挺难的。我说会上人来人往的这么乱，你难道还要写东西吗？她说给报纸写一点短稿。又说晚上没什么事，电视又没什么可看的，不写点东西干什么呢！我说正好我带来的有稿纸。我当即跑到楼上，把一本稿纸拿下来，分给她一多半。一本稿纸是一百页，一页有三百个方格，我分给她六七十页，足够她在会议期间写东西了。有人说写作所需要的条件最简单，有笔有纸就行了。笔和纸当然需要，但一个最重要的条件往往被人们忽略了，这个条件就是时间。据说任何商品的价值都是时间的价值，价值量的大小取决于生产这一商品所需的社会必要的劳动时间的多少。时间是写作生活的最大依赖，写作的过程就是时间不断积累的过程，时间的成本是每一个写作者不得不投入的最昂贵的成本。每个人的生命在某种意义上说就是一个活的容器,这个容器里盛的不是别的东西,就是一定的时间量。一个人如果任凭时间跑冒滴漏,不能有效的抓住时间,就等于抓不住自己的生命,将一事无成。王安忆深知时间的宝贵,她就是这样抓住时间的。安忆既有抓住时间的自觉性,又有抓住时间的能力。和安忆相比,我就不行。我带了稿纸到会上,也准备写点东西,结果只是做做样子,在会议期间,我一个字都没写。一下子从全国各地来了那么多作家朋友,我又要和人聊天,又要喝酒,喝了酒有时候还要打牌,一打打到凌晨两三点,哪里还有什么时间和精力写东西!我挡不住外部生活的诱惑,还缺乏必要的定力。而王安忆认为写作是诉诸内心的,她不喜欢和人打交道,她看待内心的生活胜于外部的生活。王安忆几乎每天都在写作,一天都不停止。她写了长的写短的,写了小说写散文、杂文随笔。她不让自己的手空下来,把每天写东西当成一种训练,不写,她会觉得手硬。她在家里写,在会议期间写,更让我感到惊奇的是,她说她在乘坐飞机时照样写东西。对一般旅客来说,在飞机上那么一个悬空的地方,那么一个狭小的空间,能看看报看看书就算不错了,可王安忆在天上飞时竟然也能写东西,足见她对时间的缰绳抓得有多么紧,足见她对写作有多么的痴迷。

有人把作家的创作看得很神秘,王安忆说不,她说作家也是普通人,作家的创作没什么神秘的,就是劳动,日复一日的劳动,大量的劳动,和工人做工、农民种田是一样的道理。她认为不必过多的强调才能、灵感和别的什么,那些都是前提,即使具备了那些前提,也不一定能成为好的作家,要成为一个好的作家,必须付出大量艰苦的劳动。在我看来,安忆铺展在面前的稿纸就是一块土地,她手中的笔就是劳动的工具,每一个字都是一棵秧苗,她弯着腰,低着头,一棵接一棵把秧苗安插下去。待插到地边,她才直起腰来,整理一下头发。望着大片的秧苗,她才面露微笑,说:嗬,插了这么多!或者说每一个汉字都是一粒种子,她把挑选出来的合适的种子一粒接一粒种到土里去,从春种到夏,从夏种到秋。种子发芽了,开花了,结果了。回过头一看,她不禁有些惊喜。惊喜之余,她有时也有些怀疑,这么多果实都是她种出来的吗?当仔细检阅之后,证实确实是她的劳动成果,于是她开始收获。安忆不知疲倦地注视着那些汉字,久而久之,那些汉字似乎也注视着她,与她相熟相知,并形成了交流。好比一个人长久地注视着一块石头，那块石头好像也会注视她。仅有劳动还不够，王安忆对劳动的态度也十分在意。她说有些作家，虽然也在劳动，但劳动的态度不太端正，不是好好地劳动。她举例说，有些偷懒的作家，将生活中的东西直接搬入作品，给人的感觉是连筛子都没筛过。如同一个诚实的农民在锄地时不能容忍有“猫盖屎”的行为，王安忆不能容忍马马虎虎，投机取巧，偷工减料，得过且过。她是勤勤恳恳，老老实实，一丝不苟。如果写了一个不太好的句子，她会很懊恼，一定要把句子理顺了，写好了，才罢休。

王安忆自称是一个文学劳动者，同时，她又说她是一个写作的匠人，她的劳动是匠人式的劳动。因为对作品的评论有雕琢和匠气的说法，作家们一般不愿承认自己是一个匠人，但王安忆勇于承认。她认为艺术家都是工匠，都是做活。千万不要觉得工匠有贬低的意思。类似的说法我听刘恒也说到过。刘恒说得更具体，他说他像一个木匠一样，他的写作也像木匠在干活。从劳动到匠人的劳动，这就使问题进了一步，值得我们深入探究。在我们老家，种地的人不能称之为匠人，只有木匠、石匠、锔匠、画匠等有手艺的才有资格称匠。一旦称匠，我们那里的人就把匠人称为“老师儿”。“老师儿”都是“一招鲜，吃遍天”的人，他们的劳动是技术性的劳动。让一个只会种地的农民在板箱上作画，他无论如何都画不成景。请来一个画匠呢，他可以把喜鹊噪梅画得栩栩如生。王安忆也掌握了一门技术，她的技术是写作的技术，她的劳动同样是技术性的劳动。从技术层面上讲，王安忆的劳动和所有匠人的劳动是对应的。这是第一点。第二点，一个石匠要把一块石头变成一盘磨，不可能靠突击，不可能在短时间内完工。他要一手持锤，一手持凿子，一凿子接一凿子往石头上凿。凿得有些累了，他停下来吸颗烟，或喝口水，再接着凿。他凿出来的节奏是匀速，丁丁丁丁，像音乐一样动听。我读王安忆的小说就是这样的感觉，她的叙述如同引领我们往一座风景秀美的山峰攀登，不急不缓，不慌不忙，不跳跃，不疲倦，不气喘，扎扎实实，一步一步往上攀。我们偶尔会停一下，绝不是不想攀了，而是舍不得眼前的秀美风光，要把风光仔细领略一下。随着各种不同的景观不断展开，我们攀登的兴趣也越来越高。当我们登上一台阶，又一个台阶，终于登上她所建造的诗一样的小说山峰，我们得到了极大的精神满足。第三点，匠人的劳动是有构思的劳动，在动手之前就有了规划。比如一个木匠要把一块木头做成一架纺车，他看木头就不再是木头，而是看成了纺车，哪儿适合做翅子，哪儿适合做车轴，哪儿适合做摇把，他心中已经有了安排。他的一斧子一锯，都是奔心中的纺车而去。王安忆写每篇小说，事先也有规划。除了小说的结构，甚至连一篇小说要写多长，大致写多少个字，她几乎都心中有数。第四点，匠人的劳动是缜密的、讲究逻辑的劳动，也是理性的劳动。一把椅子或一只箱子的约定俗成，对一个木匠来说有一定的规定性，他不能胡乱来，不可违背逻辑，更不可能把椅子做成箱子，或把箱子做成椅子。在王安忆对我的一篇小说的分析里，我第一次看到了逻辑的动力的说法，第一次听说写小说还要讲究逻辑。此后，我又多次在她的文章里看到她对逻辑重要性的强调。在那次访谈中，她肯定地说："生活的逻辑是很强大严密的，你必须掌握了逻辑才可能表现生活的演进。逻辑是很重要的，做起来很辛苦，做起来真的很辛苦。为什么要这样写，而不是那样写？事情为什么这样发生，而不是那样发生？你要不断问自己为什么，这是很严格的事情，这就是小说的想象力，它必须遵守生活的纪律，按着纪律推进，推到多远就看你的想象力的能量。"

以上四点，我试图用王安忆的劳动和作品阐释一下她的观点。其实这些都不重要。重要的问题在于，工匠的劳动是不是保守的？机械的？死板的？墨守成规的？会不会影响感性的鲜活，情感的参与，灵感的暴发，无意识的发挥？一句话，工匠式的劳动是不是会拒绝神来之笔？我的看法是，一切创造都是从劳动中得来的，不劳动什么都没有。换句话说，写就是一切，只有在写的过程中，我们才会激活记忆，调动感情，启发灵感。只有在有意识的追求中，无意识的东西才会乘风而来。所谓神来之笔，都是艰苦劳动的结果，积之在平日，得之在俄顷。工匠式的劳动无非是把劳动提高了一个等级，它强调了劳动的技术性，操作性，审美性，严肃性，专业性和持恒性。这种劳动方式不但不保守，不机械，不死板，不墨守成规，恰恰是为了打破这些东西。王安忆的大量情感饱满、飞扬灵动的作品，证明着我的看法不是瞎说。

但有些事情我不能明白，安忆她凭什么那么能吃苦？如果说我能吃点苦，这比较容易理解。我生在贫苦家庭，从小缺吃少穿，三年困难时期饿成了大头细脖子。长大成人后又种过地，打过石头，挖过煤，经历了很多艰难

困苦。我打下了受苦的底子，写作之苦对我来说不算什么苦。如果我为写作的事叫苦，知道我底细的人一定会骂我烧包。而安忆生在城市，长在城市，父母都是国家干部，家里连保姆都有。应该说安忆从小的生活是优裕的，她至少不愁吃，不愁穿，还有书看。就算她到安徽农村插过一段时间队，她母亲给她带的还有钱，那也算不上吃苦吧。可安忆后来表现出来的吃苦精神不能不让我佩服。1993年春天，她要到北京写作，让我帮她租一间房子。那房子不算旧，居住所需的东西却缺东少西。没有椅子，我从我的办公室给她搬去一把椅子。窗子上没有窗帘，我把办公室的窗帘取下来，给她的窗子挂上。房间里有一只暖瓶，却没有瓶塞。我和她去商店问了好几个营业员，都没有买到瓶塞。她只好另买了一只暖瓶。我和妻子给她送去了锅碗瓢盆勺，还有大米和香油，她自己买了一些方便面，她的写作生活就开始了。屋里没有电视机，写作之余，她只能看看书，或到街上买一张隔天的《新民晚报》看看。屋里没有电话，那时移动电话尚未普及，她几乎中断了与外界的联系。安忆在北京有不少作家朋友，为了减少聚会，专心写作，她没有主动和朋友联系。她像是在“自讨苦吃”，或者说有意考验一下自己吃苦的能力。她说她就是想尝试一下独处的写作方式，看看这种写作方式的效果如何。她写啊写啊，有时连饭都忘了吃。中午，我偶尔给她送去一盒盒饭，她很快就把饭吃完了，吃完饭再接着写。她过的是饥一顿饱一顿的日子，我觉得她有些对不住自己。就这样，从四月中旬到六月初，在不到两个月的时间里，她写完了两部中篇小说。她之所以如此能吃苦，我还是从她的文章里找到了答案。安忆对自己的评价是一个喜欢写作的人。有评论家把她与别的作家比，她说她没有什么，她就是比别人对写作更喜欢一些。有人不是真正喜欢，也有人一开始喜欢，后来不喜欢了，而她，始终如一地喜欢。她说：“我感到我喜欢写，别的我就没觉得和他们有什么不同，就这点不同：写作是一种乐趣，我是从小就觉得写作是种乐趣，没有改变。”是不是可以这样说，写作是安忆的主要生活方式，她对写作的热爱和热情，是她的主要感情，同时，写作也是她获得幸福和快乐的主要源泉。安忆得到的快乐是想象和创造的快乐。一个世界本来不存在，经过她的想象和创造，平地起楼似的，就存在了，而且又是那么具体，那么真实，那么美好，由此她得到莫大的快乐和享受。与得到的快乐和享受相比，她受点儿苦就不算什么了。相反，受点儿苦仿佛增加了快乐的分量，使快乐有了更多的附加值。

每个人有每个人的创作习惯，安忆的习惯对她的写作并没有什么决定性的意义，我就不多说了。我只知道，她习惯在一个大的笔记本上密密麻麻地写作，在笔记本上写完了，再用方格纸抄下来，一边抄，一边润色。抄下来的稿子其实是她的第二稿。她写作不怎么熬夜，一般都是在上午写作。她觉得上午是她精力最充沛的时候，也是她才思最敏捷的时候。在整个上午，她又觉得从十一点到十二点左右这个时间段创作状态最好。她还有一个习惯，可能是她特有的，也极少为人所知。她写作时，习惯在旁边放一块小黑板，用粉笔在黑板上写下一些句子。在北京创作中篇小说《香港的情与爱》期间，我见她写下的其中一句话是"香港是个大邂逅"，这句话在黑板上保留了相当长一段时间，我不知用意何在。小黑板很难找，我问她为什么非要一个小黑板呢？她说没什么，每写一篇小说，她习惯在黑板上写几句提示性的话。习惯是不可以改变的，我只好想方设法尊重她的习惯。

王安忆这样热爱写作，那么我们假设一下，她不写会怎样？或者说不让她写了会怎样？1997年夏天，我和王安忆、刘恒我们三家一块儿去了一趟五台山，后来我一直想约他们两个到河南看看。王安忆没去过中岳嵩山的少林寺，也没看过洛阳的龙门石窟，她很想去看看。2008年9月中旬，我终于跟河南有关方面说好了，由他们负责接待我们。我给王安忆打电话时，她没在家，是她的先生李章接的电话。我说了请他们一块儿去河南，李章说："安忆刚从外地回来，她该写东西了。"李章又说："安忆跟你一样，不写东西不行。"我？我不写东西不行吗？我可比不上王安忆，我玩儿心大，人家一叫我外出采风，那个地方我又没去过，我就跟人家走了。我对李章说，我跟刘恒已经约好了，让李章好好跟安忆说说，还是一块儿去吧。我说我对安忆有承诺，如果她去不成河南，我的承诺就不能实现。李章说，等安忆一回来，他就跟她说。第二天我给安忆打电话，她到底还是放弃了河南之行。安忆是有主意的人，她一旦打定了主意，任何劝说都是无用的。为了写作，王安忆放弃了很多活动。不但在众多采风活动中看不到她的身影，就连她得了一些文学奖，她都不去参加颁奖会。2001年12月，王安忆刚当

选上海市作家协会主席时，她一时有些惶恐，甚至觉得当作协主席是一步险棋。她担心这一职务会占用她的时间，分散她的精力，影响她的写作。她确实看到了，一些同辈的作家当上这主席那主席后，作品数量大大减少，她认为这是一个教训。在发表就职演说时，她说她还要坚持写作，因为写作是她的第一生活，也是她比较能胜任的工作，假若没有写作，她这个人便没什么值得一提的了。当上作协主席的第一年，她抓时间抓得特别紧，写东西也比往年多，几乎有些拼命的意思。当成果证明当主席并没有耽误写作时，她似乎才松了一口气。我估计，王安忆每天给自己规定的有一定的写作任务，完成了任务，她就心情愉悦，看天天高，看云云淡，吃饭饭香，睡觉觉美。就觉得自己对得起自己，自己对自己有了交代，看电视就能够定下心来，看得进去。要是完不成任务呢，她会觉得很难受，诸事无心，自己就跟自己过不去。作为一个承担着一定社会义务的作家，王安忆有时难免会遇到这样的情况，她本打算坐下来写作，却被别的事情干扰了，这时她的心情会很糟糕，好像整个人生都虚度了一样。人说发展是硬道理，对王安忆来说，写作才是硬道理，不写作就没有道理。在我所看到的有限的对古今中外的作家介绍里，就对写作的热爱程度而言，王安忆有点像托尔斯泰。托尔斯泰把写作看成正常的状态，不写作就是非正常状态，就是平庸的状态。托尔斯泰在一则日记里提到，因为生病，他一星期没能写作。他骂自己无聊，懒惰，说一个精神高贵的人不容许自己这么长时间处于平庸状态。和我们中国的作家相比，就思想劳作的勤奋和强度而言，王安忆有点像鲁迅。鲁迅先生长期在上海写作，王安忆在上海写作的时间比鲁迅还要长，而且王安忆的写作还将继续下去。王安忆跟我说过，中国的作家，鲁迅的作品是最好的，她最爱读鲁迅。王安忆继承了鲁迅的刻苦，耐劳，也继承了鲁迅的思想精神。王安忆通过自己的思想劳作，不断发出与众不同的清醒的声音。写作是王安忆的第一需要，也是她生命的根基，如果不让她写作，那是不可想象的，所以我们还是不要做这样的假设为好。

写作是王安忆的精神运动，也是身体运动；是心理需要，也是生理需要。她说写作对人的身体有好处，经常写作就身体健康，血流通畅，神清气爽，连气色都好了。她说你看，经常写作的人很少患老年痴呆症的，而且多数比较长寿。否则的话，就心情焦躁，精神委顿，对身体不利。我不止一次听她说过，写作这个东西对体力也有要求，体力不好写作很难持久。她以苏童和迟子建为例，说他们之所以写得多，写得好，其中一个原因是他们的身体比较壮实，好像食量也比较大，精力旺盛，元气充沛。我很赞同安忆的说法，并且与她有着相同的体会。我想不论是精神运动，还是身体运动，其实都是血液的运动。写作时大脑需要氧气，而源源不断供给大脑氧气的就是血液。大脑需要的氧气多，运载氧气的血液就得多拉快跑，保证供应。血流加快了，等于促进了人体内的血液循环，对人的健康当然有好处。拿我自己来说，如果一时找不到好的写作入口，一时进入不到写作的状态，我就头昏脑涨，光想睡觉。一旦找到写作的题目，并进入了写作的状态，我的精神头就提起来了，心情马上就好了，看什么都觉得可爱。我跟我妻子说笑话："刘庆邦真是个苦命的人哪！"我妻子说："你要是觉得苦，你就别写了。"我说："那可不行！"

朋友们可能注意到了，我翻来覆去说的都是安忆的写作，写作，没有涉及她的作品，没有具体评论她的任何一篇小说。我的理论水平比较低，没有评论她作品的能力，这点儿自知之明我还是有的。一个高人评论一个低人的小说，一不小心就把低人的小说评高了。而一个低人评论一个高人的小说呢，哪怕费尽九牛二虎之力，所评仍然达不到高人的小说水平应有的高度。王安忆的小说都是心灵化的，她的小说故事都发生在心理的时间内，似乎已经脱离了尘世的时间。她在心灵深处走得又那么远，很少有人能跟得上她的步伐。别说是我了，连一些评论家都很少评论她的小说。在文坛，大家公认王安忆的小说越写越好，王安忆现在是真正的孤独，真正的曲高和寡。有一次朋友们聚会喝酒，莫言、刘震云、王朔纷纷跟王安忆开玩笑。王朔说："安忆，我们就不明白，你的小说为什么一直写得那么好呢？你把大家甩得太远了，连个比翼齐飞的都没有，你不觉得孤单吗？"王安忆有些不好意思，她说不不不。不知怎么又说到冰心，说冰心在文坛有不少干儿子。震云对王安忆说："安忆，等你成了安忆老人的时候，你的干儿子比冰心还要多。"我看王安忆更不好意思了，她笑着说："你们不要乱说，不要跟我开玩笑。"

写王安忆需要勇气。《钟山》杂志的副主编贾梦玮约我写王安忆，我说王安忆不好写，你别着急，容我好好想想。梦玮是春天向我约稿，直到秋天我才写出来。我一直对王安忆满怀敬意，我写得小心翼翼，希望每一句话都不致失礼。1993年，《当代作家评论》杂志的主编林建法也约我写过王安忆，我对王安忆说，我怕我写不好。王安忆说：“没事的，你写好了。”又说：“每个人写别人，其实就是写自己。”我想了想，才理解了安忆的话意。一个人对别人理解多少，就只能写多少，不可能超出自己的理解水平。如果有些地方写得还可以，说明我对安忆理解了。如果写得不好，说明我理解得还不够，接着理解就是了。

追求完美的刘恒

2009年，刘恒被评为全国第四届专业技术杰出人才。中国的作家很多,可据我所知,获得这种荣誉称号的,刘恒是作家中的第一位。北京市人才荟萃,而在这一届全国杰出人才评选中,刘恒是北京市唯一的一位当选者。《人民日报》在简要介绍刘恒的事迹时,有这么两句话:“刘恒长期保持了既扎实又丰产的创作态势,是中国当代作家中一位不可多得的、德才兼备的领军人物。”

我和刘恒是三十多年的朋友,自以为对他还算比较了解。既了解他的作品,也了解他的人品。我俩相识于二十世纪八十年代初期。一开始,他是《北京文学》的编辑,我是他的作者。经他的手,给我发了好几篇小说。被林斤澜说成“走上知名站台”的短篇小说《走窑汉》,就是刘恒为我编发的。后来我们越走越近,竟然从不同方向走到了一起,都成了北京作家协会的驻会专业作家。如此一来,我们交往的机会就更多一些。刘恒写了小说写电影,写了电影写电视剧,写了电视剧又写话剧和歌剧,每样创作一出手,都取得了非凡的成绩。刘恒天才般的文才有目共睹。当由刘恒编剧的电影《集结号》红遍大江南北,我们在酒桌上向他表示祝贺时,刘恒乐了,跟我们说笑话:“别忘了我们老刘家的刘字是怎么写的,刘就是文刀呀！”我把笑话接下去,说没错儿,刘恒也是“文帝”啊!

我暂时按下刘恒的文才不表,倒想先说说他的口才。作家靠的是用笔说话,他的口才有什么值得说的呢?不不,正因为作家习惯了用笔说话,习惯了自己跟自己对话,口头表达能力像是有所退化,一些作家的口才实在不敢让人恭维。在这种情况下，刘恒充满魅力的口才方显得格外难能可贵。他不是故意出语惊人，但他每次讲话都能收到惊人的效果。我自己口才不好，未曾开口头先大，反正我对刘恒游刃有余的口才是由衷的佩服。2003年9月，刘恒当选北京作家协会的主席后，在作代会的闭幕式上讲了一番话，算是就职演说的意思吧。刘恒那次讲话，把好多人都听傻了。须知作家都是自视颇高的人，一般来说不爱听别人讲话。可是我注意到，刘恒的那番话确实把大家给震了，震得大家的耳朵仿佛都支棱起来。会后有好几个人对我说，刘恒太会讲话了，刘恒不鸣则已，一鸣惊人啊！他们说，以前光知道刘恒写文章厉害，没想到这哥们儿讲起话来也这么厉害。此后不几天，市委原来管文化宣传工作的一位副书记跟作协主席团的成员座谈。副书记拿出一个纸皮的笔记本，在那里翻。我们以为副书记要给我们做指示，便做出洗耳恭听的准备。副书记一字一句开念，我们一听就乐了，原来副书记念的正是刘恒在闭幕式上讲的那番话。副书记说，刘恒已经讲得很好，很到位，他不必多说什么了，把刘恒的话重复一遍就行了。散会后我们对刘恒说：你看，人家领导都把你的语录抄在笔记本上了。要是换了别人，真不知道该怎样回答。你听听刘恒是怎么说的，刘恒笑着说："没关系，版权还属于我。"

北京作家协会的七八个专业作家和二十来个签约作家，每年年底都要聚到一起，开一个总结会，报报当年的收成，谈谈来年的打算，并互相交流一下创作体会。因为这个总结会坦诚相见，无拘无束，简朴有效，不同于一般意义上的总结会，作家们对这个总结会都很期待。我甚至听说，一些年轻作家之所以向往与北京作协签约，很大程度上是因为口口相传的年终总结会对他们具有吸引力。这个总结会之所以有吸引力，窃以为，一个主要原因，是刘恒每年都参加总结会，而且每次都有精彩发言。在我的印象里，刘恒发言从来不写稿子。别人发言时，他拉过一张纸，断断续续在纸上写一点字，那些字就是他准备发言的提纲，或者说是几条提示性的符号。轮到他发言了，他并不看提纲，也不怎么看别人，他的目光仿佛是内视的，只看着自己的内心。在这种总结会上，刘恒从不以作协主席的身份发言，他只以一个普通作家的身份，平等而真诚地与同行交心。这些年，刘恒每年取得的成绩都很可喜。但他从来没有自喜过，传达给人的都是不满足和紧迫感。我回忆了一下，尽管刘恒每年的发言各有侧重，但有一个意思是不变的，那就是他每年都说到个体生命时间储备的有限，生命资源的有限，还是抓紧时间，各自干自己喜欢的事情为好。刘恒发言的节奏不急不缓，徐徐而谈。刘恒的音质也很好，是那种浑厚的男中音，透着发自肺腑的磁力。当然，他的口才不是演讲式的口才，支持口才的是内在的力量，不是外在的力量。一切源于他的自信、睿智、远见、幽默和深邃的思想。

北京作协2007年度的总结会是在北京郊区怀柔宽沟开的。在那次总结会上，刘恒所说的两句话给我留下了深刻印象。我认为这两句话代表着他对艺术孜孜不倦的追求，代表着他的文学艺术观，也是理解他所有作品的一把钥匙。他说："我每做一个东西，下意识地在追求完美。"我听了心有所动，当即插话说："我们在有意识地追求完美，都追求不到，你下意识地追求完美，却追求到了，这就是差距啊！"刘恒的意思我明白，我们的创作必须有大量艰苦的劳动，才会有灵感的爆发。必须先有长期有意识的追求，才会有下意识的参与。也就是说，对完美的追求意识已融入刘恒的血液里，并深入到他的骨子里，每创作一件作品，他不知不觉间都要往完美里做。对完美的要求已成为他的潜意识，成为一种近乎本能的反应。那么我就想沿着这个思路，看看刘恒是如何追求完美的。

追求完美意味着付出，追求完美的过程是不断付出的过程。刘恒曾经说过："你的敌人是文学，这很可能不符合事实，但是你必须确立与它决一死战的意志。你孤军奋战。你的脚下有许许多多尸首。不论你愿意不愿意，你将加入这个悲惨的行列。在此之前，你必须证实自己的懦弱和无能是有限的，除非死亡阻挡了你。为此，请你冲锋吧。"刘恒在写东西时，习惯找一个地方，把自己封闭起来。为了排除电视对他的干扰，他连带着堵上电视的嘴巴，把电视也"囚禁"起来。他写中篇小说《贫嘴张大民的幸福生活》时，是1997年的盛夏。那些天天气极热，每天的气温都在三十六七度。他借的房子在六层楼上，是顶层。风扇不断地吹着，他仍大汗淋漓。他每天从早上八点一直写到中午一两点。饿了，他泡一袋方便面，或煮一袋速冻饺子，再接着写。屋里太热，他就脱光了，把席子铺在水泥地上写。坐在席子上吃饭的时候，他觉得自己太苦了，这是人干的事情吗？何苦呢！可又一想，农民在地里锄庄稼不也是这样吗！他就有了锄庄稼锄累了，坐在地头吃饭的感觉，心里便高兴起来。让刘恒高兴的事还在后头，《贫嘴张大民的幸福生活》一经发表，便赢得了满堂喝彩。随后，这部小说又被改成了电影和电视剧。特别由刘恒亲自操刀改编的电视剧播出之后，那段时间，人们争相言说张大民。这些年，每年出版的文学作品和拍摄的电视剧不少，但真正立起来的艺术人物却很少。可张大民以独特的艺术形象真正站立起来了。在全国范围内，或许有人不知道刘恒是谁，但一提张大民，恐怕不知道的人很少。

2009年，刘恒为北京人艺写了一部话剧《窝头会馆》。在此之前，刘恒从未写过话剧，他知道写一部好的话剧有多难。但刘恒知难而进，他就是要向自己发起挑战。在前期，刘恒看了很多资料，做了大量准备工作。在剧本创作期间，他所付出的心血更不用说。他既然选择了追求完美，就得准备着承受常人所不能承受的压力和心理上的折磨。话剧公演之后，刘恒不知观众反应如何，有些紧张。何止有些紧张，是非常紧张。须知北京人艺代表着中国话剧艺术的最高品第，《雷雨》、《茶馆》等久演不衰的经典剧目都是从人艺出来的。大约是《窝头会馆》首演的第二天，我和刘恒在一块儿喝酒。我记得很清楚，我们那天喝的是茅台。我还专门给刘恒带了当天的一张报纸，因为那期报纸上有关于《窝头会馆》的长篇报道。我问刘恒看到报道没有。他说没有，报纸上的报道他都没有看，不敢看。我问为什么。他说很紧张。他向我提到外国的一个剧作家，说那个剧作家因为一个作品失败，导致自杀。刘恒说他以前对那个剧作家的自杀不是很理解，现在才理解了。当一部剧作公演时，剧作家面临的压力确实很大。当时刘恒的夫人张裕民在加拿大多伦多大学儿子那里，还是张裕民通过互联网，把观众的反应和媒体的评论搜集了一些，传给刘恒，刘恒才看了。看到观众的反应很热烈，媒体的评价也颇高，刘恒的心情才放松了，才踏实下来。在《窝头会馆》首轮演出期间，刘恒把自己放在观众的位置，从不同角度和不同距离前后看了七场。演员每次谢幕时，情绪激动的观众都一次又一次热烈鼓掌。刘恒没有参加谢幕，观众鼓掌，他也不由自主地跟着鼓掌。我想我的老弟刘恒，此时的眼里应会有泪花儿吧！所谓人生的幸福，不过如此吧。

任何文学艺术作品，其主要的功能，都是为了表达和传递感情，情感之美是美的核心。刘恒要在作品中追求完美，他必须找到自己，找到自己和现实世界的情感联系，找到自己的情感积累，并找到自己的审美诉求。我敢肯定地说，刘恒的每部作品里所蕴含的丰富情感，都寄托着他对某人某事深切的怀想，投射着自己感情经历的影子。

刘恒创作《张思德》的电影剧本时，我曾替刘恒发愁，也替刘恒担心，要把一点有限的人物历史资料编成一部几万字的电影剧本，谈何容易！事实表明，我的担心是多余的。《张思德》的故事情感饱满，人物形象的塑造堪称完美。影片一经放映，不知感动得多少人流下了眼泪。把《张思德》写得这样好，刘恒的情感动力和情感资源何在？刘恒给出的答案是："我写王进喜、张思德，我就比着我父亲写，用不着找别人。张思德跟我父亲极其相似。"我不止一次听刘恒说过，在写张思德时，他心里一直想的是他去世的父亲。通过写张思德，等于把对父亲的怀念之情找到了一个表达的出口，同时也是在内心深处为父亲树碑立传。刘恒在灵境胡同住时，我去刘恒家曾见过他父亲。那天他父亲拿着一把大扫帚，正在扫院子外面的地。刘恒的父亲个头儿不高，光头，一看就是一个淳朴和善的老头儿。刘恒说他父亲是个非常利人的人，人品极好，在人格上很有力量。他父亲退休后也不闲着，七十多岁了还义务帮人理发。在他们那个大杂院儿里，几乎所有男人的头发都是他父亲理的，包括老人和孩子。谁家的房子漏了，大热天的，他父亲顶着太阳，爬到房顶给人家刷沥青。在帮助别人的时候，他父亲感到很高兴。水有源，木有本。不难判断，刘恒不仅在创作上得到了父亲的情感滋养，在为人处事上也从父亲那里汲取了人格的力量。

看《窝头会馆》，看得我几次眼湿。我对妻子说，刘恒把他对儿子的感情倾注在"窝头"里了。我还对妻子吹牛："这一点别人不一定看得出来，但我能看得出来。"刘恒的儿子远在加拿大求学，儿子那么优秀，长得又是那么帅，刘恒深爱着儿子，却一年难得见儿子一次，那种牵心牵肝的挂念可说是没日没夜。在这种情况下，让刘恒写一个话剧，他难免要在剧里设计一个儿子，同时设计一个父亲，让儿子对父亲的行为提出质疑，让父子之间发生冲突。冲突发展到释疑的时刻，儿子和父亲都散发出灿烂的人性光辉。有人评论，说《窝头会馆》缺乏一条贯穿到底的主线。我说不对，剧中苑大头和儿子的冲突就是贯穿始终的主线，就是全剧的焦点。我对刘恒说出了我的看法，刘恒微笑着认同我的看法。刘恒在接受记者采访时承认："写苑大头和儿子的关系，那不就是我跟儿子的关系么！”

刘恒追求完美，并不因为这个世界有多么完美。恰恰相反，正因为这个世界是残缺的，不完美的，刘恒才有了创造完美世界的理想。而要创造完美世界，是很难的。这是因为我们每一个创作者都有局限性。我的胳膊有限，腿有限；经历有限，眼界有限；世俗生活有限，精神生活也有限。最大的局限是，我们的生命有限，我们每个人都只有一生啊！我早就听刘恒说过一个作家的局限性。他认为，我们得认识到这种局限性，承认这种局限性，而后在局限性里追求完美，追求一种残缺的完美。正因为有限，我们才有突破有限的欲望。正因为残缺，我们对完美的追求才永无止境。

刘恒写过一部中篇小说叫《虚证》，因为这部小说没有拍成电影，也没有改编成电视剧，它的影响是有限的。但文学界对这部小说的评价很高。刘恒也说过：“一向不满意自己的作品，《虚证》是个例外，它体现了我真正的兴趣。”可以说这部小说是刘恒极力突破局限、并奋力追求完美的一个例证。刘恒的一个朋友，在身上坠上石头，跳进北京郊区一个水库里自杀了。在自杀之前，他发了几封信，为自己的行为辩解，说他自己是对的。可巧这个人我也认识，我在《中国煤炭报》副刊部当编辑时，曾编发过这个人的散文。应该说这是个有才华的人。自杀时，他才三十多岁，已是某国营大矿的党委副书记，前程也很好。他的自杀实在让人深感惋惜。他的命赴黄泉让刘恒受到震动，刘恒想追寻一下他的生命历程和心路历程。刘恒想知道，这个人到底走进了什么样的困境，遭遇了多么大的痛苦，以至于非死不能解脱自己。斯人已去，实证是不可能的。刘恒只能展开想象的翅膀，用虚证的办法自圆其说。刘恒这个小说的题目起得好，其实小说工作的本质就是务虚，就是虚证。刘恒将心比心，把远去的人拉回来，为其重构了一个世界。这个人从物质世界消失了，刘恒却让他在精神世界获得新生。更重要的是，刘恒以现实的蛛丝马迹为线索，为材料，投入自己的心血，建起了一个属于自己的心灵世界。这个世界是心灵化的，也是艺术化的。它介入了现实世界，又超越了现实世界。它突破了物界的局限，在向更宽更广的心界拓展。刘恒之所以对这部小说比较满意，大概是觉得自己在突破局限方面做得比较成功吧。

对于完美，刘恒有自己的理解和标准。不管写什么作品，他给自己确定的目标都是高标准。为了达到自己标定的标准，他真正做到了扎扎实实，一丝不苟。一丝不苟不是一个陌生化的词，人们一听也许就滑过去了。但在形容刘恒对审美标准的坚持时，我绕不过一丝不苟这个词。如果这个词还不尽意，你说刘恒对完美标准的坚持近乎苛刻也可以。由刘恒担纲编剧的电影《集结号》，是中国近年来不可多得的一部好电影。在残酷战争中幸存下来的连长谷子地，一直在找团长，问他有没有吹集结号。他的问最终也没什么结果。谷子地无疑是一个悲剧性的人物，他的牺牲精神和浓重的悲剧感的确让人震撼。刘恒提供的剧本，直到剧终谷子地也没有死。可导演在拍这个电影时，却准备把谷子地拍死。刘恒一听说要把谷子地拍死就急了，他找到导演，坚决反对把谷子地拍死。一般来说，编剧把剧本写完，任务就算完成了，剩下的事都由导演干，导演愿意怎么拍，就怎么拍，编剧不再参与什么意见。可刘恒不，刘恒作为中国电影界首屈一指的大编剧，他有资格对导演说出自己的意见，并坚持自己的意见。加上刘恒在电影学院专门学过导演，还有执导电视剧的实践经验，他的意见当然不可等闲视之。通过对这个具体作品、具体细节的具体意见，我们就可以具体地看出刘恒所要达到的完美标准。这个标准的背后有着丰富的内容。除了在目前政治背景下对一部电影社会效果的总体把握，除了对传统文化心理和受众心理的换位思考，还有对电影艺术度的考虑。所谓度，就是分寸感。任何艺术门类都讲究分寸感，一旦失了分寸，出来的东西就不是完美的艺术。刘恒说："悲剧感的分寸，跟人生经验有直接关系。有时候我们经常看到一种情况就是，人物已经非常悲恸了，但我们的观众没有悲恸感。因为所谓的悲剧效果是他自己造成的。"在日常生活中，刘恒是一个很随和的人。朋友们聚会，点什么菜，喝什么酒，他都微笑着，说随便，什么都行。可在艺术上遇到与他完美艺术追求相悖的地方，他就不那么随和了，或者说他的倔劲就上来了，简直有些寸步不让的意思。不知他跟导演说了什么样的狠话，反正连导演也不得不服从他的意志，给谷子地留了一条生路。从电影最后的效果看，刘恒的意见是对的，他的"固执己见"对整部电影具有拯救般的意义。倘是把谷子地拍死，这个电影非砸锅不可。

刘恒在创作上相当自信。他所取得的一连串非凡的创作业绩支持着他的自信。有自信，他才不为时尚和潮流所动，保持着自己对完美艺术标

准的坚守。同时，他对自己的创作也有质疑，也有否定。通过质疑和否认，他不断创新，向更加完美的艺术境界迈进。刘恒的长篇小说《苍河白日梦》是部好小说。在写这部长篇时，他把自己投进去，倾注了太多的感情。以致在写作过程中，他竟然好几次攥着笔大哭不止。他的哭把他的妻子张裕民吓坏了，也心疼坏了，张裕民说："咱不写了还不行吗，咱不写了还不行吗？"这样劝刘恒时，张裕民的眼里也满含热泪。但不写是不行的，刘恒哭一哭，也许心里就好受些。哭过了，刘恒擦干眼泪，继续做他的"白日梦"。回想起来，我自己也有过几次号啕大哭的经历，但都不是在写作过程中发生的。我写到动情处，鼻子一酸，眼睛一湿，就过去了。像刘恒这样在写一部小说时几次大哭，在古今中外的作家中都很少听说。

可后来刘恒跟我说，他对这部小说质疑得很厉害。依我看，这部小说的质量不容置疑，他所质疑的主要是自己的写作态度。他认为自己掉进悲观的井里了，"一味愤世愤世，所愤之世毫毛未损，自己的身心倒给愤得一败涂地。况且只是写小说，又不是跟谁拼命，也不是谁跟你拼命，把自己逼成这个样子实在不能不承认是太不聪明了。"于是刘恒要求变，要把自己从悲观的井里捞出来，从愤世到企图救世，也是救自己，救自己的小说。《贫嘴张大民的幸福生活》是刘恒求变的作品之一。到这部作品，他"终于笑出了声音，继而前所未有的大笑起来了"。有人曲解了刘恒这部小说的真正含义，或许是故意曲解的。刘恒一点都不生气。谁说曲解不是真正含义的延续呢，这只能给刘恒增添更多笑的理由。我也不替刘恒辩解，愿意跟他一块儿笑。我对刘恒说："你夫人叫张裕民，你弄一个人叫张大民，什么意思嘛！"刘恒笑得很开心，说这是他的疏忽，当时没想那么多。张裕民也乐了，说："对呀，你干吗不写成刘大民呢，以后你小说中的人物不许姓张。"

刘恒对完美艺术的追求，还体现在他对多种艺术门类创作的尝试上。上面我说到他写了话剧《窝头会馆》，2009年，他还写了歌剧《山村女教师》。刘恒真是一个多面手，什么样的活儿他都敢露一手。2008年秋天，我们应朋友之约，到河南看了几个地方。去河南之前，刘恒说他刚从山西回来。我问他到山西干什么去了，他说到贫困山区的学校访问了几个老师。他没怎么跟我说老师的情况，说的是下面一些买官卖官的现状。刘恒的心情是沉重的，觉得腐败的现象太严重了。我以为刘恒得到素材，准备写小说。后来才知道，那时他已接下了创作歌剧的活儿，在为写歌剧做准备。刘恒很谦虚，他说他不知道歌剧需要什么样的词，只不过写了一千多句顺口溜而已。《山村女教师》在国家大剧院一经上演，如潮的好评便一波接一波涌来。很遗憾，这个剧我还没捞到看。我的好几个文学界的朋友看了，他们都说好，说很高雅，很激动人心，是难得的艺术享受。

在北京作协2009年度的总结会上，刘恒谈到了《山村女教师》。他说他的文字借用了音乐的力量，在音乐的支持下才飞翔起来。歌声在飞翔，剧情在飞翔，听歌剧的他仿佛也有了一种飞翔的感觉。他看到音乐指挥张开着两个膀子，挥动着指挥棒，简直就像一只领飞的凤凰，在带领听众向伟大的精神接近。那一刻，刘恒体会到，艺术享受是人类最高级的享受，也是人类最幸福的时刻。他说："我们都是凡人，从事了艺术创作，才使我们的心灵有了接近伟大的可能。"

这一切都源于一个根本，源于刘恒对完美人格的追求，源于刘恒无可挑剔的高尚人品。作家队伍是一个不小的群体，这个群体里什么样的人都有，有毛病的人也随手可指。但是，要让我说刘恒有什么缺点，我真的说不出。不光是我，在我所认识的人当中，有文学圈子中人，也有文学圈子以外的人，提起刘恒，无不承认刘恒是一个好人，是一个奉行完美主义的人。俗话说金无足赤，人无完人。在刘恒这里，这句俗话恐怕就要改一改，金可以无足赤，完人还是可以有的。我这样说，一贯低调的刘恒也许不爱听。反正我不是当着他的面说，他也没办法。刘恒有了儿子后，曾写过一篇怎样做父亲的文章，文章最后说："看到世上那些百无聊赖的人；那些以损人利己为乐的人；那些为蝇头小利而卖身求荣、而拍马屁、而落井下石、而口是心非、而断了脊梁骨的人……我无话可说——无子的时候我无话可说。现在我有了儿子，我觉得我可以痛痛快快说一句了：我不希望我儿子是这样的人！"这话看似对儿子的规诫，其实也是对自己的要求。

刘恒是一位内心充满善意、与人为善的人。如果遇到为人帮忙说好话的机会，他一定会尽力而为。有一个作家评职称，申报的是二级。刘恒是评委，他主张给那个作家评一级。刘恒的意见得到全体评委的认同，那个作家果然评上了一级。刘恒成人之美不求任何回报，也许那个作家到现在都不知道为他极力帮忙的人是谁。同时,刘恒也是一个十分讲究恕道的人。子贡问曰:“有一言可以终身行之者乎?”子曰:“其恕乎!己所不欲,勿施于人。”我和刘恒交往几十年,在一起难免会说到一些人,在我的记忆里,刘恒从不在人背后说人的不是。刘恒只说,他们都是一些失意的人。或者说,他们活得也不容易。在网络流传的对某些人的负面评价,刘恒说:“我是宁可信其无,不信其有。各人好自为之吧!”

峣峣者易缺,皎皎者易污。据说追求完美的人比较脆弱,比较容易受到伤害。刘恒遭人嫉妒了,被躲在暗处的人泼了污水。好在刘恒的意志是坚强的,他没有被小人的伎俩所干扰,以清者自清的姿态,继续昂首阔步,奋然前行。刘恒的观点是,我们应尽量避免介入世俗的冲突,避免使自己成为小人。一旦介入冲突,我们就可能会矮下去,一点点变小。我们不要苍蝇和蚊子的翅膀,我们要雄鹰的翅膀。我们要飞得高一些,避开世俗的东西,到长空去搏击。

鹤发童颜　道骨仙风

——林斤澜印象

论岁数，林斤澜和我的父辈差不多，见面我把他叫林老。而林老却叫我老弟。一声庆邦老弟叫的，我惊了一下，像受了宠似的。

林老不服老，他说：我觉着前面的路还长着呢！我们一块儿在街上走，他直着腰杆，一眨眼就走到前面去了。他步履不大，是小碎步，但频率较快，很有效率。2000年秋天，我们一块儿去云南，他连山都敢爬。那座山挺高的，据说山上的空气也比较稀薄。同行的章德宁、徐小斌两位女将有些望而却步，她们问林老：您还爬吗？林老说：爬吧，既然来了，怎么能不爬！上得山来，多数同志上气不接下气，脸色都不大对劲。对身体一向比较自信的我，也觉得心跳加快，头发棵里浸出一层又一层黏汗。我一路注意观察林老，他一步一步，爬得不紧不慢，稳稳当当，看不出有什么特别吃力的地方。经过这次爬山的考验，我们一齐向林老发起恭维：原来您是80多岁的人，30岁的心脏啊！

每与林老相聚，我们总要喝点小酒儿。林老说他馋酒，自己每天都要喝一点。他自己喝酒是定量的，喝够定量，犹不解馋，还要握着空酒杯子闻酒香。喝酒之余，他还收藏形态各异的各种酒瓶子，多宝格上酒瓶放得琳琅满目。林老喝酒很自觉，还没等你敬他，他已把酒杯端起来了。几杯酒下肚，老爷子两眼放光，神采飞扬，甚是可爱。酒大欺人，人大欺酒，一个人只要能降得住烈酒，说明身体还是可以的。不过林老从来不欺酒，他拿酒当朋友，愿意与酒达成交流。他不挑酒，和什么样的酒都能交流。和林老熟了，我在林老面前有些放肆，有一回，也是因为我把酒喝多了，竟向林老请教：男人上了年纪，对年轻漂亮的女孩子是不是仍然很喜欢？林老哈哈一笑，说：那当然！那当然！

有记者采访我，问短篇小说写起来是否比长篇小说轻松省力？我记得我的回答是一个反问：你能说百米短跑比马拉松赛跑轻松省力？我认为马拉松需要的是持久的耐力，而百米短跑主要考验的是人的爆发力。写短篇小说所需要的爆发力不仅需要记忆力和想象力的支持，连作家的体力和精力都得具备比较好的状态。为了印证我的观点，我说你看，作家一旦上了年纪，一般都不再碰短篇小说了。我说情况也有例外，像林斤澜，都年过八旬了，还在写短篇小说，而且篇篇精致，深邃。我宁可相信林老的精力还很好，爆发力还存在着。林老的头发虽然白了，但白得发着亮光。林老的眼睛特别亮，有点孙大圣眼睛的味道。林老的面色和嘴唇都很红润，我们跟他开玩笑，说他的嘴唇红得像少女的嘴唇一样。

2004年春节过后，林老回他的温州老家去了，一住就是四个多月。回京后，我和李敬泽、徐小斌等去看他，徐小斌一边打量着林老，一边惊喜有加，用她那特有的甜美声调对林老说：林老您太神了，您怎么越来越年轻了，您简直就是一个神，不行，您今天得给我们讲讲您的养生秘诀。林老笑着，说嗬哟，哪里，哪里，没什么！

我替林老回答，说林老身体好，主要是因为林老心态好，人缘好。我来讲一个细节。还是那次去云南，我们在参观东巴文化之前，先在市场转了一圈。有小贩向赵大年老师推销一种土制陶碗，说是康熙年间的出土文物，五十块钱即卖。赵老师跟人家砍价，从五十块钱一只砍到二十块钱一只。当赵老师掏出一张五十块的整钱准备买一只“康熙碗”时，小贩接过钱，怎么也不愿找钱了，结果又卖给赵老师三只“康熙碗”。五十块钱买四只“康熙碗”，其中有诈是显而易见了。赵老师把碗摞在一起，用一块手绢兜上，拿给林老看。林老只是笑了笑，并未指出他的碗是假货。过了一会儿，林老在路上看见一摊牛粪，用手一指，说快看，康熙年间的！没错儿，牛粪肯定在康熙年间就有了。联想到赵老师的一摞沉甸甸的“康熙碗”，我们都禁不住乐了。当天下午在机场候机，赵老师说，碗他不想要了，问有没有人要。我们看出赵老师想转嫁包袱，都摇头表示不要。赵老师说：没人要我就扔掉。说着把碗掏出来，欲扔的样子。这时林老说话了：好好的碗，别扔呀。赵老师说：您不让扔，就送给您。把碗放进林老的提包里了。林老说：

那我给您钱。两个人把钱推来推去，赵老师说什么也不要。林老说：您不要钱，我就不要碗。他把碗从提包里拿出来了，放在赵大年脚前的地上。赵大年有点急了，说：林老，您真会开玩笑，几只破碗，您为我卸包袱呢，我怎么能要您的钱！再次把碗放回林老的提包里。林老有些无可奈何，说这不好。事情到这里并没有结束。一年多之后，我们又在一块儿吃饭，林老又对赵大年提到那些从云南带回的“康熙碗”，林老说：大年，我回来把碗泡在水池里，准备洗洗呢，一泡全烂了。只到这时，林老好像才释然了。

汪曾祺有一篇写林斤澜印象的文章，题目叫《林斤澜，哈哈哈……》。我理解，这篇文章的主要意思是写林老的大智和大善。大智是说他把什么都看透了，没什么好说的。大善呢，是说他为人处世特别敏感，对任何人都不愿有半点伤害。有人理解得不太对，说林斤澜世故，怕得罪人，在有些事情上不肯表态，只哈哈一乐就过去了。据我所知，林老在一些无关紧要的小事情上哈哈哈，在大是大非面前，林老严肃得很，从来不哈哈哈。林老跟我们说过，作为一个知识分子，一生一定要有一个下限，这个下限就是独立思考。一没了下限，就没了自己。好多人最后没守住下限，结果丧失了自己。林老还说，在现实生活中你要和现实对抗，绝对对抗不过，对抗的结果只能是失败。但在创作中，我们和现实可以保持一种紧张关系，可以不认同现实。林老的这些观点，在他的小说里最能体现出来。读林老的小说，我想到最多的是两个词，一个是硬度，一个是骨气。我仿佛看到一位饱受风霜的老人，朝已经很远的来路回望着，嘴里像是说着什么。他表情平静，声音也不大。一开始我听不清他说的是什么，我仔细听了听，原来他说的是不，不！我又仿佛看到一棵树，一棵松树或一棵柏树，风来了，雨来了，树就那么站着，以坚忍不拔的意志和持久的耐力，在默默扩大着它的年轮。霜来了，冰来了，树没有挪地方，还在那里站着。树阅尽了人间风景，也把自己站成了独特的风景。

林老不大跟我们谈到创作上的事，而我们是怀有私心的，总想从林老那里掏点什么。林老看透了我们的用心，有时也把创作上的事说一说。林老说，创作上的事无非是一个客观，一个主观，有人走客观，有人走主观。不管哪一观，都会走到头儿的，所以最终是走客观和走主观来回转。说到他自己，林老说，他是主观和客观一块儿走，但又不是一半对一半，有时是白天长一些，有时是黑夜长一些。汪曾祺对林斤澜的小说有一个著名论断，叫无话则长，有话则短。乍一听这话跟我们平常听到的文章作法是反着的，怎么有点拧呢！稍一咂摸，你不得不承认，汪老的话说得真是精辟，真是到位。其实汪老不只是在评论林斤澜，也是在说他自己，一不小心，他把写短篇小说的真谛说出来了。可不是咋的，现实中存在着的，我们不必写了，让人家看那个现实和新闻报道就够了。别人说过的话，我们也不必说了，再重复还有什么劲呢！留给我们的路，是在没路的地方开出一条新路，在看似没有小说的地方，种出我们自己的小说来。这是有点难，可不难怎么叫创作呢！

说林老的小说是怪味豆儿，这似乎成了定评。我倒觉得，林老的小说有味是肯定的，要说怪，倒也不见得有多怪，他写的也是平常人，平常事，处处透着质朴自然。汪老说写小说就是写语言。和汪老相比，我觉得林老在练字练句方面似乎走得更远。他对每一个字都进行深究，不仅用字面上的意思，更注重挖掘字面背后和字面根部藏着的东西。他像是对每个字都审问过，让字好好交代，到底还有哪些意思。等字交了底，他就和那个字握手，说你好你好，并和字达成了默契。打个比方，林老小说中的用字，好比山坡上冒出地面的一块块石头，这样地好像不大平整，但大面积看去还是很自然，而且每块石头都构成景观。

写到这里，我突然意识到我的话说多了，你敢对前辈妄加评论，你以为你是谁！

对不起，我还得回过头就林老的身体再说几句。林老定是对自己的身体太自信了，前年竟大病了一场。他以为不过是感冒，就用老战术向感冒过招儿，一招儿是饿饭，二招儿是喝点酒睡大觉，三招儿是泡热水澡。三招儿用过，感冒说来来来，他就没招儿了。到医院一查，原来不是感冒，是肺炎，他找错对象了。治好肺炎回家，不久非典型性肺炎开始肆虐，这下林老仿佛有了骄傲的资本：典型性肺炎我都得过了，非典型性肺炎怕什么！

好好好，那您就等着看北京的奥运会吧，看完奥运会，再选下一个目标。林老珍重！

深远的爱心

一直想去湖南的作家爱心书屋看看，今年六月初，在作家爱心书屋创办十周年之际，娄底市文联给我提供了看书屋的机会。

作家爱心书屋是谭谈创办的，我在心里把谭谈称为作家爱心书屋之父。我和谭谈是有着三十多年交情的老朋友。上个世纪的七十年代末期，我们同在煤炭部《他们特别能战斗》编辑部做过一段采编工作。当时，他的工作单位在湖南涟邵煤矿，我的工作单位在河南新密煤矿，我俩都是临时被借调到编辑部帮助工作。我们就住在与编辑部对门的一间宿舍，可谓朝夕相处。后来煤炭部下了调令，要同时调我们进京。结果，我服从了调令，谭谈则选择仍留在他的家乡湖南。谭谈的中篇小说《山道弯弯》获得全国优秀中篇小说奖，并被拍成电影之后，产生了广泛影响。谭谈随之当上了湖南省作家协会主席和湖南省文联主席。

正当谭谈的创作如日中天之时，忽一日，我在报上看到一条消息，说谭谈要在湖南创办一家作家爱心书屋。接着，我便收到谭谈的一封亲笔信，希望我为作家爱心书屋赠书。说实话，我那时对谭谈的这一举动并不是很理解：一个作家，不集中精力写自己的东西，办什么爱心书屋呢？须知，办书屋要选址选屋，要一封一封给作家写信，书来了还要接收，登记，转运，还要请名家题写书屋的名字，等等等等。而每一项工作都很具体，甚至繁琐，会不会占用谭谈宝贵的写作时间呢？尽管有这些疑虑，我还是及时给谭谈寄去了两本小说集，一本是《走窑汉》；一本是《心疼初恋》。

我所看到的作家爱心书屋，比我的想象规模要大，设备要齐全，管理得也井井有条，让人欣喜，欣慰。其实作家爱心书屋有两处，一处在涟源市郊外的农村，别一处在涟源市内。农村的那一处，是一个独立的院落，门口一侧的墙上镶嵌着巴金书写的“作家爱心书屋”六个金色大字。院内绿树成荫，鲜花盛开。在图书屋一楼宽敞明亮的阅览室里，我看到不少读者在那里静悄悄地读书。读者中有白发老人，也有戴红领巾的小朋友，阅览室里洋溢着美好的气氛。市里的那一处书屋，是收藏作家赠书的地方。全国各地的作家，凡是给作家爱心书屋赠书的，都设有一个专柜，专柜门上刻有作家的名字，还有作家的头像。走进藏书室，谭谈对我说：“庆邦，你的书在这里。”我走过去拉开柜门一看，我所捐赠的两本书果然在里面。我捐赠的书太少了，柜子里显得有些空。好在我事先有所准备，又带去了两本作品集。我马上从书包里把作品集掏出来，赠给了书屋的管理人员。

除了两处书屋，谭谈还操持着在山里建起了一座爱心文化园。文化园由两部分组成，一是爱心碑廊，专门镌刻、展示作家们的题词和书法作品。一部分是宾馆式建筑，供作家到那里聚会、写作和休息。文化园前面是一大片明水，登高望远，明水对岸是一座座青山，风光十分秀美。据介绍，建文化园的地方原来是一片荒地，杂草丛生，人烟罕至，现在却变成了涟源市有名的文化景观。

这次去参观作家爱心书屋，同是从煤矿走出的作家陈建功也去了。建功对谭谈说了两句话我记住了。建功说，建爱心书屋这个事，人们当时并没有觉得有什么了不起。随着时间的推移，它的重要和深远才逐渐显现出来。我赞同建功的话，建功说出了我正想说的话。

谭谈在冷水江市挂职当副书记期间，几乎走遍了全市的各个乡镇。在一个农民家里，他看到一本杂志几乎被翻烂了，但那家的人还在看。就在那一刻，谭谈萌生了建书屋的想法，他想让农民兄弟有书读。谭谈办书屋的办法是三借，即借势，借名，借钱。借势，是借国家提倡全民读书的形势；借名，是借作家的名声，其实也是借书；借钱，是取得领导者的财政支持。就这样，谭谈以锲而不舍的精神，把作家爱心书屋办了起来。书屋不仅在当地发挥了作用，还在全国范围内起到了积极的示范效应。

的确，谭谈为创办书屋东奔西走，付出了很多。我注意到，自从他开始办书屋，他就没有再写长篇小说，中短篇小说也写得很少。他牺牲了自己宝贵的创作时间，拿出很大的精力为创办书屋操劳。这就是谭谈的远见卓识和宽广胸怀。为了使千百万读者有书可读，他自己宁可暂时放弃写书。杜甫是“安得广厦千万间，大庇天下寒士俱欢颜”。谭谈的愿望是安得书屋千万处，使天下想读书的人都有书可读。我祝愿作家爱心书屋的藏书越来越多，读者越来越多。

在兰亭，给何向阳端酒

报社的朋友打电话向我约稿，我的第一反应是回绝。因为我手上正在写着一部长篇小说。我习惯在写某一篇东西时不愿意中断，不愿意插进来写别的东西。可当朋友向我说明让我在妇女节前写写何向阳时，我却当即答应下来。正找不到机会向何向阳先生献殷勤呢，机会找上门来，岂能错过！

我认识何向阳是在上个世纪的1999年秋天。其时，河南同时召开了两个文学方面的会。一个是中原长篇小说研讨会；一个是全省青年文学创作会。会议邀请在京的几位豫籍作家回故乡捧场，我有幸忝列其中。记得会上还安排周大新、阎连科和我，与青年作家们的座谈，田中禾兄出的题目是展望二十一世纪的文学。我忘了我在会上说了什么，好像“展望”得并不乐观。散会后，我在门口看见了何向阳。何向阳在等我，她说：“我们认识一下，我是何向阳。”“嗨，你就是何向阳呀！”我当时吃惊不小。何向阳的名字我早就在《奔流》等杂志上见过了，何向阳的文章我也读了不少，恕我孤陋寡闻，我一直以为何向阳是个男同志呢！这不能怪我，电影《平原游击队》里有一个著名的李向阳，那位游击队长身挎双枪，纵横驰骋，好生了得！一定是他的名字在我脑子里先入为主了。这向阳不是那向阳，两个向阳反差太大了。我说：“何向阳，你长得太美了！真的，我没有想到，你怎么这样美呢！”别人认为我为人比较拘谨，内向，或是说比较含蓄，这样一见面就夸一个女孩子长得美，好像不是我的一贯风格。可那天不知哪来的勇气，有点管不住自己似的，张口就把话说了出来。何向阳轻轻笑着，脸上红了一阵，没说什么。是呀，像我这么一个说话来不及斟酌的粗人，她能说什么呢！

以后和何向阳见面的机会就多起来了。每次一块儿参加活动，有机会我必主动要求与何向阳合影。2001年春天，在北京天安门宾馆参加全国青年文学创作会议，我与何向阳合了影。当年秋天去绍兴出席第二届鲁迅文学奖颁奖会，在颁奖台上，在鲁迅故居、沈园等地方，我都与何向阳合了影。请不要笑话我，爱美之心人皆有之，咱自己其貌不扬，跟何向阳沾一点“阳光”，不算过分吧！特别是在王羲之写《兰亭序》的地方兰亭，我与何向阳的那张合影更有特色，更让人难忘。兰亭是一个大的地方，里面有多处景点。其中一个景点叫曲径流觞，是王羲之与文友喝酒吟诗的所在。一脉流水，一条曲径，活水缓缓流动，曲径七拐八弯。取一些酒杯，里面斟了黄酒，置于水面，任酒杯慢慢向下游漂去。邀文友们坐于曲径两侧，待酒杯在哪位文友面前停下，文友须把酒端起，喝干，吟出一首诗。那些座位也很讲究，圆圆的蒲墩，簇拥在周围的是青碧的兰草，让人迟迟不敢坐。听了讲解员的讲解，我更不敢坐。我又不会作诗，万一酒杯在我面前停下来了怎么办。我看老诗人李瑛率先坐下，同是著名诗人的李瑛的女儿李小雨也坐下了，我才敢落座，有他们两位诗人在场，作诗就是他们的事了。巧了，一尊酒杯偏偏在我面前晃晃悠悠停了下来。不把酒端起来无论如何不合适，我打算耍赖，把酒喝下再说，作诗就免了。又巧了，这时何向阳走过来坐在我旁边的一个蒲墩上。我便把酒端给何向阳。何向阳把酒接过去，喝了。何向阳等于救了我的场。酒是我转让给她的，她有理由不必考虑作诗的事。我有一个朋友，是电视台的记者。趁我给何向阳端酒之际，他把那一瞬间抓拍下来。因每个座位之间有一段距离，画面中心，我欲起欲坐，伸长手臂给何向阳递酒。何向阳呢，也得把双臂伸展，才能接到酒。耐人寻味的是，作为画面背景的是十几个人物。他们有男有女，有老有少，有小伙子，也有姑娘。他们或直眉瞪眼，或嘴巴微张，或呼之欲出。他们所瞅的目标只有一个，那就是身穿一袭白裙、端庄秀丽的何向阳。

真的，谁要不知道什么是端庄秀丽，见了何向阳就知道了。谁要不知道何为大家闺秀，见到何向阳就知道了。谁要不知道什么是高贵气质，见到何向阳就知道了。

您问何向阳的作品？她是全国屈指可数的青年文学评论家之一，文章当然写得漂亮。她是写文学评论的，我对评论是门外汉，不敢对她的评论妄加评论。咱们这么说吧，她的文章要不写得出类拔萃，怎么能获得全国优秀评论鲁迅文学奖呢！她的获奖作品我拜读过，题目是：《12个：1998年的孩子》。她挑出当年的十二篇小说，并挑出每篇小说里所刻画的一个孩子，一个一个加以分析。在这个浮躁的年代，在这个好多评论家不认真看书的年代，有谁像何向阳这样沉潜呢？这样用心呢？这样别出心裁呢？让本人深感荣幸的是，在何向阳所评论的十二个孩子当中，就有我的一个孩子，那就是《梅妞放羊》中小姑娘梅妞。生梅妞的是我，打扮梅妞的却是何向阳。反正，梅妞原本并不惹人注意，经向阳一打扮，一点化，梅妞很快光彩照人，并登上了大雅之堂。

不光我崇拜何向阳，据说连外国人都对何向阳崇拜得几乎五体投地。第六届全国作家代表大会召开之前，何向阳作为中国作家代表团成员之一，到印度访问。团长是王蒙。在作代会闭幕当天的那次宴会上，我听王蒙在饭桌上讲，何向阳把印度人大大镇了一把。印度人崇拜观音，他们看见何向阳就像见到了观音。王蒙说，如果与印度发生纠纷，不用派军队，只让何向阳一个人出面，就能把事情摆平了。

有关徐坤的几个片断

作家徐坤

没认识徐坤之前，我先听见李敬泽向我推荐徐坤的小说。敬泽说，《人民文学》近期有一个中篇，题目叫《先锋》，很不错。我问作者是谁。敬泽说，一个新作者，叫徐坤。我表示一定看看。

说来不够意思，那篇《先锋》后来我一直没看。是那个题目甩开了我。文坛有一些作家，被人称为先锋派。先锋嘛，大约跟先进差不多。那么像我这样的，只能算是后进。后进与先进是有距离的，无论你怎样使劲，总是沾不上先进的边。沾不上，咱不沾，还不行吗！也许我对徐坤的《先锋》是望文生义，但确实是那两个字把我吓住了。

我看到的徐坤的第一篇作品是她的短篇小说《遭遇爱情》。因知道了徐坤的名字，对爱情这样的字眼儿又比较感兴趣，我就对这篇小说怀了一种美好的期待。小说的阅读过程没让我失望，至今我好像还能咂摸出那篇小说的味道。是的，我记住的是那篇小说的味道，而不是情节，情节对我来说并不重要，我比较看重的是小说的味道。凡是好的小说，都是有味道的小说。不好的小说，读来就没有味道。这个味道不像菜肴中苦辣酸甜咸，一尝便能说出来。小说的味道你说不清，只能品味，不可言传。正是那种说不清道不明又的确存在着的味道，才构成了好小说的真正魅力。《遭遇爱情》写得细致入微，充满灵动之气，又很含蓄，分寸感把握得恰到好处。因爱的不期而至，使每一个细节都受到浸润，每一个字都似乎在微微地颤动。小说的气氛是温暖的,也是高贵的,朦朦胧胧笼罩全篇的,是一种人性的和谐之美,和诗意的光辉。反正我被这篇小说感染了,得到了一次美的享受,仿佛自己也遭遇了一场爱情。另外,遭遇这个说法也很有意思,这正是徐坤所特有的口气。你可以理解为她是反讽的,是调侃的,也可以理解为无可奈何的。爱情在任何情况下都让人无可奈何。

由这篇小说,我就认识了徐坤。作家彼此认识的情况大多是这样,都是先从小说里认识的。你想认识一个作家,不必着急和这个作家见面,只读他的小说就行了。读着读着,见面的机会或许就来了。

不知我记得准不准,和徐坤第一次见面,是在北京的京西宾馆召开的第五次全国作代会上。在此之前,徐坤的小说我已读了不少。回想起来,连我自己也感到惊讶,在楼道里看见徐坤,我没有正正经经地喊她的全姓全名,而是把她叫成了坤儿。这种叫法绝不是处心积虑,而是脱口而出。凭我的感觉,我就应该那样叫她。事实表明,我的第一感觉是准确的,后来我听见许多和徐坤相熟的朋友都是那样叫她。

那天她和徐小斌在一起,我马上给她俩提了一个建议,建议我们一块儿去找汪曾祺合影留念。我说了我的理由。在沈从文生前,出于对沈从文作品的喜爱,我很想去拜访沈从文,并和沈从文照一张相。因听说沈从文身体不好,我一直不敢前去打扰。沈从文去世后,我的愿望再也无法实现,成了永远的遗憾。我说汪老年纪也不小了,这次不跟汪老合影,说不定以后没有机会了。她俩积极响应我的建议,跑回房间,拿来了各自的照相机。那天汪老很高兴,不管我们分别跟他照,还是两个女作家把他夹在中间照,他都笑着配合,还说:“咋说咋好。”林斤澜老师和汪老住一个房间,那天我们和林老也照了相。

我不会承认我是乌鸦嘴,但汪老的不幸被我不幸而言中,作代会结束不久,汪老就病逝了。说到这里,我借机插一句。汪老逝世后,王安忆要给汪老的家人发一份唁电,打电话问我,汪老的工作单位是哪里。凭想当然,我说应该是中国京剧院吧。结果,唁电发到那里后,被退回去了,称查无此人。北京就那么几家京剧院团,汪老的大名谁不知道,把唁电转一下就是了,可他们竟然给退回上海了,是不是有些不够厚道。这个错误是我造成的,我心里一直放不下,觉得既对不起汪老,也对不起王安忆。

博士徐坤

忽一日，听说徐坤考取了中国社科院研究生院的研究生，一出来就是博士，了不得！见一家大报上分期登载一些头像，称社科院文学所是保存大师的地方，钱钟书、俞平伯、郑振铎等，都是那里的。据说那里的门槛是相当高的，没有过硬的真才实学是进不去的。而徐坤一手抓创作，一手抓考研，两手都过硬，两方面都不耽误，这东北丫头，端的厉害！看来对徐坤得刮目相看了。

然而徐坤还是那么嬉皮笑脸的，一点都没端起来，一点都不像传说中学者的样子。她的着装还是那么随便。见了面，她还是跟你调侃。还有，她竟然染了头发。一头乌黑的秀发，不是挺好看的嘛，染成别的颜色干什么，这跟博士的身份有点不相称吧，不像话，不像话！你听徐坤怎么说，“嘻嘻，瞎玩儿呗。”这就是徐坤，她不为学问所累，不为身份所拘，还保持着自由率真的天性。

我想过，徐坤读了博士，会不会影响她写小说。我说的影响，不是时间上的，而是心理上的。据我观察，我们中国的作家不能学问太大，或者说不善于处理做学问和做小说之间的关系，学问一大，往往把小说给压制住了。这可能是因为学问是理性的，理性的东西总是比较明晰，而且具有相当的硬度。而小说虽然也需要理性作武器，作思路，但她主要表达的毕竟是情感性的东西，质地比较柔软，边缘也相对模糊。徐坤把做学问和做小说之间的关系处理得很好，她没有急于在小说中卖弄学问，没有让哲学一类的理性东西欺负她的小说。在她的小说中，除《鸟粪》那篇理性强一些，寓言的色彩也浓一些，那还是在没读博士之前写的。读博士之后，徐坤仿佛是两个脑子值班，仍把小说写得情感饱满，亲切自然。如中篇小说《年轻的朋友来相会》和短篇小说《一个老外在中国》《昔日重来》等，都写得飞扬灵动，神思渺远。

我说徐坤读博士没影响她持续写出好小说，并不是说她的学问做得不好。她有研究课题，还有博士论文，如果做不好，她就过不了关。徐坤的理论文章我读得不多，她有一篇评介阿来的长篇小说《尘埃落定》的文章，

我是偶然读到的。文章不是很长，说的是“众里寻她千百度”的意思，高兴之情溢于言表。看徐坤文章里流露出的那股子高兴劲，仿佛《尘埃落定》不是阿来写的，而是她徐坤写的。近年来，我很少看长篇小说，一是长篇小说太多了，看不过来。二是有点时间我还想着炮制自己的小说呢。出于对徐坤的信任，我把《尘埃落定》找来看了，一看就放不下。不想承认也不行，这部长篇小说真的很棒。徐坤没有蒙人，谢谢徐坤。

喝酒的徐坤

终于说到徐坤喝酒的事了。

徐坤在文章里写到过，我们时不时地到一块儿喝酒，她算是我的一位酒逢对手的酒友。

我给某位矿长写过一篇通讯，矿长为了感谢我，送给我一箱十二瓶装的酒鬼酒。不管酒再好，我一个人在家里从来不喝。也就是说我没有酒瘾，长时间不喝也不着急。但我愿意跟朋友在一块儿喝酒，好像酒杯一端，就能达成一种交流。要是喝到一定程度，喝得晕乎乎的，的确很痛快，很舒服，有一种忘乎所以的感觉。能喝点酒的男士居多，女士比较少。在座的有女士，女士又能与你对饮，那种感觉当然更美妙一些。反正我的酒鬼酒被徐坤喝了不少，谁让她会喝酒呢！谁让她有享用美酒的福分呢！后来她有点惦着我的酒鬼了，问酒鬼还有没有，我说有，一听说有她就乐了。

喝酒鬼，她没有喝多过，喝得比较节制。可能是舍不得多喝吧。2001年9月，我们一块儿去鲁迅的老家绍兴喝黄酒，她才稍稍有点放开了。那是我们去参加第二届鲁迅文学奖颁奖会，夜里一块儿出去喝酒的还有李敬泽、迟子建、红柯、石舒清、鬼子等。在一个小饭店里，我们一气喝了一茶壶的绍兴黄酒，大概有五六斤吧。犹嫌不够，听说有大排档彻夜营业，一行人又向大排档走去。一路上，徐坤的腿有些晃悠，走起来乱扭。迟子建指出，徐坤喝了酒很性感。我们都看着徐坤，大笑。徐坤知道了我们笑什么，不敢走在前头。可是不行，都说她的感觉已经出来了，遮不住啊！

到了人气和酒气都很旺的大排档，我们轮流坐庄，敲老虎、杠子、虫和鸡，不知不觉间，又喝了好几斤。徐坤行酒令不大在行，她挨我坐着，该行令了，她悄悄问我喊什么。我让她喊什么，她就喊什么。赢了她高兴，输了也不让我替她喝，一下子就喝干了。我们正喝得高兴，来了一个六七岁的抱吉他的小男孩儿，要给我们唱歌，十块钱唱三支歌。迟子建抢先拿出十块钱，让小男孩儿唱。小男孩唱的是老婆越多越快乐，歌词很糟糕，跟稚嫩的童声极不合拍。迟子建又让他唱了一支小燕子穿花衣，就让他走了。孩子走后，我们的情绪顿时低落，无话。停了一会儿才缓过神来。

那天喝到半夜两点多，把徐坤和迟子建的调皮劲儿都喝上来了，一路搞笑还不够，还圈定几个人，要打骚扰电话。骚扰对象有王干、兴安，还有宗仁发。只有宗仁发的电话打通了，徐坤一把电话打通，让迟子建赶快捏住鼻子，跟宗仁发讲话。听迟子建捏着鼻子，随口捏造一个女子的名字，以南方女子的口气跟宗仁发说话，可把我乐坏了，笑得我肚子都疼了。

2003年夏天，我们去俄罗斯的海参崴，临回国的前一天，尊敬的徐坤先生是彻底地喝高了。那天傍晚，我们先是去海边喝酒，吃海鲜。正吃着喝着，突然下起雨来了，雨下得很大，让人想起高尔基的“让暴风雨来得更猛烈些吧”。雨助酒兴，带去的一瓶黑龙江产的龙江龙牌白酒，还没怎么喝呢，就完了。回到驻地宾馆，我们在宿舍里接着喝。没有酒杯，我们用喝茶的大玻璃杯喝。没有菜，我们就那么干喝。徐坤端起杯子(估计杯子里至少有一两酒)，要跟陈世旭干。作为堂堂男子，世旭兄当然不示弱，二人碰了杯子，一口就喝干了。那杯酒喝下去，徐坤就喝出了惯性，就控制不住自己了。叶兆言、刘醒龙不怎么喝酒，那天真正喝酒的也就是三四个人。我们干喝，又干掉二斤白酒。此后，徐坤的灵魂好像已经放飞，什么都不知道了。喝完酒后，我们明明又冒着海风和细雨去了海边，并在海边凭栏远眺，她却不相信自己真的去了海边。后来她一再问别人：“那天晚上真的又去了海边吗？不是蒙我吧！”

蒙你干吗，那天从海边回宾馆的路上，你才露出了小女子的脆弱本质。你好像还有些伤感，一再问我，“为什么？”“凭什么？”我说值得的，人生难得几回醉嘛！又说：“你不是写过别人《一醉方休》吗，这回轮到你了，哈哈，狗日的白酒！”

不用说，我也醉了！

我和贾平凹的缘分

我本不想用缘分这个词，甚至对这个词有点排斥。不是缘分字意不好，是因为这个词眼下被人用得太多了，滥了，俗了。可是，说到我与贾平凹的相遇和交往，不用这两个字又不行，怎么躲都躲不开。我想这不是汉字的局限，便是我的无能。罢罢罢，请允许我就用这一次吧。谁能说我和缘分这两个修炼已久的字不是有着扯不断的缘分呢！

那年年初，我奉命去西安参加全国煤矿订货会，负责组织会议报道。一说去西安，我就想这是奔贾平凹去的。贾平凹是那里的一个巨大的存在。不知怎么搞的，在我的心目中，他的存在盖过了那座古城许多也不算小的存在，到了西安，想绕过他不大容易办到。

工作上的事情干完后，一天晚上，我们报社驻西安记者站一位姓明的朋友请我去吃当地的一种小吃——涎水面。他说这种小吃好得很，一个人一次可以吃几十碗。我吃过正宗的兰州牛肉拉面、河南羊肉烩面、山西刀削面、贵阳肠旺面、银川老搓面等，而且都是在当地吃的，却没吃过什么涎水面，以前连听说都没听说过。我是在河南农村长大的，爱吃面食，听说涎水面这般诱人，不可不尝。

出租车的司机不知专卖涎水面的老乾州面馆在哪里，拉着我们乱转，兜了好几个圈子也没找到。陪同我们去吃面的还有一位当地城市早报的年轻女记者，女记者掏出手机，向她的朋友打听老乾州在哪里。我说我也有一位朋友在西安。女记者问是谁。我说：“贾平凹呀！”女记者的眼睛马上就亮了，很惊喜的样子。她埋怨我为什么不早说。她们报社要她写一篇名人的访问记，让名人谈新年的打算。她想访问贾平凹，正愁怎样才能找到贾平凹呢。她要求我马上引见她去和贾平凹认识一下。我没有答应女记者的要求，以玩笑的口气对她说："不行呀，我不能带你去见贾平凹，贾平凹那么大的魅力，你要是见了他，就不跟我们在一起了。"

其实我心里是另有想法。

我和贾平凹是在1996年底的第五次全国作家代表大会上认识的。在此之前，平凹的文章我读过不少了。通过读平凹的文章，我知道我俩年龄相近，经历相近，性格也比较接近，所以一握手便有些一见如故的感觉。我知道平凹的字写得很漂亮，请他给我写一幅。他说没问题，回去就给我写。他说会上不是说话的地方，以后有机会好好聊聊。还说什么时候到西安，让我一定去找他。散会回到西安不久，平凹就把字给我寄来了，他写的是："战国风趋下，斯文日中天。"平凹的字古朴，有力，透着一股子大气，让人喜爱。随同书法作品，平凹还给我写了一封短信，信上说："在北京您给我的印象极好，您文章好，人好。却也是个矮个儿，这使我没想到……"我收到平凹的字和信是在1997年春节前夕，除了向平凹表达感激之情，记得我给平凹回信里还说，这是我今年收到的最宝贵的礼物，有了这样的礼物，就可以过一个好年了。

我到西安的前些天里，每天都想给平凹打一个电话，告诉他我来了。但我每天都没打。我知道打扰平凹的人够多的了，以致使平凹到了害怕敲门的地步。平凹的身体也不是很好，他需要静，需要休息。试想想，突然领上一个年轻貌美的女记者去造访平凹，我是不忍心的，那样也显得太不够朋友。我想好了，等我临离开西安时，给平凹打一个电话告辞一下就行了。

我们终于来到了老乾州涎水面馆。上得二楼的一个餐厅，见一个人独自在墙角一张餐桌前坐着，在慢慢喝茶。你道怎的？这个人不是别人，正是贾平凹。平凹也看见我了，从座位上站了起来。我叫着平凹，赶紧走过去，感叹着，与平凹的手紧紧握在一起。我说："我一直想给你打电话，怕打扰你，就没打，没想到在这里遇见了。"平凹说："缘分缘分！"他说，一个朋友约他吃饭，他不想走远，就指定了离他家较近的这个老乾州面馆。他来了一会儿了，可约他的人还没来。我说："约你的人最好别来了。"

于是我们就坐到了一处。我顺水送人情，把和我同来的明朋友和女记者介绍给平凹。刚才还说找平凹不易，不承想转眼之间，那人正在灯火阑珊处。明朋友和女记者都深感惊奇。我注意到，那位初出茅庐的女记者激动得脸都红了。

交谈中得知，平凹刚从医院出来没几天，他是1999年12月31日坚决要求出院的。按当时的说法，过了年就进入下一个世纪了，平凹说住院不能跨世纪。西安这么大，说到能在这个不起眼的小地方相会，我们只能用缘分来解释。我说："我兜了好几个圈子，好像专门来找你的。"他说："是呀，我也像专门在这里等你的。"我们喝了一点陕西特有的稠酒，互相拜年，互道珍重。

女记者当然不愿放过这个难得的机会，开始采访贾平凹。平凹说："我没啥说的，你好好采访采访庆邦吧，他的短篇小说写得特别好。"我说平凹鼓励我。他说："真的，我跟好多人说过你的短篇小说写得好。"女记者当然还是盯着贾平凹不放，问贾平凹在新的一年有什么新的打算。平凹说，时间无所谓新旧，时间都是一样的。他说到了他主编的《美文》，说原来想搞一个大动作，办成半月刊，出一个社会版，因上面不同意，没搞成。

采访正进行着，约他吃饭的朋友来了，后面还跟着一帮子人，有男有女，八九个。平凹埋怨人家不守时，人家打着哈哈搪塞过去了。因人多，他们只好簇拥着贾平凹到一个雅间去了。然而平凹又回来了，邀我一会儿到他家去看看。我说好，一定去。吃饭间，他又过来一次，关照我慢慢吃，说他还得应酬一会儿。我说不着急。涎水面的吃法是很独特，可能因为心思不在吃上，我没吃出什么好儿来。

过了一小会儿，平凹就背着一个小帆布包过来了，说咱走。我们一行到了平凹住在六楼的家。平凹的家可真不得了，简直像一个小型博物馆，环墙壁的架子上放着许多无价之宝。为了给平凹保密，恕我不一一介绍了。平凹指给我看一块鱼化石，说是当天新买的。那是一块不规则的石片，上面都是栩栩如生的小鱼。小鱼有的围成国字，有的排成田字，还有的互相叠加，层次很深。小鱼多得数不清。可平凹说，人家是数着上面鱼的条数卖的，一块钱一条。我们说一块钱买一条亿万年前的鱼，太便宜了。平凹说，如果碰见贵重的文物，他也不给人家钱，给人家他的字，拿他的字换人家的文物。

看到那么多宝贝东西，我对平凹说："千万别让别人再看了。"平凹说："看看没关系，看了才知道宝贵。"我说："看了太让人羡慕了，我就羡慕得不得了。"

我为平凹收藏这么多宝贵东西感到惊奇。平凹说，收藏有个场，比如说他前一段收藏一个大陶罐子，过一段时间，另一个与之配对的大陶罐子跟着就来了。他指给我看客厅沙发后面两个大陶罐子，果然是一对。平凹说："这像是一公一母，母的来了，公的受到吸引，很快就寻来了。"

不知怎么又说到我们两个这次相遇，明朋友说："你们两个也是互相吸引。"我们都笑了。

平凹说："咱们不知修了多少年，才有这次相遇。"平凹信这个。

临别时，我跟平凹相约，等到七十岁那年我们两个在报上互致问候。平凹记住了，说："咱们这么好的人，怎么也得活个八九十岁吧。"

我说："咱们七十岁问候过，到九十岁再问候一次。"

贾平凹笑着同意了。

辑二　异域感怀

地球婆

第一次见面,我对她有些不恭。当我知道了她的身份和她家的经济情况,“地主婆”三个字从我嘴里脱口而出。她不懂中文,我叫她地主婆,反正她也听不懂。其实她听懂了也没什么。她家有农场,有大面积的土地,养有成群的牛、羊、鸡,她又是家庭主妇,我叫她地主婆也算是名副其实,不带什么贬义。不知为何,我看她的形象也像是地主婆的形象,因为她的脸颊格外的红,红得像搽了胭脂一样。我仔细瞅了瞅,她并没有搽胭脂,她脸上的红不是表面的,是深层次的,像是太阳晒出来的,是太阳红。

她是美国华盛顿州的一位普通家庭妇女,名字叫格尤。格尤在一个小教堂里遇见我们,知道我们是应邀到美国写作的中国作家,就决定请我们吃饭,吃烤鸡。她特别说明,鸡是她自家养的。好呀,我们肚里正缺油水,有人请我们吃烤鸡,我们求之不得,当然乐意。

格尤家的别墅建在一处开阔的草地上,别墅对面不远就是蔚蓝色的大海。成群的白鸥在海面翻飞,景色十分壮丽。我们来到格尤家的别墅门口,格尤还没出来,门开处她家的小狗却率先跑了出来。让我感到惊奇的是,小狗从未见过我们,却像是看到久别重逢的老朋友一样,对我们这般友好。它把尾巴举着,像举着一束鲜花。它把“鲜花”快速摇着,在向我们表示热烈欢迎。

外面下着小雨,颇有凉意。而室内壁炉里面的木柴在熊熊燃烧,带有松柏香味的温暖像是一直暖到我们心里。格尤家的厨间如同一个酒吧,是开放式的。我们坐在客厅的沙发上,就可以看见格尤在厨间忙活。据说格尤有五个孩子，四个儿子，一个女儿。最大的孩子二十四岁，最小的孩子才四岁。我们不知道格尤的年龄，她至少有四十多岁。美国的妇女肥胖者居多，一进入中年，体态就有些臃肿。格尤是一个例外，她下穿牛仔裤，上穿高领毛衣，头发绾在头顶，一副很精干的样子。看得出，格尤是一个热爱劳动的人，劳动使她容光焕发，也让她身手矫捷。格尤的厨艺不错，她烤制的嫩鸡黄朗朗的，外焦里酥，的确很好吃。我们用刚刚学到的两句英语，一再向她发起恭维，夸烤鸡的味道太棒了，她的厨艺太棒了，她本人也太棒了！格尤对我们微微笑着，一再说谢谢，谢谢！

我注意到，格尤的性格是内敛的，她的笑优雅而有节制，好像有一点羞涩，还有那么一点忧郁。格尤的睫毛长长的，眼睛是蔚蓝色的。当她的眼睛向下看时，长长的睫毛仿佛给秋水一样的眼睛投下一片阴影。我隐隐觉得，格尤有话要对我们说，但因语言上的障碍，她的话没能说出来。话没能说出来，她像是怀有心事一样。格尤的生活如此优裕，还有什么放不下的心事呢？

过了几天，格尤又让人给我们捎话，要请我们看一个电视片。我们问是什么电视片？捎话的人说，可能是美国的一个风光片吧！格尤家的农场在另外一个挺远的地方，她独自驱车一百多公里，特意请我们看电视片。在看电视片之前，格尤再次请我们吃饭。她打听到我们爱吃面条，给我们每人煮了一碗热腾腾的汤面。晚上八点，电视片准时播出。所谓电视片，原来是电视台播放的一档节目，是一个纪录片。纪录片的内容，是展示全球气候变暖之后南极冰川融化的过程。冰川本来是一个巨大而美丽的整体，现在却烂得千疮百孔，到处都是空洞。那些空洞都很深，深得像无底洞一样。拍摄纪录片的人需要穿上防滑的冰鞋，腰间系上很长的尼龙绳子，才能下到深洞的半腰。冰洞的壁上也有洞，那些洞口正哗哗地向外蹿水。如果冰川也有血管和血液的话，那些蹿水恰似冰川的血管破裂流出的血液，让人触目惊心。冰川连绵起伏，像一座座山峰。由于冰川融化，基础遭到破坏，“山峰”轰然倒下，倒向大海。当冰川坍塌激起排空的海浪时，那悲壮的一幕给人一种毁灭之感。无数座冰川倒向海里，就把海平面提高了。海水大面积涌向人类赖以生存的土地和家园，于是人们纷纷逃离。

纪录片看了一半，我就知道格尤的用意了。我悄悄回头看了看格尤，见格尤看得十分专注。她手上端着小半杯红葡萄酒，看片子期间，她就那么一直端着，像是忘了喝。她表情凝重，看到紧张处似乎还有些惊悚。看完纪录片，格尤通过翻译告诉我们：我知道你们是作家，会写文章，希望你们写写环境保护方面的文章，呼吁全世界的人都来爱护我们的地球，保护我们的地球。格尤终于说出了她要对我们说的话，她看着我们，神情是那样恳切。我当即表态说：好的，好的，我们一定尽力而为。

我们生于地球，长于地球，日日夜夜在地球上生活，一分一秒都离不开地球。可作为地球上的普通居民，有多少人真正关心过地球的现状呢？有多少人对地球的变化忧心忡忡呢？也许我们觉得地球太大了，大得我们心里装不下它。也许地球离我们太近了，反而觉得它离我们很远。也许我们对地球太熟悉了，对太熟悉的事物我们往往不愿多看它一眼。格尤不是这样，在格尤眼里，地球好比是她家的一只皮球，她要经常把皮球摸一摸，拍一拍。地球好比是她家的一只宠物，一只猫，或一只狗，她对宠物宠爱有加，不允许别人对宠物有半点伤害。宠物若有一个好歹，她会很心疼的。格尤以地球为己任，她的胸怀是真正胸怀全球的胸怀。

须知格尤并不是什么官员，也不是什么环保专家，她只是一位普通的家庭妇女，或者说她只是一个农妇啊，她不愁吃，不愁穿，地球的冷暖关她什么事呢？格尤不，她就是要把地球和自己联系起来，就是要关心地球的事。我们习惯说天塌砸大家，格尤会说，天塌砸我。我们说天塌大家顶，按格尤的负责态度，格尤会说，天塌她来顶。知道了格尤的环保意识和对地球的责任感，我对她肃然起敬。我不该叫她地主婆，应该叫她地球婆才是。

在雨地里穿行

那是什么？又白又亮，像落着满地的蝴蝶一样。不是蝴蝶吧？蝴蝶会飞呀，那些爬在浅浅草地上的东西怎么一动都不动呢？我走进草地，俯身细看，哦，真的不是蝴蝶，原来是一种奇特的花，它没有绿叶扶持，从地里一长出来就是花朵盈盈的样子。花瓣是蝶白色，花蕊处才有一丝丝嫩绿，真像粉蝶展开的翅膀呢！放眼望去，大片大片的花朵闪闪烁烁，又宛如夜空中满天的星子。

我们去的地方是肯尼亚马赛马拉野生动物保护区，保护区的面积大约是四百平方公里。在保护区的边缘地带，我注意到了那种大面积的野花，并引起了我的好奇。在阳光普照的时候，那种野花的亮丽自不待言。让人称奇和难以忘怀的是，在天低云暗、雨水淅沥之时，数不尽的白色花朵似乎才更加显示出其夺目的光彩。花朵的表面仿佛生有一层荧光，而荧光只有见水才能显示，雨水越泼洒，花朵的明亮度就越高。我禁不住赞叹：哎呀，真美！

北京已是进入初冬，树上的叶子几乎落光了。地处热带的肯尼亚却刚刚迎来初夏的雨季。我们出行时，都遵嘱在旅行箱里带了雨伞。热带草原的雨水是够多的。我们驱车向草原深处进发时，一会儿就下一阵雨。有时雨下得还挺大，大雨点子打得汽车前面的挡风玻璃砰砰作响，雨刷子刷得手忙脚乱都刷不及。这么说吧，好像每一块云彩都是带雨的，只要有云彩移过来，雨跟着就下来了。

透过车窗望过去，我发现当地的黑人都不打雨伞。烟雨朦胧之中，一个身着红袍子的人从远处走过来了，乍一看像一株移动的海棠花树。待“花树”离得稍近些，我才看清了，那是一位双腿细长的赤脚男人。他没打雨伞，也没穿雨衣，就那么光着乌木雕塑一样的头颅，自由自在地在雨地里穿行，任天赐的雨水洒满他的全身。草地里有一个牧羊人，手里只拿着一根赶羊的棍子，也没带任何遮雨的东西。羊群往前走走，他也往前跟跟。羊群停下来吃草，他便在雨中静静站立着。当然，那些羊也没有打伞。天下着雨，对羊们吃草好像没造成任何影响，它们吃得专注而安详。那个牧羊人穿的也是红袍子。

我说他们穿的是袍子，其实并没有袍袖，也没有袍带，只不过是一块长方形的单子。他们把单子往身上一披，两角往脖子里一系，下面往腰间一裹，就算穿了衣服，简单得很，也易行得很。他们选择的单子，多是以红色基调为主，再配以金黄或宝蓝色的方格，都是鲜艳明亮的色彩。临行前，有人告诫我们，不要穿红色的衣服，以免引起野生动物的不安，受到野生动物的攻击。我们穿的都是暗淡的衣服。到了马赛马拉草原，我看到的情景恰恰相反，当地的土著穿的多是色彩艳丽的衣服，不知这是为什么。在我看来，在草原和灌木的深色背景衬托下，穿一件红衣服的确出色，每个人都有着万绿丛中一点红的意思。

我们乘坐的装有铁栅栏的观光车在某个站点停下，马上会有一些人跑过来，向我们推销他们的木雕工艺品。那些人有男有女，有年轻人，也有上岁数的老人。他们都在车窗外的雨地里站着，连一个打伞的人都没有。洁净的雨滴从高空洒下来，淋湿了他们绒绒的头发，淋湿了他们的衣服，他们从从容容，似乎一点儿都不介意。我想，他们大概还保留着先民的习惯，作为自然的子民，仍和雨水保持着亲密的关系，而不愿与雨水相隔离。

在辽阔的野生动物保护区，那些野生动物对雨水的感情更不用说了。成群的羚羊、大象、野牛、狮子、斑马、角马、长颈鹿，还有秃鹫、珍珠鸡、黄冠鹤等等，雨水使它们如获甘霖，如饮琼浆，无不如痴如醉，思绪绵长。你看那成百上千只美丽的黑斑邓羚站在一起，黄白相间的尾巴摇得像花儿一样，谁说它们不是在对雨水举行感恩的仪式呢？有雨水，才会有湿地，有青草，有泉水。雨水是生命的源泉，也是一切生物生生不息的保障啊！

我们是打伞的。我们把精制的折叠雨伞从地球的中部带到了地球的南端。从车里一走下来，我们就把伞打开了，雨点儿很难落在我们身上。有一天，我们住进马赛马拉原始森林内的一座座尖顶的房子里。雨下了一夜。第二天早上，彩虹出来了，雨还在下着。我们去餐厅用早餐时，石板铺成的小径虽然离餐厅不远，但我们人人手里都举着一把伞。餐厅周围活动着不少猴子，它们在树上轻捷地攀援，尾随着我们。我们在地上走，它们等于在树上走。据说猴子的大脑与人类最为接近，但不打伞的猴子对我们的打伞行为似有些不解，它们仿佛在问：你们拿的是什么玩意儿？你们把脸遮起来干什么？

回想起小时候，在老家农村，我也从来不打伞。那时，打伞是奢侈品，我们家不趁一把伞。夏天的午后，我们在水塘里扑腾。天忽地下起了大雨，雨下得像瓢泼一样，在塘面上激起根根水柱。光着肚子的我们一点儿都不惊慌，该潜水，还潜水；该打水仗，还继续打水仗，似乎比不下雨时玩儿得还快乐。在大雨如注的日子，我和小伙伴们偶尔也会采一枝大片的桐叶或莲叶顶在头上。那不是为了避雨，是觉得好玩儿，是一种雨中的游戏。

不知从何时开始，我打起了雨伞。一下雨，我便用伞顶的一块塑料布或尼龙布把自己和雨隔开。我们家多种花色的伞有好多把。然而，下雨的日子似乎越来越少了，雨伞好长时间都派不上用场。如果再下雨，我不准备打雨伞了，只管到雨地里走一走。不就是把头发和衣服淋湿嘛，怕什么呢！

参天的古树

那是一栋独立的别墅，我住在二楼的一间卧室。卧室的窗户很宽大，窗玻璃明亮得有如同无。然而这样的窗户却不挂窗帘。我只需躺在床上，便把窗外的景物看到了。窗外挺立着一些参天的古树，那些古树多是杉树，也有松树、柏树和白桦等。不管哪一种树，呈现得都是未加修饰的原始状态，枝杈自由伸展，树干直插云天。一阵风吹过，树冠啸声一片。一种宝蓝色的凤头鸟和一种有着玉红肚皮的长尾鸟，在林中飞来飞去，不时发出好听的叫声。我看到的更多的是举着大尾巴的松鼠，它们在树枝间蹿上跳下，行走如飞，像鸟儿一样。松鼠是没长翅膀的鸟儿。它们啾啾叫着，欢快而活泼。它们的鸣叫也像小鸟儿。树林前面，是一片开阔的草地。和草地相连的，是蔚蓝色的海湾。海湾对面，是连绵起伏的雪山。

把目光拉回，我看到两只野鹿在窗外的灌木丛中吃嫩叶。它们一只大些，一只小些，显然是一对夫妻。我从床上下来看它们，它们也回过头来看着我。它们的眼睛清澈而美丽，毫无惊慌之意。墙根处绿茵茵的草地上突然冒出一堆蓬松的新土，那必是能干的土拨鼠所为。雪花落下来了，像是很快便为褐色的新土堆戴上了一顶白色的草帽。

是的，那里的天气景象变化多端，异常丰富。一会儿是云，一会儿是雨；一阵儿是雹，一阵儿是雪；刚才还艳阳当空，转瞬间云遮雾罩。雪下来了。那里的雪花儿真大，一朵雪花儿落到地上，能摔成好多瓣。冰雹下来了。碎珍珠一样的雹子像是有着极好的弹性，它打在凉台的木地板上能弹起来，打在草地上也能弹起来，弹得飞珠溅玉一般。不一会儿，满地晶莹的雹子就积了厚厚一层。雨当然是那里的常客,或者说是万千气象的主宰。一周时间内,差不多有五天在下雨。沙沙啦啦的春雨有时一下就是一天。由于雨水充沛,空气湿润,植被的覆盖普遍而深厚。树枝上,秋千架上,绳子上,甚至连作门牌的塑料制品上,都长有翠绿的丝状青苔,让人称奇。

那个地方是美国华盛顿州西南海岸边的一个小村,小村的名字叫奥斯特维拉。我和肖亦农先生应埃斯比基金会的邀请,就是住在那个环境优美的地方写作。过去我一直认为,美国是一个发达国家,也是一个年轻国家,不过到处都是高楼大厦,没有什么古老的东西。这次在那里写作,我改变了一些看法,发现古老的东西在美国还是有的。美国虽然年轻,但它的树木并不年轻,美国不古老,那里生长的树木却很古老。肯定是先有了大陆、土地、野草、树木等,然后才有了美国。看到一棵棵巨大的苍松古柏,你不得不承认,美国虽然没有悠久的人文历史,却有着悠久的自然生态历史。而且,良好的自然生态就那么生生不息,一直延续了下来。这一点,看那漫山遍野的古树,就是最好的证明。

出生于本地的埃斯比先生,为之骄傲的正是家乡诗一样的自然环境。他自己写了不少赞美家乡的诗歌,还希望全世界的作家、诗人、剧作家、画家等,都能分享他们家乡的自然风光。在一个春花烂漫的上午,和煦的阳光照在草地上,埃斯比突发灵感,对他的朋友波丽说:咱们能不能成立一个基金会,邀请全世界的作家和艺术家到我们这里写作呢?埃斯比的想法得到了波丽的赞赏,于是,他们四处募集资金,一个以埃斯比命名的写作基金会就成立了。基金会是国家级的社团组织,其宗旨是为全世界各个流派的作家和艺术家提供不受打扰、专心工作的环境。基金会鼓励作家和艺术家解放自己的心灵,以勇于冒险的精神重新审视自己的写作项目,创作出高端的文学艺术作品。

基金会成立以来,在过去的九年间,已有苏格兰、澳大利亚、尼泊尔、加拿大、匈牙利等六七个国家的九十五位作家、艺术家到奥斯特维拉写作。他们都对那里的居住和写作环境给予很高评价,认为那里宁静的气氛、独处的空间、优美的自然风光,的确能够激发创作活力。

我由衷敬佩埃斯比创办基金会的创意。他的目光,是放眼世界的目光。他的胸怀,是装着全人类的胸怀。他的精神,是真正的国际主义的精神。有了那样的精神，他才那么给自己定位，才有了那样的创意，才舍得为文化艺术投资。他的投资不求回报，是在为全世界的文化艺术发展作贡献，在为人类的精神文明作贡献。埃斯比的举动堪称是一个壮举。

1999年，埃斯比先生逝世后，波丽继承了他的遗志，继续发展基金会的事业，不断扩大基金会的规模。基金会扩建基础设施的近期目标，是每年至少可以接待三十二位作家、艺术家到那里生活和写作。波丽一头银发，大约七十多岁了。她穿着红上衣，额角别着一枚蝴蝶形的花卡子，看上去十分俏丽，充满活力。她对我们微笑着，很像一位慈祥的老奶奶。她在互联网上看到对我们的介绍和我们的作品，向我们深深鞠躬，让我们十分感动。

由中国作家协会推荐，经埃斯比写作基金会批准，我和肖亦农有幸成为首批赴奥斯特维拉写作的中国作家。一在树林中的别墅住下来，我就体会到了那里的宁静。我们看不到电视、报纸，也没有互联网，几乎隔断了与外界的信息联系。那里树多鸟多，人口稀少。我早上和傍晚出去跑步，只见鸟，不见人；只阅花儿，不闻声。天黑了，外面漆黑一团，只有无数只昆虫在草丛中合唱。在月圆的夜晚，我们踏着月光出去散步，像是听到如水的月光泼洒在地上的声音。写作的间隙，我平躺在客厅的沙发上，看着挂在凉棚屋檐下由道道雨丝织成的雨帘，一时不知身在何处，宁静而幽远的幸福感从心底涌起。不能辜负埃斯比写作基金会的期望，亦不能辜负那里优美的自然环境，在不到一个月的时间里，我写了一篇短篇小说，两篇散文，记了两万多字的日记，还看完了三本书。

我们刚到那里时，杏树刚冒花骨朵儿。当我们离开时，红红的杏花已开满了一树。

埃及散记

开场白

外国我去过几个了，外国的风光，风俗，以及在异国的感受，我这支拙笔倒是写过几篇小文。我很佩服有的作家，人家到国外转一圈，回来差不多能写一本书。人家的心是有准备的心，每到一处，不仅忙着往小本子上记，往照相机里照，还注意搜集有关资料。回头把几样东西一攒巴，一本书就出来了。我不行，我出去饱饱眼福，新鲜新鲜就完了，压根儿没打算写什么长篇大论。也有的报刊编辑知道我要出国，提前向我约稿，让我给他写点纪行或游记之类。我说我不敢答应，因为这类东西我写得很少，担心找不着感觉。回来后果然什么都没写。外国有些东西是不错的，看过的确能给人留下一些印象。比如马来西亚的热带自然风光，比如日本人的生活特别注重细节，再比如俄罗斯海参崴的漂亮姑娘等等，写写都是可以的。我之所以没写，一是觉得看到的都是浮光掠影的东西，和自己的心没什么联系，缺少必须书写的内在动力。二是打开国门这么多年，人们出国越来越方便，对外国的东西已不像开放之初那么稀罕。

这次去土耳其和埃及，我却要写点感受了。土耳其的伊斯坦布尔倒也没什么，除了清真寺和圣索菲亚教堂规模宏大一些，皇宫特色独具一些，加上这座城市横跨欧亚两大洲，民族交融使人种（据土耳其人称，他们是我国的游牧民族突厥人的后代）显得剽悍一些，别的方面和许多城市大同小异，无甚可记。我主要记述的是在埃及的所见所闻，是这个国家的古代文明、悠久历史和罕见的文化形态，给我留下了一些难忘的记忆。

木　船

2004年3月13日，我们在埃及的首都开罗参观了这个国家的博物馆。博物馆面积很大，里面陈列的各类文物有数万件。我们先看到了一条木船，船的形状和现在的大型帆船差不多，都是中间宽，两头尖，船体两端都有些上翘。乍一看，我对这条船并不重视，不就是一条船嘛！听了有关该船的介绍，我心里才有些惊叹：乖乖，了不得！你猜怎么着，这条看似不显眼的船距今已有四千六百年历史。四千六百年，这是个什么概念，一闭眼，是一个久远得让人眩晕的时间。这么长时间，是一块铁也该化了，是一块石头也该烂了，可这条木船竟赫然存在着，使我不得不对它刮目再看。船体是白茬木的，木质坚实，木纹清晰可见，有的地方还闪着骨膜一样的亮光。船的完整程度，似乎一把它投放进尼罗河里，或红海里，它仍可续写破浪航行的辉煌历史。这条船向我们证明，埃及早就把船作为水上交通运输工具，而且有着相当精湛的造船工艺。有一点我没弄明白，这条船为何保存得这么好呢？是不是与埃及的荒漠性干燥气候有关系呢？

黄　金

我在博物馆里看到了大量黄金制品，黄金的用量逐步升级，甚至用吨位来衡量。我先看到了一条金眼镜蛇，眼镜蛇在法老时代被尊为神，是专伺保护快乐女神的神。接着看到一只张开翅膀的金鹰，鹰也是神，是专门保护法老国王的。连保护神都是用金子做成的，法老国王本身更得使用大量黄金来塑身。我看到了法老的金面具，和法老等高的金身，还有两个金棺。金棺方方正正，大得像一间房子。据介绍，金棺不是用纯金做的，里面是木头，表面用了一层贴金，光贴金就用了不少黄金。金棺做工精细，称得上金碧辉煌。

想起在北京的故宫，我也看过不少黄金制品，有金印、金盆、金塔、金如意、金筷子等。我们的金制品比较精巧，规模也比较小。我想，大概因为我们国家过去比较穷，黄金葆有量比较少的缘故。世界的货币制一直是金本位，哪个国家的黄金储备多，就表明哪个国家比较发达，比较富强。法老时代那么多黄金，足以证明古埃及多么富裕和强大。

关键还不在这里，我想说的是，埃及的物质文明史要比我们中华民族的物质文明史早得多。须知埃及的这些黄金制品，都是在公元前两千多年前制造出来的。而在同一个时间段，我们中国的新石器时代刚过去不久，大约才进入青铜时代。我不知道中国那时候有没有金子，反正就当时中国的冶炼技术和国力来说，还远远达不到大量拥有黄金的程度，更谈不上有什么黄金制品。

以前，我也听说过古罗马和古埃及文明，但有些夜郎自大，觉得中华民族的历史才是最悠久的，中华民族的文明才是最古老的，不愿承认人家的文明。这次看了埃及的博物馆，才使我打开了眼界。数不清的实物在那里摆着，你不想承认也不行。

木乃伊

去埃及之前，我听说过木乃伊，但从没有看见过木乃伊。我参观过中国的古尸，那不是木乃伊。据说我国的新疆地区有木乃伊，那也不是真正的木乃伊。木乃伊是一个专指，特指古代埃及人用特殊的防腐药品和埋葬方法保存下来的没有腐烂的尸体。这就是说，木乃伊是制造出来的，制造木乃伊需要特殊的条件和特殊的工艺。如果木乃伊也有专利的话，专利应当属于古埃及。

我在埃及的开罗博物馆看到了好几具人体木乃伊，那些木乃伊有男有女，有的躺着，有的立着。在玻璃框里站立着的木乃伊，看上去高大粗壮，似乎比现在的人高出许多，让人怀疑现在的人类是不是变矮了。没人给我们讲解，人死后为什么还要制成木乃伊？我想，无非是人类出于对生命的挚爱，对人生的留恋，以及对长生的渴望。

让人感到惊奇的是，我在博物馆里还看到了不少动物的木乃伊，那些动物有牛、羊、鸡、狗、猴子、兔子、鹰、鸽子、鳄鱼等等，好像天上飞的，地上跑的，水里游的，全都包括了。以前只听说过有人体木乃伊，没想到还有各种动物的木乃伊。人到了另一个世界，大概想把原来的世界都带走，再造一个世界，所以才制造了众多的动物木乃伊。这有些类似我国古代皇陵的殉葬品，那些殉葬品里也有活人活马。狗的木乃伊是蹲坐的姿势，直着头，闭着嘴巴，望着远方，样子十分安详，像是在为主人看家护院。一只猴子的木乃伊也是坐姿，头侧向左边，右手摸着右脚。猴子的造型这般栩栩如生，不像是死后才制成的木乃伊，而是猴子还活着时，就把猴子的手脚固定住，活活地制成了木乃伊。如果我的推测成立，别的动物也都是活着时制成木乃伊。另外，每个动物木乃伊的外面，都扣有一个和动物形状相同的陶器，陶器饰以彩绘，像是一个放大了的动物。

金字塔

金字塔是埃及的标志性建筑，也是全人类所居住的地球上的标志性建筑，因为金字塔太著名了，我对金字塔向往已久。2004年3月13日下午，我们从开罗乘车向金字塔出发。出城不远，我就看见金字塔的塔尖了，如耸立的山峰。可走了一会儿，金字塔又看不见了，像是隐蔽起来了。直到汽车拐进一片荒漠走了好一会儿，我们才来到金字塔跟前。金字塔有三座，一座最大的，一座中大的，还有一座小的。塔的形状呈多面角锥形，远看如同中国的汉字金，所以叫金字塔。我们中国人叫它金字塔，不知外国人是不是这个叫法。

其实金字塔是法老国王的陵墓，因陵墓建得比较高大，就叫成了塔。陵墓用一块块巨石堆砌而成，里面是砂岩，外面是一层装饰性的花岗岩。因年代太久，花岗岩几乎不存在了，露出了土黄色的砂岩内胎。只有那座最高的金字塔的塔顶处，还保留着少量的花岗岩，在阳光的照耀下，花岗岩闪着美丽的光彩，如戴了一顶尖顶的帽子。金字塔没什么可看的，人们到了那里主要任务就是以金字塔为背景照相，左照右照，立下存照，证明自己来看过金字塔了。

我在用一座山石雕成的狮身人面像前也留了影。几千年来，狮身人面像经风雨剥蚀，人面上的五官已不太清晰，鼻子不是鼻子，眼睛不是眼睛，只剩下一些大致的模糊不清的轮廓。人们担心,再过若干年,这座雕像将彻底消失。

月 光

从开罗到埃及的南方城市阿斯旺,我们是乘火车去的。据说阿斯旺是埃及的第三大城市,除了开罗、亚历山大,就是阿斯旺了。可阿斯旺的人口才一百多万,这样的人口数量只相当于我们中国一个中等县的人口量。上了火车,我被单独安排在一个包厢里。包厢的空间比较狭小,但设施还算齐全,有卫生间、洗手池、折叠式小茶几、衣架等。睡到后半夜醒来,我觉得车窗外微明,以为天就要亮了,举头往外一看,原来天空中挂着大半块月亮,外面不是天光,是月光。这肯定是我在故乡看到的那个月亮。那年春天我回老家,正赶上二月十五月儿圆。刚吃过晚饭,月亮就升起来了,照得我们家的院子白花花的。我搬个小凳子坐在院子里,一直看着月亮,沐浴着月光。院子里静极,是月光让一切都沉静下来,并不断加深着沉静的深度。我干脆坐起来了,久久注视着车窗外的月亮。列车走,月亮也在走。月亮似乎也看见我了,仿佛在说:我认识你,你怎么跑到这儿来了。月光是公平的,不管你到哪里,月光都有你一份。月光的普遍性让我心生感动。我想起一个故事。一个盗贼听说山上的寺里有珍宝,就趁和尚下山的时候到寺里去偷,他把寺里各个角落都找遍了,也没找到什么珍宝。下山时盗贼碰见和尚,他问和尚,寺里的珍宝到底藏在哪里。和尚把遍地的月光一指,说你看,这就是我们的珍宝。

天渐渐亮了,我才看到车窗外的异国风光。沿途有水塘,塘里长着芦笋和蒲草。田里一片葱绿,看样子像是还没出穗的小麦。有农人在田里劳动,他们都是黑人,下地干活儿也穿着长袍。他们的交通和运输工具多是毛驴,下地骑毛驴,收工回家也是骑毛驴。我看见一个穿灰白长袍的农人,骑着一头同样是灰白颜色的毛驴,驴背上放着一大捆青草。偶尔也能看见一辆公共汽车,汽车很小,后面的车厢是封闭式的,车厢里已挤满了人,不少人就站在车厢后面的踏板上,像蜂团子一样。

尼罗河

从埃及回来，不能不提到尼罗河，尼罗河对埃及非常重要，的确称得上是埃及的母亲河。我们乘坐和下榻的宾馆式豪华游轮，在尼罗河上走了四夜三天，让我们饱览了尼罗河两岸的旖旎风光。船上房间的窗户很大，坐在窗边小圆桌旁的沙发上，抬眼即见烟波浩渺的河面。尼罗河的水很清，是碧蓝色的，有白色的水鸟在水面翻飞。河上打鱼的人很少，在远远的岸边，才有一两只小船。泡一杯从国内带来的信阳毛尖，一边品茶，一边看水，真是一种莫大的享受。我注意到了，埃及的田园和绿化带都是沿尼罗河两岸展开的，或者说庄稼、树木以及城市，都是尼罗河的河水浇灌和派生出来的，离河稍远一些的地方，就是寸草不生的沙漠和荒山。埃及的工业生产不够发达，吃粮主要是靠进口。埃及的国民经济收入三分之一是来自旅游业，而尼罗河是埃及的主要旅游资源，旅游业的大部分收入是从尼罗河里获得。

到埃及旅游的，百分之九十以上是欧洲人或白种人，在船上偌大的自助餐餐厅里，每天就餐的只有包括我们北京作家团在内的两三桌亚洲人，而其他几十张桌子坐的全是欧洲人。欧洲人多是夫妻出游和全家出游，他们玩儿得非常放松。我在茨威格的小说里看见过类似的场景。在十八十九世纪甚至更早，欧洲人就开始了旅游。他们在全世界拥有不少殖民地，想到哪里就到哪里。他们富足，浪漫，养成了旅游的习惯。侍者都是当地的黑人，他们高高的个子，职业化的笑容，敏捷的动作，还有机器般的耐心，显得训练有素。

在这次去土耳其和埃及之前，我被告知，这两个国家主要信奉伊斯兰教，到那里主要是吃牛羊肉。我说很好，我最爱吃的肉就是羊肉。我想起有一年，我随《人民文学》组织的作家团去新疆，我们几乎天天吃手扒羊肉，吃得真是痛快。然而到土埃转了十来天，我天天都准备着吃羊肉，却连一次羊肉都没吃过。在船上的自助餐厅里，我端着盘子找来找去，始终没发现羊肉，只有一些煮得不烂的牛肉。后来我悄悄问导游，怎么看不见羊肉呢？你们这里不是羊肉多嘛！埃及的女导游告诉我，餐厅为降低成本，一般舍不得给游客吃羊肉，因为羊肉太贵了，一公斤羊肉相当于一公斤牛肉的三四倍价钱。噢,原来是这样,可以理解,等我们回国再吃吧。

游船的顶部有一个面积不小的平台,上面有泳池,日光浴晒台,还有酒吧。我登上平台一看,晒台那里的躺椅上一片白,几乎都被只穿着泳装的白种人占满了。白种人大概嫌自己太白了,想把皮肤晒得红一些。两天之后,我在埃及红海边的一处沙滩上,又看见了许多白人在那里进行日光浴。让人称奇的是,不少女人把乳房裸露出来,就那么夸耀似的在太阳下面晒。有的女人乳房很大,堪称巨乳。有的女人乳房很白,白得闪着柔光。有的女人乳房已经晒红了,晒成了她们预想的效果。有的女人很年轻,看上去像是姑娘模样,她们也仰躺着,举着乳房在那里晒,把乳房变成了阳光乳房。

在游船上,我每天晚上都去舞厅跳舞。晚上没别的活动,不跳舞干什么呢!和外国女人在一块儿跳迪斯科,我们一边跳,一边大叫,跳得汗水淋漓。

有天晚上跳完舞已是半夜,我突发奇想,干脆到船顶部的平台去睡一夜,好好看一看月亮和星星。平台上的灯都熄灭了,月亮尚未出来,只有一些星星散落在泳池里。我摸索着在一个躺椅上躺下来,像小时候在我们老家的打麦场一样看着星星。船在前行,风很大,平台上一个别的人也没有。我闭上眼睛,想试一下能不能睡着。不行,我觉得有些冷,裹紧毛巾被还是冷。这里毕竟不是我们老家的打麦场,而是异国他乡,我无论如何也睡不着。又坚持了一会儿,我突然觉得有些害怕,赶紧下去回到我自己的房间。

神　庙

在埃及到底看了多少神庙,我都记不清了,至少有七八座吧。看头两座神庙时,我还有些兴趣,后来看得越多,印象有些串秧子,越是模糊不清。记得在阿斯旺,我们在一个面积很大的水库里乘坐游艇,去看了一座神庙。据说原来神庙的位置在水库里,水库一蓄水,会把神庙全部淹没。为了保护文物,埃及吁请联合国教科文组织出面筹资,把这座巨大的神庙整体迁移出来,移到一处水淹不到的高台上。我们到迁移出来的神庙里看过,知道神庙巨大的石雕山墙和立柱都被切割过,然后被重新拼接在一起，拼接的痕迹清晰可见。

在尼罗河河边，我们弃船登岸，也看过一座神庙。神庙的雕花石柱顶天立地，仰视才能看见上面的横梁。如果把整座神庙比作艺术品的话，看了这样的神庙，你才知道什么叫粗犷。

埃及的神庙都是石头建筑，看不到一根木头。我以为看到的神庙都是废墟，因为神庙上面都露着天。听了介绍才知道，埃及的神庙本来就没有盖顶，都是露天的。神庙还有一个特点，每座神庙里供奉的都没有立体神像，神像都是雕刻在石头墙壁上，刻成了浮雕，那是法老国王和他的老婆。

金钱与尊严

2009年10月中旬，我们去德国参加法兰克福书展开幕式之后，顺便到德国的又一座城市科隆看了看。科隆以教堂闻名。据说在全世界所有教堂中，科隆大教堂的建筑高度海拔最高，离天最近。我们到那里一看，见教堂的尖顶直插云天，果然名不虚传。我仰着脑袋看了一会儿，因天上的云在动，仿佛教堂也在移动，看得我有些晕眩。我这里倒不想对教堂多说什么。翻检日记，见两件小事颇有意趣，不妨说给大家听。

为狗讨钱

在科隆期间，我多次在街边看到这样的小景：在两座建筑夹道的石头台阶下部，顺势半躺着当地的一个男青年，男青年脚边俯首卧着一条狗，狗的嘴前放着一个圆形的容器，里面扔着少许零钱。显然，男青年是向过路人讨钱的。但他不是以人的名义讨钱，而是把狗引到前台，以狗的名义讨钱。他不指望人同情人，指望人们同情一下他的狗，为狗献一点爱心。男青年脚上穿着很好的皮靴，样子一点都不落魄。他的狗呢，是一条大型狗：狗身上干干净净，保养得也不错。有人走过，男青年并不伸手，也不开口。只是他的狗眼睛略嫌羞涩地看着走过来的人，神情有些可怜巴巴，仿佛在说：各位女士，各位先生，看在我们是人类宠物的份儿上，给我一点钱吧！有一次，我的一位同事禁不住对狗夸了一句，说这只狗挺乖的。男青年听见我的同事夸他的狗，便马上示意让我的同事给他的狗掏钱。

我觉得这样不太好。我猜想，作为一个身体健壮的男人，男青年若直接向路人讨钱，会担心有失做人的尊严，便想出了这个以狗代过的办法。在科隆大教堂门口，每天都有不少人在那里挣钱。他们有的装扮成卓别林，有的装扮成蝙蝠侠，或长着翅膀的天使等，吸引人们与他们合影，他们收一点钱。他们这样做无可非议，不失尊严。而那个企图拿狗当幌子的男青年，最终还是有失尊严。须知狗并不会支配钱，他们共同讨来的钱，还是由男青年支配。男青年使用的是间接讨钱法。

问题到这里并没有结束，我还说的是，不仅男青年失去了尊严，连他的不会说话的狗也失去了尊严。人需要尊严，难道狗就不需要尊严吗？

往脑门上贴欧元

我们在科隆还听了一场音乐会。那是罗马尼亚的一支爵士乐队在科隆大教堂附近的音乐厅演出。平生第一次听西洋爵士乐队的演奏，没听之前我蛮期待的。一旦开听，我未免有些失望。乐队的乐器多是一些大大小小的铜号，声响相当单调。他们演奏的每一支曲子节奏都很快，让人几乎喘不过气来。更让人难以承受的是，他们的演奏有着轰炸般的效果，使听者的每一根神经都仿佛面临严峻考验。可是，我发现德国的那些男女青年却听得如痴如醉，异常忘我。我们座位的前排坐着几位美丽的女青年，音乐一响，她们就随着音乐的节奏舞手，挥拳，继而抬臂，扭肩，表现得激情四射。随着音乐会进入高潮，全场男女青年都站立起来，在原地踏着爵士乐起舞，口哨声、喊叫声在同时推波助澜。音乐会结束，乐队退场的办法是从舞台上走下来，一边继续演奏，一边从听众席穿过。我以为这是谢幕的一个方式，不料他们走到音乐厅大堂，仍在那里演奏不止。听众也没有散去，他们把乐队围在中间，转着圈儿地围着乐队跳。不少人买了啤酒，他们一边喝着啤酒，一边手舞足蹈。那种场面很像是一场狂欢，音乐、时尚、市场、青春、互动等相加形成的狂欢。这种狂欢是很感染人的，我常不知不觉也加入狂欢的行列。

有一位号手，大脑袋，秃顶，光光的前额像一个平台。号手吹得很卖力，以致“平台”上出了一层汗。在阳光的照耀下，号手的额头闪着水光。这时，我看见一个男青年，拿出一张欧元，炫耀了一下，啪的一下，把欧元贴到号手的脑门儿上去了。这一幕让我吃惊不小，我觉得那个青年这样做很不好。你想对号手有所奖励，可以把钱交到人家手里，或塞进人家的口袋，干吗把一张花花绿绿的纸币贴在人家脑门儿上呢！一个人的脑袋是一个人最尊贵的地方，你把钱贴在人家脑门儿上，别管怎么说，都显得对人家不够尊重吧。我想，罗马尼亚的号手也许会生气，也许会一把将欧元抓下来，攥成一团，扔在地上，再踏在脚下。

然而这一切都没有发生。号手倒是把欧元取下来了，他以很快的速度把欧元装进自己的口袋里。号手一点儿都不生气，好像吹得更加来劲，更加兴高采烈。让我想不到的是，那个号手仿佛意识到自己的光脑门儿是一个优势所在，他一边吹号，一边忙里偷闲用一根手指指着自己的脑门儿，仿佛在说：贴，贴，继续贴，贴得越多越好！有人明白了他的意思，他的脑门儿上果然又被贴上了新的欧元。我想为那个号手叹气，他的行为真是有失尊严。尊严是什么？一个人的尊严首先是自重，自尊。如果连自己都不尊重自己，还有谁会尊重你呢？在这个物化的世界，金钱对人类尊严的伤害实在是太厉害了。

送您一片月光

从开罗前往埃及南部城市阿斯旺，需乘坐一夜火车。是夜，我独自享用一个小小包厢。睡至半夜醒来，抬头望见车窗外的天空挂着大半块月亮。月亮是晶莹的，无声地放着清辉。我素来爱看月亮，便坐起来，对月亮久久望着。列车在运行，大地一片朦胧。而月亮凝固不动似的，一直挂在我的窗口。我观月亮，月亮像是也在观我，这种情景给我一种月亮与我两如梦的感觉。

我有些走神儿，想到了故乡的月亮，想到月光在我家院子里洒满一地的样子。清明节前，我回老家给母亲烧纸。晚上，只有我一个人在院子里坐着。一盘圆圆的月亮蓦然从树的枝丫后面转出来了，眼看着就升上了树梢。初升的月亮是那般巨大，大得有些出乎我的意料。不必仰脸往天上找，甚至不用抬头，好像月亮自己就碰在我眼上了。随着月亮渐升渐高，皎洁的月光便洒了下来。没有虫鸣，没有鸟叫，一切是那样静谧，静得仿佛能听见月光泼洒在地上的声音。地上的砖缝里生有一些蒲公英，蒲公英正在开花。因月光太明亮了，我似乎能分辨出蒲公英叶片的绿色和花朵的黄色。

我相信，我在埃及看到的月亮，就是我们家乡的那个月亮。我还愿意相信，月亮是认识我的，我到了埃及，她便跟着我到埃及来了。可是，埃及在非洲的北部，离我们家乡太远太远了啊！远得隔着千重山，万重水，简直像是到了另外一个充满神话的世界。家乡离埃及如此的遥远，月亮是怎么找到我的呢？是怎样认出我的呢？月光是不是有着普世的性质，在眷顾着地球上的每一个人呢？由此我想到普遍这个词。这个词不是什么新词，几乎是一个俗词，但我觉得用普遍修饰月光是合适的，是不俗的。试想想，就月光的普遍性而言，除了阳光和空气，还有什么能与月光作比呢！其实，对于月光的普遍性存在，我们的前人早就注意到了，并赞美过了。李白说的是："今人不见古时月，今月曾经照古人；古人今人若流水，共看明月皆如此。"苏东坡说的是："但愿人长久，千里共婵娟。"只不过，李白是从纵的方面说的，苏东坡是从横的方面说的，他们以对人类生命大悲悯的情怀，从纵横两方面把月光的普遍性和永恒性诗意化了。

月光是普遍的，也是平等的。月光对任何人都不偏不倚，你看见了月亮，月亮也看见了你，你就得到了一份月光。人类渴望平等，平等从来就是人类追求的目标。可是，由于这样那样的原因，人类从来就没有平等过。凡是有人类的地方，就同时存在着三六九等的等级差别。从权力上分，人被分为官家、平民；从财富上分，人被分为富人、穷人；从门第上分，人被分为贵族、贱民；从智力上分，人被分为聪明的人、愚笨的人；从出身上分，人被分为依靠对象、团结对象和打击对象；从职业上分，人被分为上九流和下九流；连佛家把世界分为十界的人界中，也把人分为富贵贫贱四个等级。"遍身罗绮者，不是养蚕人。""朱门酒肉臭，路有冻死骨！枯荣咫尺异，惆怅难再述。"就是等级差别的真实写照。然而，月光不分这个那个，她对万事万物一视同仁。月光从高天洒下来了，洒在山峦，洒在平原，洒在河流，洒在荒滩，也洒在每个人的脸庞。不管你住别墅，还是栖草屋；不管你一身名牌，还是衣衫褴褛；不管你是笑脸，还是泪眼，她都会静静地注视着你，耐心地倾听你的诉说。月亮的资格真是太老了，恐怕和地球的资格一样老。月亮的阅历真是太丰富了，人世间所发生的一切，她什么没看到呢？月光就是月亮的目光，正因为她看到的人间争斗和岁月更迭太多了，她的目光才那样平静，平等，平常。月亮的胸怀真是太宽广了，还有什么比月光对万事万物更具有包容性呢，还有什么比月光更善待众生呢！

我突发奇想，哦，原来文学与月光有着同样的性质和同样的功能，或者说月光本身就是自然界中的文学啊！阳光不是文学，阳光照到月球上，经过月球的吸收，处理，再反映到地球上，就变成了文学。阳光是物质性的，月光是精神性的。阳光是生活，月光是文学。阳光和月光的关系就是现实生活与文学创作的关系。阳光是有用的，万物生长靠太阳，世界上任何物质所包含的热量和能量都是阳光给予的。月光是无用的，在没有月光的情况下，人们照样可以生存，生活。然而，且慢，月光真的连一点用途都没有吗？真的可有可无吗？当你心烦气躁的时候，静静的月光会让你平静下来。当你为爱情失意的时候，无处不在的月光会一直陪伴着你。当月缺的时候，你内心会充满希望。当月圆的时候，会引起你对亲人的思念。当久久地仰望着月亮，你会物我两忘，有一种灵魂飞升的感觉。当你欣赏了阳刚之美，不想再欣赏一下月光的阴柔之美吗！当你想到死亡的时候，是不是会认为阴间也有遍地的月光呢！太阳为阳，月亮为阴；白天为阳，夜晚为阴；正面为阳，背面为阴；男人为阳，女人为阴；阳间为阳，阴间为阴，等等。有阳有阴才构成了世界，阴阳是世界相对依存的两极。正如这个世界少不得女人一样，月光还真的少不得呢！

同样的道理，只要人类存在着，文学就不会死亡。我愿以我的小说，送您一片月光。

辑三　心底情景

黄梅少年

2007年秋天到湖北看黄梅，转眼一年过去了。每当想起黄梅之行，总有一件小事萦绕于心，不记下来像欠了一笔账似的。不是欠别人的账，是欠自己的。

那天上午参观四祖寺。四祖认为，修行并不神秘，日常生活就是修行，种田就是修行。一边种田，一边修行，自食其力，方可修行得好。我受到启示，想到写作也是一种修行。修行需要静心，安心，专心，一个人一辈子只干好一件事就行了。这与写作的道理是相通的。

接着参观毗庐塔。据说此塔建于唐代，是四祖寺前唯一一座唐代建筑遗存，不可不看。我们拾阶而上，一座方形的白塔赫然矗立在我们面前。同行的朋友们，有的驻足对塔仰视，有的绕着塔转，有的选角度在塔前照相。我却一眼在塔侧的松树下看到一位少年。松树根部建有水泥方池，那少年在池沿边靠坐着。我走过去一看，见少年用短扁担挑了两只蛇皮塑料袋子，一只袋子里装满香品，另一只袋子里装的是矿泉水之类的饮料。显然，这些东西都是准备卖给香客和游客的，我们走过来时，已经看见有人在路边摆开了摊子，在卖同样的东西。可是，少年为何躲在一边，不把东西拿出来卖呢？我猜，少年可能在等一个人，等的人十有八九是他的奶奶，等奶奶来到之后，由奶奶把东西拿出来卖。我猜得没错，一问，少年果然是在等他奶奶。他们的家离这里比较远，又都是山间小路，他挑着担子走得快，奶奶走得慢，他就提前来到了。秋季开学后，少年刚上小学四年级。这天是星期六，少年不上课，就帮奶奶挑东西上山。少年的眉眼挺清秀的，只是有些瘦

弱，脸色也有些发黄。

同行的初小玲也过来了，她俯着身子，关切地看着少年，轻声和少年交谈。少年很羞怯的样子，初小玲问一句，他就答一句，不问，他就不说话，还低着头，低着眉，不敢看人。我听出来了，少年的父母都在杭州打工，家里剩他一个人，只好跟着奶奶过活儿。在我国农村，目前有数以千万计的留守少年儿童，这位少年无疑是其中的一个。我的老家也在农村，对农村留守儿童的情况也知道一些。在我二姐那村，有一个孙子留给爷爷看管。一天午后，孙子掉进水井里淹死了。爷爷把孙子放到床上，搂着孙子，自己喝下农药也死了。还有一个当奶奶的，腿上有残疾。当听说孙子掉进了河里，她一边往河边爬，一边喊人救她的孙子。孙子被人送到医院抢救，奶奶在家里准备好了农药，一旦孩子救不活，她也不活了。幸好，孙子被救过来了，奶奶才没有死。没有死的奶奶接着看孙子。想想那些留守儿童，看看眼前这位从小就不能和父母生活在一起的少年，我心里一酸，泪水顿时涌满了眼眶。我控制着，没让眼泪流出来。一个人老大不小了，动不动就流眼泪，显得感情太脆弱，也容易让朋友们笑话。

少年的奶奶还没来，我有些等不及了，想帮少年的生意开一下张。我问他矿泉水卖不卖？他说卖。我指着一瓶娃哈哈矿泉水，问多少钱一瓶。他说两块。我给了他两块钱，他给我拿了一瓶矿泉水。我自己买一瓶少了点，还想帮少年推销。我问孙郁喝不喝水，孙郁把手中的矿泉水瓶举了一下，说他已经有了。孙郁瓶中的矿泉水所剩不多，他很快领会了我的意思，之后三口两口把水喝完，把空瓶给了少年。少年面露欣喜，很快把瓶子接过去了。看得出来，少年知道空瓶子也能卖钱，他对空瓶子是在意的。我见陈戎没拿矿泉水，把她喊过来，执意给她买一瓶。娃哈哈矿泉水没有了，只有纯净水。我问少年："纯净水也是两块钱一瓶吧？"我这样问，若是生意油子会顺水推舟，会说是的。可少年说："不是，纯净水一块五一瓶。"我没有零钱，照样掏出两块钱给少年。少年也没有零钱找给我，他的样子有些为难。我说："算了，不用找了，就算也是两块钱一瓶吧。"

绕过毗庐塔往上走，山上还有更高的建筑。我们登到高处，举目远眺，见天是那么蓝，云是那么白，山是那么青，水是那么绿。山下有大块的棉田，棉田里开遍了温暖的花朵。田埂上有水牛在吃草。乌鸦翩然飞来，落在水牛背上。乌鸦一落在牛背上，似乎就凝固下来，凝成了一幅画。在河边和水渠边，妇女们在那里洗衣，漂衣。他们洗好的衣物，就手展开，搭在岸边丛生的茅草上晾晒。在秋阳的照耀下，那些衣物五彩斑斓，十分亮丽。这里那里种了许多橘子树，橘子已经熟了，绿中带黄的累累硕果压弯了枝头，几乎坠到地上。黄梅真是一个美丽的地方，难怪禅宗的前三位祖师四处云游，没有固定居所，直到四祖、五祖才在黄梅选址建寺，有了弘扬佛法的固定场所。

我们下山原路返回。走到塔前的一个摊位边，一位老奶奶拦住了我。我正不知怎么回事，老奶奶说："你买水多给了五毛钱，我孙子告诉我了。不找给你钱了，给你几个橘子吧！"说着，两手各抓着两个大橘子往我手里塞。我一看，可不是嘛，那少年正站在摊位后边不声不响地看着我。我不能接受老奶奶给我的橘子。再说，五毛钱也值不了这么多橘子呀。我连说不要不要，我们已经买了橘子。紧走几步，把老奶奶躲开了。

走了一段路回头看，那少年还站在那里看着我。不难想象，少年的奶奶一赶到，少年就把我多付了五毛钱的事对奶奶讲了，而后，少年哪里都不去，一直在那里等我。一看到我，他就对奶奶把我指出来了。

这个黄梅少年啊，让人怎能忘记你呢！

生命的价值高于一切

为纪念我国改革开放三十周年，2008年4月20日至28日，中国作家协会与四川省省委宣传部联合组织了“名家看四川，伟人故里行”采风活动。我们一路走来，先后到了成都、大英、广安、华蓥山、南充、仪隆、阆中、遂宁、大邑等市县。参观了邓小平故里、朱德故居、罗瑞卿故居等，缅怀老一辈无产阶级革命家的丰功伟绩，感受改革开放给四川带来的巨大变化。我这是第三次去四川。前两次赴川分别是上个世纪的八十年代和九十年代，都是住在岷江江畔的都江堰。30年来，我三次看四川，每一次都有不同的感受。随着改革开放的深入发展，现在的四川，山川更秀美，物产更丰富，人民的生活更幸福。

回到北京，我还未及把这次四川之行的感受写成文章，就传来了四川汶川发生特大地震的消息。5月12日下午两点多，我正在电脑前看邮件，突然觉得一阵头晕。我以为是自己的身体出了毛病，不一会儿，电脑显示屏一角就打出了四川汶川发生强烈地震的消息。我这才明白，自己头晕，是因为四川的地震波及到北京来了。我的身体有了震感，心灵所受到的震动更大一些。好比我们刚到四川走了一趟亲戚，亲戚那边就遭了灾，这如何是好！于是，我马上给四川的一些朋友发短信，打电话，想询问一下情况。短信得不到回复，电话也处在关机状态。我意识到情况的严重性，心越悬越高。

好在中央电视台的新闻频道及时报道了汶川地震的消息，并中断了其他节目，连续滚动播出有关地震的消息。几天来，我无心写作，天天在看电视新闻。看到都江堰的教学楼倒塌，数百师生被埋，我心疼得流了泪。看到温家宝总理在废墟前向被埋的群众喊话，我的泪水模糊了双眼。就这样，我的眼睛湿了又湿，老是在泪水的浸泡之中，以致眼泡肿胀，视力下降很多，连对面走过来的人都看不清楚。我想，不是我的感情太脆弱，不是我的泪水太多，是党和国家对生命的重视，对生命的营救，对生命价值的高扬，太让我感动。

汶川发生特大地震以来，抢救人，挽救生命，一直是这场抗震救灾的最强音。以人为本，珍爱生命，把抢救被困群众的生命作为重中之重，是这场抗震救灾的鲜明主题。直到5月17日，胡锦涛总书记在抗震救灾工作会议上再一次强调："要继续争分夺秒地搜救被困群众。抗震救灾工作必须坚持以人为本。抢救人民群众生命是首要任务，必须继续作为当前抗震救灾工作的重中之重。"同日，温家宝总理在抗震救灾总指挥部会议上也指出：继续全力搜救被困人员，只要有一线希望，就要尽最大的努力。还要抓紧被救伤员的救治工作。正是在党中央、国务院的坚强领导下，正是在以人为本，以生命为最高价值的人文主义思想指导下，才动员凝聚起全国人民的力量，营救出那么多宝贵的生命，创造出一个又一个生命复还的奇迹。

让我们的眼泪尽情地流吧！我们意志坚强，但我们禁不住热泪长流。远的且不说，仅新中国成立以来，我们经历过多少灾难了。1960年全国范围的大饥荒；1975年河南的大洪灾；1976年，唐山的大地震等。试想想，哪一次灾难像这次抗震救灾这样，把生命的价值看得高于一切，对生命如此尊重，如此悲悯，如此关爱！这次抗震救灾是对以人为本执政理念的巨大考验，也是贯彻落实以人为本精神的伟大实践。它证明着时代的进步，中华民族的进步，同时也是改革开放三十年巨大变化的历史性标志。经过这次抗震救灾的洗礼，必将激发起全国人民更大的爱国热情，凝聚起不断前行的强大精神动力，使我们对中华民族的复兴更有信心。

月光下的抚仙湖

我看电视有一搭无一搭。看到搞笑热闹的场面，我很快就翻过去。偶尔遇到自然清新的画面，我就多看一会儿。

我曾在电视上看到几个渔民在湖边捕鱼。他们捕鱼的方法很原始，也很特别。渔民在湖边开掘两条在拐弯处相通的渠道，一条是进水口，一条是出水口，他们并排安装两台手动式木轮水车，不停地从湖里向渠道内抽水。抽进渠道内的水，只装模作样地稍稍旅行一下，便从出水口重新流进湖里。人们利用鱼儿总愿意逆流而上去产卵的习惯，在出水口给鱼儿造成一种有水自远方来的假象。鱼儿对水流是敏感的，立春时节它们急于繁殖后代的心情也很迫切，于是便纷纷向出水口游去。不料有一个机关正潜伏在出水口上游不远处等待着它们。那个机关是一只竹编的鱼篓，鱼篓的大肚子像水牛腰那样粗，刚好可以卡进渠道里。而鱼篓的开口却像酒坛子的坛口那样小。这样一来，鱼儿一旦钻进鱼篓里，再想退出来就难了。人们适时将鱼篓取出，滤掉的是水，余下的是活蹦乱跳碎银一样的小鱼儿。据说这个湖的湖水极清澈，能见的透明度达七八米。俗话说水至清则无鱼。大概因为这个湖的水太清了，虽然湖里也有鱼，但鱼很少，也很小，每一条小鱼都像一根金针花的花苞一样。也许是因为水清的缘故，这个湖里生长的小鱼儿味道格外鲜美。电视主持人不无夸张地说，就算把全世界所有的鱼种都数一遍，也比不上这种生性爱清洁的小鱼儿好吃。可惜，电视看过了，我没有记住电视上所说的湖泊在我国什么地方，也没记住小鱼儿的名字叫什么。

我还在电视上看过一个节目，说是在一个很深很深的湖底，发现了一个古代的城郭遗址。那是一档探索类的现场直播节目，从画面上可以看到身穿潜水服的考古队员正在水下抚摸古城城基的情景。随着水下考古的画面不断展开，我看到了水底的石头台阶、塔形建筑。刻在石头上的人物脸谱，以及石板铺地的街道等等。2006年10月间，我曾到意大利的那不勒斯参观过被火山爆发掩埋过的庞贝古城遗址，一座生气勃勃的城市突然被毁灭让我深感震撼。这次看到的淹没在水下的城郭，同样让我震撼。在我的想象里，这座面积并不算小的城市也曾车水马龙，商贾云集，灯红酒绿，人声鼎沸，而现在却成了鱼儿穿行的水下世界。这种巨变不是沧海与桑田的关系，而是城市与沧海的关系。这次看罢我记住了，这座水下城遗址是在我国的云南。至于在云南的什么地区，我没有弄清楚。

以上两个电视节目是我前些年看的，在我的记忆中像两个梦一样，已经有些遥远，有些朦胧。随着时间的再推移，也许这“两个梦”会逐渐淡去，至于在记忆中消失。试想想，我们每个人都做过很多梦，梦醒即是梦散，有多少梦能长久留在我们的记忆中呢！

2009年11月底，《北京日报》副刊部组织我们到云南玉溪参加笔会。笔会的最后一天，也就是11月29日，笔会的组织者把我们拉到了澄江县一个叫抚仙湖的地方。抚仙湖？我怎么从来没听说过？抚仙湖有什么好看的？及至到了抚仙湖看了湖水，听了当地人对抚仙湖的介绍，并翻阅了宾馆床头上放的有关抚仙湖的资料，我不由得兴奋起来，啊，天爷，原来我记忆中的两个节目都发生在抚仙湖，都是在抚仙湖拍摄的。有把记忆中的云朵变成雨水的吗？有把“梦中”的情景变成活生生的现实展现在眼前的吗？这样的事情我就遇到了，这让我大喜过望，深感幸运。

抚仙湖的美，当然取决于抚仙湖的水。有人把抚仙湖的水比作钻石般透明，也有人把抚仙湖的水比成翡翠般美丽，我都不愿认同。因为钻石和翡翠不管怎样宝贵，还都是物质性的东西。直到看见明代的一个文学家把抚仙湖的水说成是“碧醍醐”，我才觉得有些意思了。醍醐虽然也具有物质的性质，但同时又被见赋予了仙性、佛性和神性，用醍醐比喻抚仙湖的水是合适的。下午我们在湖里划船时，我就暗暗打定主意，要下到水里游一游。我看了湖边竖立的标牌，说下湖游泳是可以的，为安全起见，天黑之后

最好别下湖。有这等好水，又有下水游泳的机会，我可不愿错过。愚钝如我辈，何不借机接受一下“醍醐”的灌顶呢！

从船上下来，朋友们上街去购物。我换上游泳裤，开始下湖。季节到了小雪，加上天色已是傍晚，湖水极凉，跟冰水差不多。可我把身体沉浸在水里就不觉得凉了，相反，似乎还有些温暖。我在水边蛙泳，自由泳，俯泳，仰泳，来来回回游了好几趟。望着远山青黛的脊梁，望着天空已经升起的将圆的月亮，我畅快得直想大声呼喊。我真的喊了，我在水里举起双臂喊了好几声。我听见我的长啸一样的喊声贴着清波荡漾的湖面传得很远很远。哎呀太痛快了！我们不远千里万里，跑到这里，跑到那里，原来追寻的都是自然之美啊！我们最想投入的还是自然的怀抱啊！亏得这次来到了抚仙湖，不然的话，我可能一辈子都无缘得到抚仙湖的抚慰啊！

晚饭之后安排的是歌舞晚会，我没有按时到晚会上去，还想到湖边去看看月亮，再看看月光下的抚仙湖。当晚是农历十月十三，月亮早早地就升了起来，而且月亮眼看就要圆了。月亮哪儿都有，但要看到真正明亮的月亮却不是很容易。抚仙湖上空的月亮无疑是明亮的，我不能辜负这么好的月亮和月光。

湖边铺展着开阔而洁净的沙滩，我仰面躺在沙滩上，久久地望着月亮。天空没有云彩，星子在闪烁。在深邃的天空和群星的衬托下，月亮像一个巨大的晶体，在无声地放着清辉。过去我一直认为，太阳是有光芒的，而月亮只有光，则无芒。这次在抚仙湖边看月亮，我改变了以往对月亮的看法，其实月亮也是有芒的。我觉出来了，月亮的道道光芒从高天照射下来，像是直接照到了我眼上。只不过，太阳的光芒是强烈的，人们不敢正视它。而月亮的光芒是柔和的，给人的是一种普度众生的感觉。

我坐起来，眺望月光下的湖面。远山看不到了，波光粼粼的湖面一望无际。白天看，湖面是深蓝色，比天空还要蓝。夜晚看，湖面有些发紫，宛如薰衣草花正遍地盛开。月亮映进湖里，天上有一个月亮，湖底似乎也有一个月亮。天上的月亮往下照，湖底的月亮往上照，两个月亮交相辉映。我想起湖底的古城遗址。湖水的透明度这样高，月光的穿透力又这样好，古城的街道也应该洒满了月光吧，留在古城里的那些魂魄大概也在踏月而行吧。我还想起那些捕鱼的渔民。因季节不对，我没有看到那些渔民的身影。

但我看到了水边的水车，和立在岸边上的一只只巨大的鱼篓。没有风，没有人声，也没有鸟鸣，一切是那么的静穆。湖水偶尔拍一下岸，发出的声音是那样的轻柔，好像还有一点羞怯，如少女含情脉脉的温言软语。要是有一幅油画就好了，可以把停泊在湖边的游船，船边水中的月影，以及岸边的草亭和树林画下来，那将是一幅多么静美的图画。可惜我不会画画。要是有一首诗就好了，可以把眼前的美景描绘一下，把心中的情感抒发一下。可惜我不是诗人。要是有首歌就好了……，想到歌，我真的轻轻地唱了起来。那是一支关于月亮的歌，曲子舒缓，悠长，还有那么一点伤感。唱完了歌，一种虚幻感让我一时有些走神儿，身体仿佛漂浮起来，在向月亮接近。我知道，那不是我的身体在漂浮，而是灵魂在漂浮，那种感觉真是美妙极了。人往往追求实感，岂不知，至高的美的境界是虚，是太虚。白天为实，夜晚为虚；阳光为实，月光为虚；湖水为实，氤氲为虚。人从虚空来，还到虚空去，虚的境界才更值得我们追寻。

悠悠水韵

我对开封心怀敬畏。早就想写一点对开封的感受,迟迟未能动笔。七朝古都,文化名城。开封的历史文化太过厚重,我找不到撬动开封的支点,不知从哪里写起。我曾想过写一写汴菊、汴绣和官瓷。这几样由来已久的生活艺术,都是重造型,重细节,重想象,重韵味,与文学创作颇多相通之处。从物质文化的传承方面来理解,这几种文化式样也是高雅的线索,循此可以触摸到开封生生不息的文脉和气脉,并可进一步探讨开封人气定神闲、自信超然的心理渊源。然而我想来想去,觉得切入点还是有些小了。无论写哪种工艺品,品相无论怎样巧夺天工,似乎都缺少统摄全局的力量,不及巍巍开封之万一。罢罢罢,还是等等再说吧。

2007年10月中旬,开封市举办菊花花会期间,中国作家协会组织了一次中国作家看开封活动,我有幸参与其中。一天晚上,东道主安排我们到清明上河园看一场大型演出。舞台搭建在水中,是开放式的,也是多元的。我们就坐在露天的水边看演出。水面很宽阔,像是一个湖泊。演出开始前,灯光没有打开,水面有些发黑,一切都静悄悄的。秋风从水上掠过,袭来阵阵凉意。我偶尔看见,水底有半块月亮。举头往天上看,天上也有半块月亮。水底的月亮与天上的月亮正交相辉映。这种景象给我一种旷远的感觉。我灵机一动,有了,写开封应当从水写起呀!上善若水。水水相因。水,贯穿开封古今,是开封的一大特色。水,是开封的灵气之所在,也象征着开封明净而不屈的魂魄啊!

开封水系发达,水脉旺盛,被称为北方水城。据史料记载,古代的开封有牧泽、逢池、寸金淀等湖泊。宋代的开封更是河流纵横，为全国水运中心。现在的开封，有惠济河、北支河、护城河在市区穿流。市内还有杨家湖、潘家湖、铁塔湖、阳光湖、包公湖，五湖相连。开封的水面积所占城区面积的比例，在北方城市中实属罕见。所谓一城宋韵半城水，或半园烟柳半清波，就是对开封水景的描绘与赞美。2000年春夏，为陪护生病的母亲，我在开封住了数月，对开封充沛的水源有所目睹。城郊的农人在地里刨藕，同时会刨出活蹦乱跳的泥鳅。在一块看似无水的荒地上，苇芽钻出来了，莲叶也铺展开来，并举起朵朵莲花。数日前还是一块草地，还有长着巨乳的奶牛在那里吃草。数日后再到那里去看，草地已变成盈盈的水塘。有水鸟从水塘上方倏地扎下，长嘴里旋即叼出一条银色小鱼。

问渠哪得清如许？为有源头活水来。开封的水源自然来自城北不远处的滔滔黄河。自明代以来，“大河涛声”就成为开封八景之一。黄河从西边冲出邙山之后，落差骤然变小，河面逐渐变宽，致使泥沙大量沉积。至今，开封段的黄河河床，已高出开封地表将近十米，居高临下，形成“悬河”之势。换句话说，黄河好像是开封的一个取之不尽、用之不竭的水塔，开封的水分哪能不充沛呢！

不必讳言，黄河水也曾给开封人民带来过无数次的灭顶之灾。仅在明代，黄河就在开封辖区内决口五十八次，两次水淹城区。最严重的一次，“波中可见者，惟钟鼓两楼及各王府屋脊、相国寺顶、周王紫禁城、上方寺铁塔而已”。“六百里尽成区浸”、“房屋尽倾，邑无居人”。然而开封人又回来了，在被泥沙埋没的城址上又建起一座新城。开封被淹一次，他们就重建一次。十米以下，有完整的明代石桥；八米以下，有庞大的宋代东京。城叠城，城摞城，堪称世界奇迹。正是在这种屡毁屡建的过程中，造就了开封人愈挫愈勇、坚忍不拔的精神品质，也体现了中华文化中与物无争、随物赋形的水性文化和水性智慧。

目前的世界，局部战争不断。究其原因，多数战争不过为了争夺和占有资源。以前，人类看重的资源多是土地和矿产。随着地球气候变化，人口不断增加，以及人类对淡水的需求量越来越大，水越来越成为一种宝贵的资源。在我国西部，有的古城因没了水，只剩下千年遗址。在我国北方，有的城市因水资源枯竭，也濒临危城的边缘。而得天独厚的水资源，无疑是

开封的一大优势。岁月流逝，水韵悠悠。开封兴利避害，发挥优势，必将迎来更滋润、更美好的明天。

一片明水

初秋的燕赵大地,玉米含缨,芝麻开花,一派丰收在望的喜人景象。在石家庄解放六十周年前夕,我第四次来到这座离北京最近的省会城市。石家庄被称为华北大地上的一颗明珠。在旧社会,这颗明珠蒙上了尘埃,沾满了血污,失去了应有的光泽。1947年11月12日,石家庄解放后,明珠被逐渐拭去了尘埃,洗净了血污,才重新焕发出璀璨的光辉。

以农村包围城市,最后夺取城市,这是毛泽东指出的革命方向,也是党动员人民群众武装夺取政权的总策略。解放战争的时机成熟之后,石家庄是人民解放军在全中国所夺取的第一座较大的城市。石家庄能否攻克,关系非同小可,对全党全军都是一个严峻的考验。它关系到人民解放战争能否有一个良好的开端,关系到党的总策略能否开花结果,更关系到新中国能否顺利诞生。担负攻城使命的晋察冀野战军,经过六天六夜浴血奋战,终于拿下了石家庄,把象征胜利的旗帜插上了石家庄的城头。石家庄是北京的重要门户。石家庄的解放,使晋察冀和晋冀鲁豫两大解放区连成一片,使华北有了一块共产党统一领导的拥有四千五百万人口的解放区,为夺取平津战役的胜利和全国的解放进一步做好了准备,为新中国的成立敞开了门户。对于石家庄的解放,朱德曾指出:“其意义不仅在于军事方面,同时也在政治方面。我们不仅要学会打城市,还要学会恢复和管理城市。”不论从哪方面讲,在石家庄解放六十周年的日子,都值得好好地开展纪念活动。

前三次到石家庄,我有两次去了西柏坡。通过参观中共中央机关和中

国人民解放军总部的旧址，参观中共七届二中全会会堂和西柏坡纪念馆，对西柏坡作为革命圣地的历史意义有所了解。1947年5月，刘少奇、朱德率领中央工作委员会进驻西柏坡。两个月后，即召开了全国土地会议，制定并颁布了《中国土地法大纲》。土地改革的开展，动摇了国民党的统治基础，从根本上调动了广大农民的革命积极性。为了保卫胜利果实，他们踊跃参军，有二百九十八万青年农民加入解放军的队伍。实行土地改革的解放区，成为共产党夺取全国胜利所急需兵员和钱粮的主要来源。1948年5月，毛泽东、周恩来、任弼时率领中共中央移驻西柏坡。党在这里成功指挥了辽沈、平津、淮海三大战役，召开了确定党的工作重心由乡村转向城市的七届二中全会。在这次具有伟大历史意义和深远现实意义的会议上，毛泽东提出了“务必使同志们继续地保持谦虚、谨慎、不骄、不躁的作风，继续地保持艰苦奋斗的作风”的著名论断。

我这次去西柏坡，与前两次有所不同，前两次参观完就走了，这次在西柏坡宾馆住了一夜。一夜小楼听风雨，使我对西柏坡有了新的感受，让我看到了西柏坡的另一面。一坡分两面，如果我以前领略到的只是红色的一面，那么这次享受到的还有绿色的一面。站在西柏坡宾馆门前停车场的平台上往下一望，即可望到一片明水。明水的面积很大，颇有些烟波浩渺、一望无际的意思。水是喜人的，也是诱人的。8月26日一大早，我便走下平台一侧的台阶，独自向水边走去。路两边是一个卖旅游商品和当地土特产的小市场，白天是喧闹的。这会儿市场上空无一人，只有一些简陋的摆摊用的货架子在那里排列着。一只麻灰的斑鸠在一个货架子下面慢慢踱着，像是在找吃的。直到我走得离斑鸠很近，斑鸠才展翅飞走了。微风吹来，高高的大叶杨树一阵哗哗作响，像是下雨了一样。其实并没有下雨，只是天阴得有些重，空气中的水分很大，地上有些湿漉漉的。走过西柏坡石刻园门口，穿过一个亭子，我踏上了一条通往水边的小路。小路很窄，一边种有玉米、花生，另一边生有灌木和黄蒿。在庄稼和灌木之间扯有一道道蛛丝，我能感觉到蛛丝黏在我脸上，但我看不到细细的蛛丝。小路上的野草在地面贴着，既洁净，又厚墩。眼前越来越明，下坡几十米，一片大水铺展在我面前。远处的山峦朦朦胧胧，若隐若现，我几乎望不到水的边缘。薄雾之中，水面上这里那里，分布着几只小小的渔船。我相信船上有渔人在打鱼，渔船是活动的。可是，因为水的面积太大了，远看渔船像是静止的，如点染在一幅巨大水墨画上的点点景物，并在画面上与水构成了明暗关系。面对如此好水，我禁不住大声喊叫起来。我本来想唱一支歌，可一时想不起唱什么，好像任何歌曲都不如放开喉咙喊叫来得直接和痛快。我是对着渔船喊的，但并不指望渔人回应我。从遭受污染荼毒的都市来到这里，我不过想自我放纵一下自己的野性，直抒一下胸臆而已。

粼粼的波浪一波一波涌过来，打在岸边激起碎雪一样的水花。水中轰隆一响，那定是一条大鱼的尾巴搅出的动静。看来今年这里的雨水不少，原来长在岸坡上的一些植物被涨起的水淹到了半腰。那些植物有芦荻、野麻，还有红蓼等。芦荻吐出银灰的芦穗，野麻结出了黑色的蒴子，红蓼的花开得正红。水很清，清得能照见落在红蓼花穗上的蜻蜓的倩影。蜻蜓的翅膀是透明的，映在水里仍是透明的。还有，红蓼的花穗是粉红的，映在水底的花穗似乎比露出水面的花穗还要红。我蹲下身子，把水撩了撩。水不是很凉，有点温暖，还有点滑手。水为生命之源。不管什么地方，只要有了足够的水，就有了静气，也有了灵气。回头朝来路望，苍苍松柏和如烟的垂柳之间，黄鹂正叫成一片。真没有想到，西柏坡还有这样一个让人流连的好去处！

吃过早饭，天下起了小雨。在脉脉细雨中，我们去参观石刻园。石刻园建在一个小山岗上，三面环水。陪同我们参观的、曾在西柏坡纪念馆当过讲解员的小史，指着下面的水告诉我们，原来的西柏坡村早就被数米深的大水淹没了，现在供人参观的西柏坡村是迁到高处按原样重建的。这个说法我以前也听说过，但听了就听了，并没有在心里确认。这次家住本地的小史明确指出了西柏坡在水下的方位，我才留下了比较深的印象，顿生沧桑之感。小史还介绍说，这片像是湖泊的大水叫岗南水库，是1958年经周恩来总理批准修建的。把滹沱河截流，建成了这座大型水库。有了这座数十平方公里的水库，西柏坡不仅是红色旅游目的地，还被评为国家4A级自然风景区。而且，石家庄的几百万市民吃的就是西柏坡岗南水库的水。饮水思源，不断从西柏坡汲取精神源泉和生命之源的石家庄，注定会迎来更加灿烂辉煌的明天。

麦秆儿戒指

新麦秆儿柔韧性好，用来编戒指最合适。取一根新麦秆儿，掐头去尾，只留中间那一段，几捏几编，一枚簇新的戒指就做成了。麦秆儿戒指不是银色，是金色，白金色。在阳光的照耀下，麦秆儿戒指闪烁着白金一样的光泽。以前，在麦收时节，我们那里的姑娘每人手上都会戴一到两枚麦秆儿戒指。任何金属和珠玉的戒指都不香，而戴在手指上的麦秆儿戒指放在鼻子上一闻，呀，还有一股子香气呢，那是新麦秆儿沁人肺腑的清香。

新麦秆儿除了可以做戒指，还可以做耳坠儿，制团扇，编草帽辫子。我大姐用新麦秆儿编草帽辫子最在行，七股麦莛儿在她手上绕来绕去，一根长长的草帽辫子就拖了下来。草帽辫子是缝草帽用的，当草帽辫子编够一大盘时，大姐便开始缝制草帽。我在老家当农民时，大姐每年都要给我缝制一顶新草帽。大姐用新麦莛儿做成的草帽形状好，帽檐儿宽，紧凑，结实，我风里雨里戴一个夏季，帽檐儿都不会下垂。

当然了，麦秆儿的用途还有许多。在生产队那会儿，麦秆儿大的用途主要有两项。一项是在烈日下把麦秆儿顶部的麦粒摔去，把扎成捆儿的麦秆儿分给社员苫房用。那时我们村几乎全是草房，苫房顶只能用麦秆儿。再一项是用石磙把麦秆儿碾碎，垛起来，常年给牲口作饲料。

您说烧锅，是的，拿麦秆儿当燃料烧锅也不错。可是，麦秆儿那么宝贵的东西，谁舍得拿它烧锅呢！那烧锅怎么办呢？人们只好拉起竹筢子，在割过麦子的地里一遍又一遍搂干枯的麦叶和草毛缨子。把地里搂得干干净净不算完，人们还用镰刀把浅浅的麦茬和埋在土里的麦根刨出来烧锅。我大姐、二姐每年麦季都要到地里刨麦茬、麦根。毒太阳在头顶烤着,地上的热气往上蒸着,她们满脸通红,汗湿鬓发,两只胳膊每年都要被晒得脱去一层皮。在那个时候,可以说人们对麦叶儿、麦秆儿、麦根都不愿意舍弃,真正做到了物尽其用。

谁也没有料到,一步一步走到现在,麦秆儿竟然成了无用的东西。现在人们犁地用拖拉机,耩地用播种机,收麦用联合收割机,再也不用黄牛了。既然乡亲们不再养牛,给牛作饮料的麦秸就省下了。现在人们扒掉了草屋,纷纷盖起砖瓦房和楼房,用麦秆儿苫房顶的历史像是一去不复返了。现在人们烧锅用柴也挑剔起来,他们嫌麦秆儿着得太快,得不停地往锅底续柴,发热量也不高。而用玉米秆儿、芝麻秆儿要省事好多,火力也大一些。还有的人家干脆什么柴火都不烧了,改成了烧煤,或者烧用大肚子钢瓶盛的液化气。

小麦的单位面积产量大幅度提高了,麦秆儿也相应增加不少。小麦可以吃,可以卖钱,那么多麦秆儿派什么用场呢?有人就地取材,以麦秆儿作原料,办起了造纸厂。一时间,小造纸厂遍地开花,沿河两岸不远处就能看到一个造纸厂。那么多造纸厂可不得了,因造纸厂的污水都往河里排,坑里排,河里和坑里的水很快变成了黑的,恐怕跟酱油的颜色差不多。这样的黑水是有毒的,结果水里的鱼虾都被毒死了,连水边生命力很强的芦苇也不再发芽。直到吃水井里也渗进了被污染的水,人们才惊慌起来:人要吃粮食,还要喝水,如今有粮食吃了,水不能喝了也不行啊!

小造纸厂被一律关闭之后,收麦后剩下的麦秆儿人们不再往家里收拾了,他们放一把火,在原地把麦秆儿点燃了。因联合收割机排泄的碎麦秆儿遍地都是,地里遗留的麦茬也很深,点燃很容易,不管从哪个地角点起,陡起的火焰便如漫灌浇地的水头一般,很快在地里漫延开来。你家放火,我家也放火,在收麦的那些天,可说是到处起火,遍地狼烟。到夜里再来看,明火无边无际,映红了天边,像传说中的火烧连营一样。浓烟滚滚带来的直接后果,不仅影响了路上行车,还侵入村庄,影响到人们的呼吸。人们一吸入辣喉咙的烟雾,便被呛得咳嗽起来。人们似乎这才意识到,人除了喝干净的水,还要呼吸干净的空气。

再收麦时,上边提前下了通知,不许在地里烧麦秆儿,谁烧就罚谁。总得把地里的麦秆儿处理掉，才能腾出地来种秋庄稼。于是，人们就把麦秆儿堆在路边，或者扔进坑里和河坡里去了。秋季下大雨，河水涨起来。被河水漂起并顺流而下的麦秆儿不仅堵塞了桥孔，还充塞了河道，造成洪水漫溢，淹没了田地。人们不仅有些茫然，麦秆儿，曾经那么宝贵的东西，难道真的成了垃圾？难道真的变成灾难性的物质了吗？

至于用新麦秆儿做戒指，现在几乎成了一种传说，一种笑谈。我回老家问过一些小姑娘：你们会做麦秆儿戒指吗？小姑娘们你看我，我看你，都摇头说不会做。她们见过金戒指，银戒指，对于麦秆儿戒指，她们不但不会做，好像连见都没见过。这未免让我觉得有些遗憾。不管是用新麦秆儿做戒指，做耳坠儿，做团扇，还是编草帽辫子，都是一种手工艺术，都是一种传统的文化行为。它代表着人类与自然的亲密关系，传达的是人们的爱美之心。也就是说，用新麦秆儿做工艺品及其过程，不仅有着文化的意义，还有着美学和心灵上的意义。我们不能因为有了别的更丰富的物质，就放弃诸如用新麦秆儿做戒指这类美好的趣味。

沙漠边缘的绿洲

1986年初秋，我们曾到陕北的神木、府谷地区采访。那时，当地的煤矿还没有大规模开发建设，我们的主要任务是了解煤田地质勘探队员的工作和生活情况。在我的印象里，那里的地下宝藏十分丰富，农民驾着驴车走进山洞，不一会儿就能拉出一车闪着乌金光泽的煤来。可是那里的地表却相当贫瘠，几乎看不到树木花草，也看不到像样的庄稼，目力所及，除了不尽的土塬，就是蠢蠢欲动的沙丘。主人大概看出了我们对自然地理环境的失望，说带我们去看一个美丽的湖泊，红碱淖。当我们乘坐吉普车前往红碱淖时，不料半路刮起了大风，一时间黄沙滚滚，天昏地暗，吉普车打开大灯才能前行。我们好不容易来到红碱淖湖边，由于风沙肆虐，能见度极低，我们没有看到什么，不但没有把美丽和红碱淖联系起来，反而生出一种迷惘之感。

随着该地区煤矿大规模开发建设的帷幕快速拉开，我对那里的环境改善更不敢抱什么希望。按一般规律来讲，在哪里建煤矿，哪里的地质结构平衡就会被打破，以致造成地面沉陷、地表水渗漏、河流干涸、树木枯死等不良后果。加之每个煤矿的井口不远处都会耸立起一座矸石山，黑乎乎的矸石山作为煤矿污染环境的标志，的确让人望而生畏。然而，今年六月中旬，当"中国作家看神东"的作家朋友们到中国神华神东煤炭分公司参观之后，对煤炭开发带来的神东地区的环境改善，无不发出由衷的赞叹。神东分公司的大部分煤矿建在内蒙古南部和陕西省北部交界地带的神府东胜矿区。我们在鄂尔多斯机场下飞机，乘车前往神东宾馆时，先看到了神东煤炭分公司在公路两旁建起的绿化带。绿化带有乔木、灌木，也有草地，形成了立体效果。据说没建煤矿之前，这里路两边光秃秃的，看不到什么绿色。是神东煤矿把这条公路变成了连接陕蒙的绿色长廊。神东宾馆位于矿区中心的美化圈内，在宾馆住下后，我们环顾四周，惊奇地发现这里已变成一座美丽的小城。街道两旁栽有白杨、垂柳、塔松，护栏上还爬满了攀援植物。从街边向两侧的办公区和生活区看，地面上不是绿茵茵的草地，就是水泥地坪，几乎看不到裸露的土地。公司办公楼旁边，就是一个花园。花园里百花吐艳，蝶飞燕舞，人们在打太极拳，或坐在树荫下小憩，一派祥和景象。

神东的环境治理和生态建设，不限于矿区中心和各个煤矿，他们以国有大型企业高度的政治责任感和强烈的社会使命感，树立“产环保煤炭，建生态矿区”的长远理念，按外围防风固沙防护圈，周边水土保持常绿圈，中心矿井工业区与生活区美化圈的层次规划，从外向内渐次增强，大面积开展生态治理。决心采地球一块煤炭，还地球一片绿洲。矿区面积五十九平方公里，环境治理达一百六十平方公里，治理面积超过了开发面积。他们对水土流失严重的白敖包、红石圈渠、饮马泉、沙沟四条小流域进行了水土保持综合治理。在沟口筑坝拦洪，在沟沿植树，在坡面修挖高标准的水平沟、鱼鳞坑，在坑内植树种草，共完成治理面积三千九百多亩。其中红石圈小流域治理工程被评为全国水土保持示范区。他们对唯一的露天煤矿进行回填复垦，复垦率达百分之百。复垦区绿化覆盖率达百分之九十，栽植各类树木二十二万株，灌木八十多万穴，建成牧草基地一千三百多亩。并建成了养殖场及饲料基地、温室蔬菜大棚、旅游宾馆等，被内蒙古自治区评为AA级旅游区。东道主带我们登上东山参观。山上遍植的油松与沙棘长得郁郁葱葱，使十几年前的一座荒山如今变成了绿山。从山顶往下看，流经矿区的乌兰木伦河蓄起一片湖泊样的明水，水中映着青山和座座高楼的倒影，好一幅现代化的壮丽画面！

这次到神东，我连一座矸石山都没看到。原来他们经过技术创新，井下巷道实现了无岩巷布置，基本上没有外排矸石。即使有少量矸石，他们也把矸石回填到采空区去了。他们的思维非常清晰，认识到煤矿对生态环境的影响根源在井下，治理重点也在井下。除了取消矸石山，避免了矸石山占地和污染，他们还改善了通风系统，降低矿井漏风量，成功解决了浅地表矿井采空区自然发火对地面环境造成的危害。同时，他们发明了利用井下采空区蓄水并通过矸石过滤净化井下废水的技术，全公司日复用水三万四千多立方米。复用水补充了生产生活用水和生态建设用水，减少了对地表水的利用，缓解了干旱地区的用水矛盾。

时隔二十多年后，我又来到了红碱淖，并兴致勃勃地下淖游泳。蓝天白云下面，红碱淖碧波荡漾。白色的胖鸥沿着波涌的水边走来走去，不时地朝水里啄一下。远处的水里有黑天鹅，有野鸭。岸边的草地上停着几匹供游人骑的马。在毛乌素沙漠边缘，这片明净的湖水是大自然赐予的。上善若水，这样的红碱淖岂是美丽二字所能形容！

由于神东分公司在环保方面成绩突出，2006年，公司获得全国环保领域中华环境奖。这是国家环保的最高荣誉，也是中国获此荣誉的唯一一家企业。

赶上了好时候

有记者问我:“你最感幸运的是什么?”我不假思索地回答:“是赶上了好时候,能够选择我所喜爱的写作,先是新闻写作,后是文学创作。”记者没往深里问,我也没再多说。其实就这个话题我还可以多说几句。

一个人生命有限,一辈子能干好一件事情就不错了。至于干什么,因受社会分工制约和种种客观条件所限,人们往往并不能自主选择自己所喜爱的工作,常常要听从于命运的安排。拿我自己来说,与种地相比,我比较喜欢写作;与挖煤相比,我更热衷于挖掘我自己。可是,在我初中毕业后的十来年里,我只能把自己的主观愿望压抑着,天天用锄头在土里刨食,或扛起大锨到井下攉煤。但我喜爱写作的心并没有死。在农村,我只能以贫农社员的名义给县广播站写点大批判稿,以满足一下自己的虚荣心。到了煤矿,我也愿意利用业余时间看书看报,写点表扬稿什么的。一个偶然的机会,我见到了一位到煤矿采访的省报记者,记者的工作和风度让我羡慕极了,我觉得当记者真好,可以到处采访,不断写稿。我萌生了一个想法,自己什么时候能当上记者就好了。我很快为自己的想法感到可笑,意识到自己的想法只是一个妄想,在当时那种情况下根本不可能实现。

机会开始眷顾我是到了粉碎“四人帮”后的1978年,这年春天,我从煤矿被调到北京一家产业工人杂志社当编辑。杂志改成报纸后,我就成了报社的编辑和记者。这是真的吗?不是做梦吧?我问自己。这是真的,有你的记者证可以为你作证。你不是早就想当记者嘛,好好干就是了。我自己回答。我当了近二十年编辑兼记者,几乎跑遍了全中国,写的稿子数不清,新闻作品奖也得了好几个。

人是不容易满足的，当记者的同时，我也在写小说。搞新闻工作时间长了，我慢慢觉出写新闻稿的被动性和局限性，一篇新闻稿写完，有时会觉得意犹未尽，该表达的感情和想法不能充分表达。而写小说就好一些，小说这种文体为我们提供了自由想象的巨大空间，我们可以通过小说中的形象，尽情表达对现实世界的看法，并再造一个属于自己的心灵世界。我这么说，并不是说新闻工作不重要，新闻工作当然重要，只是二者所担负的社会功能不同，不能互相代替。作为一名新闻从业人员，我必须把主要精力用在新闻事业上，写小说只能是忙里偷闲，小打小闹罢了。尽管我是利用业余时间写小说，还是怕别人说我不务正业。问题还不在这里，让人着急的是，当我构思了一篇稍长一点的小说，却苦于没时间写。我想，什么时候我才能有大块的时间用来写小说呢？

我原以为要等到退休之后才能踏踏实实写小说，不料机会再次降临在我头上，2001年，我被北京作协吸收为驻会专业作家。我大喜过望，深感幸运。打个比方，我正要划船呢，作协就送给我一支桨。不，这个比方还不大准确。人的生命过程就是一定的时间量，有什么比时间更宝贵呢？就在我需要时间进行文学创作的时候，北京作协及时地给了我可以自由支配的时间。时间多了，我突然很紧张，生怕自己会虚度光阴。我告诫自己，一定要抓紧生命的缰绳，让时间更有效。还好，当专业作家七八年来，我每年都发表二三十万字的作品，仅长篇小说就出了四部，中短篇小说也写了近百篇。其中，长篇小说《平原上的歌谣》获得了第三届老舍文学奖提名奖；长篇小说《红煤》获得了第五届北京市政府奖。

一个人喜爱什么工作，不仅是天赋方面对这项工作比较敏感，也是出于内心深处的一种需要，性情与这项工作比较投合。喜爱是什么？喜爱本身就是持久的动力，就意味着自觉的投入，并预示着事业的成功。有人把人生的诉求分为从低到高的五个层面，从生存、安全、爱情、尊严，到人生价值的实现。如果我们所倾心做的是我们真正喜爱的一项工作，那既是我们的幸福，也有可能通过辛勤劳动实现我们的人生价值。不是每个人都能干上自己所喜爱的工作，而我却一次再次如愿以偿。这决不是我本人有什么特别的能耐，只能说我赶上了好时候，或者叫好时代。好时代的一个突出特点，就是尊重人，尊重人的个性，尊重人的喜爱和选择，并为个人的才能发挥提供广阔的舞台，帮助人们实现人生的价值，满足人们对幸福的追求。而不好的时代是不把人当回事，压制人，摧残人，毁灭人。萧红是我所敬仰的作家之一，我常常想起萧红在旧时代的悲惨遭遇。萧红多次说过，她对环境没有别的要求，最大的愿望就是能有一个安定之所，能够安心写作。可在那战乱年代，她颠沛流离，从北跑到南，从东跑到西，连生存问题都很难解决，何谈安心写作！最后，萧红还是死在被日军侵占的香港。想想萧红的遭遇，我们深感幸运的同时，应该倍加珍惜现在的创作机遇，抓紧时间，争取多写一些作品。

花工

盛夏。正午。阳光炽白，树影发黑。在原煤炭工业部大楼东侧的花园里，一位看去五十来岁的中年男子正在花丛中锄草。他穿一件半袖汗衫，敞着怀，头上戴一顶已经发黄的草帽。他的裤腿向上绾着，绾得一只高，一只低。他没穿袜子，赤脚穿一双塑料凉鞋。无风，天气很热，他锄一会儿，脑门儿上就出一层汗。好在他左肩上搭有一条毛巾，为避免汗水流进眼里，模糊了视线，每当额头上的汗水快要满了，他就抽下毛巾擦一擦。擦完了汗，他塌下腰接着锄草。

他的穿戴和干活儿的样子引起了我的注意，我看着怎么觉得有点儿熟悉呢？每个地方的人都有自己习惯性的穿戴，我老家的父兄们夏天在地里干活时不就是这样的穿戴嘛！他手中使用的锄板让我进一步认定，这位养花人就是从我的家乡来的。我走过全国许多地方，知道只有我们家乡的农人使用的锄板才这样宽，这样长，而且有着独特的式样。于是我上前跟他打招呼："师傅，忙着呢！"大概由于机关工作人员平日里很少跟他说话，见我跟他打招呼，他有些出乎意料似的，对我笑了笑。我问："看样子，您是河南人吧？"他说："戏哩戏哩(是的是的)，您从哪儿看出来的？"我一听他说话就乐了，说："因为我老家也是河南的，只有咱们那地方的人才用这样的锄。"他把锄板看了看，停止了锄草，说："那咱们是老乡。"我跟他交谈了一会儿，得知他所在的县和我的老家所在的县果然相距不远，都是在河南的南部。知道了他是临时受雇于煤炭部机关绿化队，在这里专事养花种草，每月的工资是六百多块钱。并知道了他使用的锄是他特意从老家带来

的。他姓宋，我叫他宋师傅。

我注意到，不管是在花园里锄草，还是为花儿浇水，宋师傅都是在午休时间和机关工作人员下班之后进行。若有人在花园里赏花儿，或在花园间的一块空地上锻炼身体，就不知宋师傅躲到哪里去了。宋师傅养花儿很上心，一到初冬，他就及时把花儿的残枝剪去，从郊区拉来一些发过酵的农家肥，厚厚地封在花根上。到春天再来看，宋师傅养的月季花，花蕾格外多，每一枝都有十来头。花朵格外大，每一朵都有一大捧。花色格外艳，照得人两眼放光。宋师傅除了养月季花，还养有串红、大丽花、菊花、美人蕉、兰花等多种花草。宋师傅像农民伺候庄稼一样，把每样花草调养得都很有光彩。

宋师傅跟我熟了，一看见我，就喊我老乡。我跟他开玩笑："你不在家好好种庄稼，跑到这里养花儿种草干什么！"宋师傅笑得很开心，说："城里人喜欢花儿嘛！"有一次，我指着他锄掉的野苋菜对他说："这种菜挺好吃的。"他说他知道。问我："你吃吗？"我说："吃呀。"从此，宋师傅在花地里锄草时就锄下留情，留下了野苋菜。我呢，中午临下班时，便拐进花园里，掐一把野苋菜，回家下到锅里煮面吃。有那么两三年，我每年夏天都到宋师傅所负责的花地里掐野苋菜吃。

宋师傅住在煤炭部家属区一间盛放工具的小屋里，我曾到他住的小屋看过他。其时他的妻子也从老家来了，妻子还带来了他的小孙子。看到他们祖孙其乐融融的样子，我说他的小日子过得挺不错的。他承认日子过得不错，笑着说："人不管走到哪里，有活儿干，有饭吃，有衣穿，就中了。"

这年冬天，下了一场雪，又下了一场雪，却不见宋师傅把花儿的残枝剪去，更不见宋师傅像往年那样早早地用农家肥把花根封起来。有的月季花不畏严寒，还在枝头顽强地开着。积累的白雪下面透出月季花的一点红，显得分外妖娆。可是，一向很勤劳的宋师傅到哪里去了呢？

我碰到绿化队的人一问，才知道宋师傅去世了，秋天就去世了，是突发心脏病夺去了他刚刚五十多岁的生命。我马上赶到宋师傅曾住过的小屋，见小屋的门上果然挂着一把铁锁。我站在小屋门口，一时有些愣怔。宋师傅去世这么长时间了，我怎么一点儿都不知道呢！我呀，我呀，难道也变成一个冷漠的人了吗？

我知道，这么多年来，我有不少老乡来北京打工。不光是我的老乡，全国各地来北京打工的农民更是数以百万计。他们在为北京的建设、发展和美化默默地作着贡献。他们有的来了，有的走了。有的献出了青春和汗水，还有的把生命永远留在了这座城市。宋师傅就是把生命留在这座城市的其中一位农民工。我不知道他的名字，只知道他姓宋。

煤炭工业部被取消了，那座工字形大楼经过重新装修后，大门口的牌子换成了国家安全生产监督管理总局和国家煤矿安全生产监察局。大楼东侧的那个花园没有了，地面被硬化处理成水泥地之后，成了自行车棚和汽车通道。可我每次路过那里，都不由自主地往那里看一看。我老是产生幻觉，仿佛觉得那里仍是鲜花铺地，百花丛中仍活动着宋师傅忙碌的身影。

记忆与感念

纪念煤炭报创刊十五周年之际，我写过一篇文章《我爱副刊》，记述了参与创办煤炭报副刊的一些难忘经历。也是那次纪念活动，在报社会议室召开的座谈会上，我发了一个言，特别提到了几位已经过世的编辑和记者，如顾大霖、薛如洲和王国庆。大意是，逝者如斯夫，我们不能忘记他们为煤炭报所付出的心血和所作出的贡献。记得我声音低沉，发颤，似乎与当时活跃的气氛不相和谐。但我至今不悔。到了煤炭报创刊二十周年，我又写了一篇文章，题目叫《依依不舍》。此时，我已调离煤炭报。通过这篇文章，我简要回顾了一些动情的采访和写作，表达了对煤炭报的感恩和留恋之情。

转眼之间，《中国煤炭报》创刊二十五周年了，报社的朋友再次约我写文章。这次我写什么呢?想来想去，我想上溯得稍远一些，写写煤炭报创办之初的一些情况。约我写文章的朋友告诉我，参与创办煤炭报的老同志已经不多了。恳切的言外之意是说，如果我不写，就没几个人写这类文章了。写，我当然要写。作为参与创办煤炭报的见证人之一，我从个人的记忆出发，写一点自己的亲身经历，对煤炭报来说或许有一点史料价值。

1978年春节过后，我从河南新密矿务局宣传部调到煤炭部所属的情报所，参与编辑一本综合性杂志《他们特别能战斗》。两年之后，杂志更名为《煤矿工人》。《煤矿工人》办了三年，在此基础上，诞生了《中国煤炭报》。通常的说法是，《煤矿工人》月刊是煤炭报的前身。如果不割断历史，实事求是地讲，《他们特别能战斗》也为煤炭报走上历史舞台做了不少铺垫呢!

《他们特别能战斗》是新中国成立后第一份面向全国煤炭战线的综合性杂志，最高月发行量达十二万份，其影响不可小觑。她的意义不在于发行量多少，在于煤炭人意识到要有自己的宣传阵地，并开始有了媒体思维。正是这种思维的发轫和延续，才有了后来的煤炭新闻事业的蓬勃发展。

1982年，《煤矿工人》的编辑们在酝酿创办报纸时，意见并不一致，有的态度积极，有的不积极。在我的印象里，顾大霖是主张办报的积极分子之一，他为没有一份覆盖全国煤炭行业的报纸而着急，争论起来，甚至到了激动的程度。当时，我和顾大霖负责经济类稿子的采写和编辑工作，对顾大霖的看法深有同感，也觉得应该办报。举个例子，这年夏天，煤炭部高扬文部长在本溪主持召开全国煤炭工作会议，编辑部派我赴会。会议的一个中心议题是，认为全国煤矿开拓、掘进和基础设施欠账太多，煤炭工业需要调整。而当时的煤炭供应仍很紧张。时任国务院副总理的余秋里到会讲话，他空着一只袖管，在台上走来走去，讲得慷慨激昂，振奋人心。他要求大家以冲锋的姿态继续提高煤炭产量，保证国家的能源供应。会议最后的决议是，骑在马上调整。以此决议为标题，我给《煤矿工人》杂志写了一篇长篇报道。杂志的出版周期要求，提前两个月到三个月发稿。等稿子发出来，会议已过去两个月。也就是说，稿子是夏天写的，见刊时到了秋天。更为被动的是，待稿子登出时，"骑在马上"的提法已绝尘而去，不许再提了。这个例子表明，报道的时效性有多么重要。时效是新闻报道的生命，不讲时效，任何报道只能是明日黄花。要提高报道的时效性，一个月才出一期的《煤矿工人》实在无能为力。不必隐瞒，我赞成办报是有私心的。与刊物相比，报纸的舞台毕竟更大一些，道路更宽广一些，这对个人事业上的发展似乎比较有利。

编辑部内部的不同意见并不影响煤炭部领导层的决策，其时高部长已经成竹在胸，要办一份前所未有的煤炭行业的报纸。报纸叫什么名字呢？筹备组草拟了一些方案，供高部长挑选，如"煤矿工人报"、"煤炭报"、"矿工报"等等。高部长一个都没选中，却在"煤炭报"前面冠以"中国"二字，报名才确定下来。有了伟大的中国二字，表明这张报不仅是面向全国的，也是面向全世界的。高部长的宽阔胸怀和宏大气魄由此可见一斑。

煤炭报创刊伊始，高部长提出了高要求，要求把煤炭报办出特色，并形成自己的风格。关于报纸的风格，高部长说了五句话，这就是：一是热气腾腾；二是生机勃勃；三是泼泼辣辣；四是短小精悍；五是生动活泼。其实高部长就说了这么五句话，等于只是一个提纲，文章还要由编辑部来做。黄鸿文把这个任务交给我了，要我替高部长把文章写一下。黄鸿文递给我一页稿纸，上面记着高部长的五句话。黄鸿文没有跟我多说什么，只说字数在一千至一千二百字为宜。接到这个任务，我有些意外，也有些欣喜。我意识到这是领导对我的信任，没有任何推辞便把任务接受下来。然而，领导为何把这么重要的任务交给一个比较年轻的编辑呢？我想，可能因为我业余时间从事文学创作，文字上比较讲究些。但我很快否定了这种想法，对自己说，代部长写文章与写小说是两码事，文章的语言须准确，朴实，到位，注重思想和逻辑的力量。不要比喻，不用形容词，摒弃任何华丽词句。我按照五句话所要求的风格，当天就把文章写完了，没打草稿，一遍写成。我自信写得还可以。第二天，黄鸿文把文章送高部长审过，回头告诉我，高部长认为不错，一个字都没改。以前我没说过这件事，是觉得当编辑的为领导人起草文章再正常不过，没什么值得骄傲的。部长出了思想，我不过发挥一下而已。在煤炭报创刊二十五周年之际回忆起这件事，我不过想说明，自己也曾为煤炭报的创刊做过一点点工作。

在随后的日子，煤炭工业体制改了一次又一次，领导人换了一任又一任，但《中国煤炭报》仍然存在着，发展着。我想作出这样一个判断：煤炭报作为几百万全国煤矿职工共有的一个平台，她在传达政策、交流信息、宣传典型、凝聚人心等诸方面，越来越显示出不可替代的作用。从文化层面上说，她是煤炭人的精神家园。一声窑哥们儿，双泪落君前（陈建功语）。谁不惦念自己的精神家园呢！

读史 读人 读心

——读程绍国新著《林斤澜说》

林斤澜八十大寿那年，程绍国从温州到北京来，在西便门附近的一家小酒馆请林老喝酒，为林老祝寿。说是祝寿，事情并不隆重，只是三几个晚辈，陪林老喝点小酒，聊聊天而已。那晚灯火璀璨，林老喝酒喝得兴致很高。记得我拿满杯敬林老，请林老喝一点意思意思就行了。林老见我把一杯酒喝干了，说那不行，他也要喝干，说罢一饮而尽，颇有些不减当年的豪气。酒酣之际，我悄悄对绍国说，他应该写一部林老的传记。他与林老同是温州人，交往比较多，对林老比较熟悉，由他来写林老的传记是最合适的。不记得绍国当时说了什么。事后我想，或许绍国早有此念，并做着准备工作，我的建议完全是多余的。大约过了一两年，便看见绍国写林老的文章开始在《当代》连载。载一篇，我读一篇。有时林老还没看见，我先看见了，就打电话告诉林老。之后绍国把所有文章都集中起来，由人民文学出版社出版了近三十万字的《林斤澜说》，构成了一部厚重独特的林斤澜传记。绍国得到样书，我在第一时间追着绍国要了一本，还要再读。

我在书中读到了当代文学和当代文坛的历史。这些历史虽然都与林斤澜有关，只是历史的一个侧面，但它的史料价值是不容忽视的。或许正是以人带史，以传写史，才使史料更生动，更富有细节性，更翔实，也更符合文史资料的性质。这段历史的跨度不是很长，我们与林斤澜那代人的经历相距也不是太远，但隔代如隔天，他们所饱受的患难实在让人惊心。是不是可以这样说，那一时期的文人所遭遇到的大面积的严酷打击是前所未有的。每每读到沈从文、老舍、高晓声等作家的不幸，感叹之余，常常庆

幸我们赶上了好时候，对目前的境遇和时光就倍加珍惜。

我从书中读到一个善良的人，一个高尚的人，这个人就是林斤澜。善良不是什么新鲜和有力度的词，可我想不出更好更恰当的词来推崇林老。林老修德养善，慈善为怀，与人为善，善至至境。善，贯彻在林斤澜起伏跌宕的人生过程当中，仿佛已融进他的血液，成为他血液因素的一部分，只要血液搏动，谁想让他不善都不行。在那大鸣大放大揭发大批判的荒唐岁月，林斤澜从没有揭发过谁，批斗过谁。能做到这一点，实属不易。然而却有人揭发批斗过林斤澜，也有人以很严重的罪名陷害过林斤澜。林斤澜不但一一原谅了他们，还说他们都是值得同情的人。这需要多么大的慈悲和多么宽广的胸怀！

我在书中读到了作家的心。前面说到林斤澜是一位至善的仁者，并不意味着他是一个好好先生。恰恰相反，林斤澜是一位坚韧顽强、极有原则立场和极具批判锋芒的作家，这在他的每一篇风骨独特的作品里都能体现出来。林老对我说过，当一个作家没什么，重要的一条，必须做到独立思考，独立表达。如果不能"独立"，宁可不写。在"文革"中，林斤澜什么都没写。别人劝他写，他也不写。他说他不会写。直到可以独立表达了，他才重新开始写。他严肃而深刻地表达着自己对世界的看法，可谓字字闪耀着毫不妥协的光辉。在有的人看来，林斤澜宽厚的为人和犀利的为文好像有些矛盾，其实两者互相超越，并相辅相成，在精神高处达到了完美的统一。我想这就是一个作家的心，一个真正作家的良心。

为写这部传记，绍国付出了很多心血。倘是让我来写，我是不敢的，我怕我的心理解不了林老的心。绍国知难而进，勇敢地把这项事情承担下来。绍国尽量以自己的心理解林老的心，写得诚恳而有分寸。从这个意义说，通过这部书我也看到了绍国的心。借此机会向绍国表示敬意。

端灯

从童年到青年，我在河南农村老家生活了十九年。在我离开老家之前，我们家照明一直使用煤油灯。这种灯是用废旧墨水玻璃瓶制成的，瓶口盖着一个圆的薄铁片，铁片中间嵌着一根细铁管，铁管里续进草纸或棉线做成的灯捻子，煤油通过灯捻子沁上去，灯就可以点燃了。在我的印象里，我们家的灯头总是很小，恐怕比一粒黄豆大不了多少。"黄豆"在灯口上方玩儿杂技般的顶着，颤颤的，摇摇的，像是随时会滚落，灯像是随时会熄灭。可灯头再小也是灯，它带给我们家的光明是显而易见的。吃晚饭时，灶屋里亮着灯，我们才会顺利地走到锅边去盛饭，饭勺才不至于挖到锅台上。母亲在大雪飘飘的冬夜里纺线，因灯在地上的纺车怀里放着，我们躺在床上，就能看到纺车轮子的巨大影子在房顶来回滚动。

关于灯，我还听母亲和姐姐说过一些谜语，比如：一头大老犍，铺三间，盖三间，尾巴还在门外边。再比如：一只黑老鸹，嘴里衔着一朵小黄花，灯灯灯，就不对你说。这些谜语都很好玩儿，都够我猜半天的，给我的童年增添不少乐趣。

最有趣的事情要数端灯。

为省油起见，我们家平日只备一盏灯。灯有时在灶屋用，有时在堂屋用；有时在外间屋用，有时在里间屋用，这样就需要把灯移来移去，移灯的过程就是端灯的过程。从外间屋往里间屋端灯比较容易，因为屋里没风，不用担心灯会被风吹灭。而从灶屋往堂屋端灯就不那么容易了。我们家的灶屋在堂屋对面，离堂屋有二十多米远。从灶屋把灯端出来，要从南到北

走过整个院子，才能把灯端到堂屋。当然了，倘是把灯在灶屋吹灭，端到堂屋再点上，这是轻而易举的事。可如果那样的话，就没什么可说的了。关键是要把明着的灯从灶屋端到堂屋，而且是日复一日、年复一年地从不间断，这就让人难忘了。

一开始，我并不知道母亲这样端灯是为了每天省下一根火柴，我是用游戏的眼光看待这件事情，觉得母亲大概是为了好玩儿，为了在我们面前显示她端灯的技术。的确，母亲端灯的技术是很高明的。她一只手五指并拢，遮护着灯头，一只手端着灯瓶子，照直朝堂屋门口走去。母亲既不看灯头，也不看地面，眼睛越过灯光，只使劲向堂屋门口的方向看着，走得不急不缓，稳稳当当。这时灯光把母亲的身影照得异常高大，母亲仿佛成了顶天立地的一位巨人。母亲跨进堂屋的那一刻，灯头是忽闪了几下，但它终究没有灭掉，灯的光亮直接得到延续。

刮风天或下雪天，端灯要困难一些。母亲的办法是解开棉袄大襟子下面的扣子，把灯头掩藏在大襟子里面，以遮风蔽雪。风把母亲的头发吹得飘扬起来，雪花落在母亲肩头，可小小的灯头却在母亲怀里得到了很好的保护。

我的大姐和二姐也会端灯，只是不如母亲端得好。她们手上端着灯，脚下探摸着，走得小心翼翼。她们生怕脚下绊上盛草的筐子，拴羊的绳子，或是我们家堂屋门口的那几层台阶。要是万一摔倒了，不光灯要灭，煤油要洒，说不定整个灯都会摔碎。那样的话，我们家的损失就大了。我注意到，大姐和二姐端灯时，神情都十分专注，严肃，绝不说话，更不左顾右盼。她们把灯端到指定位置，手从灯头旁拿开，脸上才露出轻松的微笑。

我也要端灯。在一次晚饭后，锅刷完了，灶屋的一切都收拾利索了，我提出了端灯的要求，并抢先把灯端在手里。大姐二姐都不让我端，她们认为，我出门走不了几步，灯就得灭。我不服气，坚持要端。这时候，我仍不知道把灯端来端去的目的是为了节省火柴。母亲发话，让我端一下试试。

我模仿大姐二姐的姿势，先把端灯的手部动作在灶屋里做好，固定住，才慢慢地向门外移动。我觉得院子里没什么风，不料一出门口，灯头就开始忽闪。我顿感紧张，赶紧停下来看着灯头，照顾灯头。我的眼睛一看灯头不要紧，四周黑得像无底洞一样，什么都看不见了。待灯头稍事稳定，我继续往前走时,禁不住俯头瞅了一下地面。地面还没瞅到,灯头又忽闪起来,这次忽闪得更厉害,灯头的小腰乱扭一气,像是在挣扎。我哎着哎着,灯头到底还是没保住,一下子灭掉了。

大姐埋怨我,说你看你看,不让你端,你非要端,又得费一根火柴。

直到这时我才明白,端灯的事是和节省火柴联系在一起的。母亲没有埋怨我,而是帮我算了一笔账:如果我们家每天省一根火柴,一月就能省三十根,一盒火柴二分钱,总共不过五六十根,省下三十根火柴,就等于省下一分钱。一分钱是不多,可少一分钱人家就不卖给你火柴啊!听了母亲算的账,我知道了端灯的事不是闹着玩儿的,它是过日子的一部分。我们那里形容一个人会过日子,说恨不能把一分钱掰成两瓣花。而我们的母亲呢,却把一分钱分成了二十瓣,三十瓣,每一瓣都代表着一根火柴。我为自己浪费了一根火柴深感惭愧。

我感到欣慰的是,后来我终于学会了端灯。当我第一次把燃着的灯完好地从灶屋端到堂屋时,那种油然而生的成功感是不言而喻的。

都是因为没了水

——从京郊一个山村的变迁看生态失衡

在北京房山区的深山里，曾经有一个美丽的山村，叫长沟峪。村里居住着二百多户人家，一千多口人。他们的石头房子多依山而建，山上树木葱茏，山下流水潺潺，风光异常秀美。村子里家养的鸡叫羊叫，林子里野生的山鸡黄羊也在叫，构成山村独有的小夜曲。祖祖辈辈，山民们在这里过着自给自足的生活。俗话说靠山吃山，留得青山在，不怕没柴烧。长沟峪村四周的青山，就是村民生存的靠山。在山脚，他们开垦出一块块土地，种玉米，种倭瓜。进山林，他们采摘野果子，捕捉野味儿，以调剂生活。他们从来不为烧的发愁，因为山上的柴取之不尽。他们也从来不为喝的发愁，因为一年四季都有山泉涌流。就是冬天大雪封山，小溪里的山泉仍在雪下汩汩流动，并把冰雪融开，升起袅袅的水汽。那时，他们吃山吃的是表面的东西，对山肚子里的东西吃得很少。也有人挖一点露头煤，主要是自家烧。烧不完，就用毛驴或骆驼长途跋涉驮到山外，换些油盐和布帛。长沟峪没出过诗人，无人描绘山村诗画般的美丽。可据说与长沟峪相距十来里的贾岛峪，却出过一位有口皆碑的大诗人贾岛。贾岛的"鸟宿池边树，僧敲月下门"和"松下问童子，言师采药去。只在此山中，云深不知处"的著名诗句，亦可用来作为长沟峪的写照。

现在的长沟峪不行了，处处断壁残垣，荒草萋萋，已衰败得不成样子。今年六月下旬的一天早上，在一场雷阵雨过后，我来到长沟峪，沿着寂寥的村街走了一遭。触目所及，我的心情甚感苍凉，沉重。村里有顶的房子很少了，杂树之中，掩着一堵堵石片垒成的断墙，墙头上生满绿苔。房子的大概轮廓还看得出来。但原本是人们遮风避雨、繁衍生息之所，如今却生满野草，一片荒芜。我看到一座残存的门楼，门楼摇摇欲坠，像是随时都会訇然倒下，让人望而却步。我走进一处院落，刚要拾级而上，一抬头，却见石阶上方扔着横七竖八的死树，挡住了去路。在又一家门前，我也只能看着门楣上方和窗棂上的精美雕花发呆。因为门窗都封死了，上面结满蛛网。曾几何时，这里或许居住着一户人丁兴旺的殷实之家，如今却是人去房空。

村子中央的一棵大槐树还在，它应是长沟峪村的历史见证，大树的年轮铭记着这个山村的风雨沧桑。长沟上面的石拱“小桥”还在，只可惜“流水”没有了，“人家”也看不到了。村子里寂静无声，在坑洼不平的石板路上，不时有行动诡秘的松鼠举着旗帜一样的尾巴横穿而过，让人怀疑这里是否已成了松鼠的世界。树林里喜鹊的叫声倒是不小，甚至显得有些夸张。据说喜鹊是报喜鸟，不知它在长沟峪还有什么喜可报。

我终于闻到了炊烟的气息。有炊烟就有人烟。循着炊烟的气息，我来到了一处建在开阔地带的四合院落，见一对老夫妻正在正房门口一侧烧柴做饭。交谈中得知，老人叫肖延民，今年75岁了。他的老伴80岁了。村里别的人家都搬走了，现在只剩下老两口相依为命，他们是长沟峪村最后两位执著的守望者。问起人们为什么都搬走，白发如银的肖延民用拐杖指点着脚下的地说：“这下面都成了采空区，水都撤走了。”我一时没听明白，不知是谁把水撤走了。老人解释说，下面挖煤挖成了空洞，水都渗到空洞里去了。我问他们吃水怎么办。肖延民的老伴说，有人向山上采石板的外地民工卖水，他们趁着买一点。反正他俩每天也吃不多，有一小塑料桶就够了。他们做饭用的是一只煤炉，却没有烧煤，烧的是劈柴。劈柴在炉膛里不紧不慢地燃着，散发出松木的香味。老伴坐在地上烧锅，肖延民端着下饸　。他把和好的面块放进一个小桶里，加上盖一拧，粗粉条般的饸　就下进沸腾的锅里去了。他们还保持着传统的饮食方式。

肖延民老两口也搬走过，他们在山外住不惯，住了一段时间又搬回来了。肖延民的老伴说：“俺在这儿住惯了。”他们现在住的院落，原是长沟峪村的小学校，肖延民曾在学校里当老师。得知肖延民当过老师，我对他顿生敬意，称他肖老师。肖老师像是回忆了一下说，小学校学生最多的时候

有一百多个，四个教室都坐得满满的。我把曾经是小学校园的院子打量了一下。院子不大，但方方正正。四个教室都是砖墙瓦顶，木质门窗都开得很大。院子正中有一棵高大的楸树，树冠枝叶茂密，树荫匝地。不难想象，当年楸树的花朵开满一树时，教室里书声琅琅，那是一派多么喜人的景象。现在除肖老师老两口住的正房外，三个教室的门窗都烂得洞开着，里面空空荡荡。院子里也扔满牲口草、驮石板的铁架子等杂物。肖老师说话很少，他低着眉，神情有些黯然。倒是肖老师的老伴，对我这个造访的陌生人显得很热情，一直把我送到院子外头，要我再来。

我不会再来了。人们都不会再来了。再过若干年，长沟峪村将彻底消失，是悄然离去的水源把长沟峪村带走的。过去我们说水是生命的源泉，也就是嘴上说说而已，因为没有参照，对这句话的理解并不是很上心。这次目睹了长沟峪村的衰败遗迹，我才深切理解了人与水的天然密切联系。可以说人类是逐水而居、逐水而活的，没了水，人就没法生活，没法生存。要吃山，首先得有水吃。没有水吃，吃山就吃不成，山就靠不住。吃山也得有个限度，如果滥吃，以致把山的肚子掏空，随之而来的就是断水，就要受到自然的惩罚和遗弃。

我们不能不小心啊！

虎头山上的森林公园

去大寨，我是奔那儿的历史景观去的。不料到了虎头山，我一下子被山上美丽的自然景观吸引住了。正值春意浓浓的四月，山坡上桃花盛开。人还未到山上，远远地就望见漫山的桃花云蒸霞蔚般映红了天际，使人不由得加快了上山的脚步。通往山上的路，是一条洁净的柏油路。一路两旁栽的是垂柳。垂柳刚刚发芽，一半是嫩绿，一半是鹅黄。垂柳柔软的枝条长长的，万千条柳枝被春风吹得拂来拂去，给山上的景致增加了一种如烟般袅袅的动感。柳树后面是一丛丛的迎春花。这里的迎春花长得很茁壮，每根枝条都缀满一串金灿灿的花朵。上得山来，随便一拐，就置身桃花林里去了。左边一看花满树，右边一看满树花，让人想在这棵树前照张相，还要在那棵树前留下影。正在桃花的海洋里流连观赏，忽听得山的更高处传来阵阵啸声。这是什么声音？难道是“虎头”发出来的？我抬头往山上一望，不错，那阵阵起伏的啸声正是发自威武雄壮的虎头山。原来虎头山的山顶栽满了松树，松树林黑苍苍的，已成了阵势，并覆盖了整个虎头形的山峰。那类似虎啸的声响，是风吹过松林时的松涛之声。山上老虎是没有了，但那里办了一座养鹿场，几百只梅花鹿常年活跃在山顶。

难得的是，山上还有水。一高一低两个圆形的蓄水池里水波荡漾。其中一个蓄水池的池边，还建了一个半环形的长廊。长廊雕梁画栋，建得很精美。长廊映进水里，水中有了诗情，长廊添了画意。水是万物之源，有了水，山上的一切都活起来了。站在山上往下眺望，“七沟八梁一面坡”上建的层层梯田和大面积的“海绵田”尽收眼底。那些梯田里很少种庄稼，大多

是退耕还林，种上了果树。从不同的花色来分辨，有杏树、桃树、苹果树，还有梨树。山上暖洋洋的，一切都很静谧。这里那里不时传来鸟儿的鸣叫，莫不唤起人们一种呼之欲出的与大自然的亲近之情。

当然，山上的历史景观也很可观。山口立有一块巨石，上面刻着叶剑英题写的“虎头山”几个大字。半山腰建有周恩来纪念亭和纪念碑。据旁边的“说明”记载，周恩来曾三次陪同外国元首上虎头山，在现场向国际友人介绍大寨人艰苦奋斗的事迹和全国农业学大寨的情况。伟人的足迹踏遍了大寨的坡坡梁梁。大寨出名之后，先后有一百三十四个国家的两万五千多名外国友人到大寨参观访问。安葬陈永贵骨灰的陵墓建在虎头山上的松柏之间，背靠青山，面向大地。到陈永贵墓碑前，需拾阶而上，走过一百多级青石铺就的台阶。这些台阶分为三个阶段，一段是三十八阶，一段是七十二阶，一段是八阶，分别代表陈永贵的党龄、年龄和在中央工作的时间。台阶下面，高高矗立的是陈永贵的石雕头像。头像与陈永贵生前一样，还是系着人们所熟悉的白羊肚子手巾。和陈永贵石雕头像相对的一座建筑，是大寨展览馆。展览馆宽敞明亮，好几个展厅都布置得井井有条，实物、图片一应俱全。通过展览，人们不仅可以看到浓缩的大寨历史，还可以领略到那个特定时代的风云际会。

在虎头山上的森林公园，我还不期而遇地看到了一些独特的文化景观，比如郭沫若和孙谦的墓。郭沫若生前留下遗嘱，要把他的骨灰撒在大寨的虎头山上。大寨村党支部为纪念郭沫若对大寨的关怀和厚爱，特意在虎头山西边为郭沫若竖起一块横幅的汉白玉石碑。碑的背面镌刻着郭沫若1965年12月7日亲临大寨写下的诗作《颂大寨》。山西“人民作家”孙谦的墓与郭沫若的墓相距不远。1963年，大寨遭受特大洪灾后，孙谦抱病在大寨深入生活，写下了长篇报告文学《大寨英雄谱》。这篇作品第一次全景式描绘出大寨的人物画廊，在全国产生了广泛影响。大寨人在孙谦的墓碑上题写了四句诗：铁肩挑起民间义，妙手绘出农家情。生前笔下英雄谱，身后大寨安忠魂。

再就是我所看到的自己心灵的景观。不必隐瞒，一踏上大寨的土地，我心潮有些起伏，也就是人们常说的心情激动。一开始我对自己不够理解，不就是看到了一个过去年代农业战线的典型嘛，有什么值得激动的呢？站在山上，看着山洼子里大寨的村庄，我稍稍想了一下，才明白是因为眼前的大寨勾起了我对大寨的诸多记忆。从那个年代过来的人都不会忘记，在将近二十年的时间里，我们在报纸上每天都能看到大寨，在广播里每天都能听到大寨。年复一年、日复一日地宣传，使我们几乎对大寨的每一块土地和每一个村干部都熟悉起来，我们随口就能说出一串大寨人的名字。那时候没有什么明星，大寨和大寨的劳模似乎就成了全国最大最耀眼的明星。大寨遂成了人们向往的地方。那时候的大寨，不是什么人想去就能去的，需要经过一级一级地审查和批准。记得我们村的生产队长被批准去大寨参观时，他兴奋得简直像是去朝圣。像我们这些刚从中学里毕业回乡的学生，去大寨连想都不敢想。我们只能在农业学大寨的旗帜下，没日夜地在工地上挖河，顶风冒雪地在地里整“大寨田”。几十年之后，我终于有机会到大寨来看看。大寨早已失去了昔日的辉煌和喧闹，虎头山上显得出奇的平静。这天上山的只有我们三个人，我的一位记者朋友，还有一位司机。正是这种平静，让我心中很不平静。我似乎看到，山上山下，仍是红旗招展、热火朝天的大干场面。我似乎看到，全国农业学大寨的会议代表正在小小的山村云集，村庄的每个角落都人头攒动。我似乎看到，那个不可一世的风云人物也到大寨来了，在大寨装模作样。继而我想到，什么样的热闹都会过去的，在时间和历史面前，一切都不过是过眼烟云。

真正让我感动的是大寨的土地。大寨的土地是黄色的，一如我们的皮肤。大寨的土地是厚重的，宽容的，也是沉默的。不管风云怎样变幻，不管人们怎样折腾它，它从来都不说话。它一直为人们奉献着，过去奉献粮食和故事，现在还奉献森林和花朵。黄土地，才是大寨永远的存在。我向大寨的土地深深鞠躬！

挑水

在我少年时候的印象里，挑水对我们家来说是个很大的负担。

我们院子里住着好几户人家，共用一副水筲。水筲是堂叔家的。谁家需要挑水，把水筲取来，挑起来就走。很长一段时间，我都不知道水筲是堂叔家的，还以为是我们家的呢。水筲是用柏木做成的，上下打着好几道铁箍，筲口穿着铁系子。加上水筲每天都湿漉漉的，水分很足，所以水筲本身就很重，一副水筲恐怕有几十斤。水筲里盛满了水就更重，一担水至少要超过百斤，没有一把子力气是挑不动的。

挑水的担子是特制的，两端镶有固定的铁链子和铁钩儿，它不叫扁担，叫钩担。用钩担和水筲挑水，对人的身高也有要求，如果达不到一定的高度，就不能把水筲挑离地面。

我们家离水井也不近，水井在村南，我们家在村北，挑一担水要来回穿过整个村街。

水是必需品。做饭，刷锅，喂猪，都用水。洗菜，洗衣，洗脸，也离不开水。我们家每天都要用一担到两担水。

父亲活着时，我们家用水都是父亲挑。父亲挑水当然不成问题。父亲挑着空水筲往院子外面走时，水筲的铁系子咿呀咿呀响。父亲挑了重水筲回家，铁系子就不响了，变成了父亲的脚响。父亲的大脚踩在地上嚓嚓的，节奏感很强，像是在给忽闪忽闪的钩担和水筲打拍子。父亲去世后，我母亲接过了挑水的担子，母亲挑水就不那么轻松，每次挑水回来，母亲都直喘粗气。后来生产队为了照顾我们家，就让母亲参加男劳力干活，以多挣工分。繁重的劳动每天都把我们的母亲累得筋疲力尽。有时母亲还要出河工,吃住在挖河的工地。家里还有年迈的祖父,还有我们姐弟六人,日子还得过下去。于是就轮到我大姐试着挑起了挑水的担子。

那时大姐不过十三四岁,身子还很单薄,那样大的水筲对大姐来说是显得过于沉重了。可我们家没钱买小铁桶,瓦罐子又太容易破碎,只能用水筲挑水。我们那里把钩担两端的铁链子和铁钩儿叫成钩担穗子。钩担的穗子长,大姐的个子低,大姐挑不起水筲怎么办呢?大姐就把钩担穗子挽起来,把铁钩倒扣在钩担上,这样大姐才能勉强把一对水筲挑起来。用钩担把水筲系进井里打水也不容易,技术上要求很高,需要把水筲在水面上方左右摆动,待筲口倾斜向水面,猛地把水筲扣下,才能打到水。这全靠手上的寸劲儿,摆得幅度不够,水筲就只能漂在水面。摆动太大,或往下放松太多,铁钩会脱离水筲的铁系子,致使水筲沉入井底。那样麻烦就大了。大姐第一次去挑水,我担心她不会摆水,担心她会把水筲丢进井里。还好,大姐总算把水挑回来了。大姐走一阵,停下来歇歇,再走。水挑子压力太大,大姐绷着劲,绷得满脸通红。大姐把前后水筲的平衡掌握得不是太好,前面碰一下地,后面碰一下地。水筲每碰一下地,水就洒出一些。等大姐把水挑进灶屋,满筲水只剩上半筲了。

干天干地还好一些,遇上下雨下雪,大姐去挑水就更困难。我们那里是黏土地,见点水地就变得稀烂,泥巴深得拽脚,大姐每走一步都要付出加倍的力气。在这种情况下,大姐仍要去挑水。在雨季,我常常看见大姐赤着脚把水挑回来,身上的衣服也湿透了。而在雪天,大姐出门就是一身雪,水挑回来时,连水筲里都漂着雪块子。按说可以在好天好地时把水储存下一些,可我们家唯一的一口水缸盛粮食用了,我们家用水都是随用随挑。有时挑来的水还没用完,邻家又要用水筲去挑水,大姐就把剩余的水倒进一只和面用的瓦盆里。瓦盆不大,容积很有限。

秋季的一天,下着小雨。大姐去挑水时,小雨把钩担淋湿了。钩担经过长期使用,本来就很滑手,一淋了雨,钩担就更滑,简直像涂了一层油。大姐在水井里把水筲淹满了水,却提不上来了。连着两三次,大姐把水筲提到井筒半腰,手一滑,水筲又出溜下去。最后一次,大姐半蹲着身子,咬紧牙关,终于把水筲提出了井口。就是那一次,大姐由于用力太过,感到了身

体不适。那天把水挑回去后，大姐哭了。她想到了她的今后，伤心伤得很远。从那以后，大姐每次去挑水都很畏难。特别是一到雨天，大姐更不愿去挑水。

好在我二姐顶上来了，二姐身体比较结实，人也争强，二姐把挑水的事承担下来。

随着我逐渐长大，似乎该由我挑水了，因为我是我们家的长子。可是，母亲一直不让我挑水。母亲明确说过，她怕我挑水太早，压得长不高，以后不好找对象。母亲怕我长不高，难道就不怕大姐二姐长不高吗？母亲不让我挑水，显然是出于对我的偏心。我注意到，我的大姐二姐也从来不攀着我挑水。她们都有不想挑水的时候，为挑水的事，她们之间有时还闹点小小的矛盾，但她们从来没提过该轮到我去挑水了。

想来主要是我不够自觉，也比较懒，反正我挑水挑得极少。

关于挑水的一些事情，我当时并不完全知情，一些细节是后来听母亲和大姐二姐说到的。她们是以回忆的口气说过去的事，说明她们早就不必挑水了，早就把担子从肩上卸下来了。可我听得心里一沉，像是重新把挑水的担子挑了起来。我想把担子卸下来就不那么容易了。

吹柳笛 放风筝

五九六九，抬头望柳。七九六十三，行路的君子把衣宽。九九八十一，老狗寻荫地。踩住七九，柳条就发软了，就发青了，就冒黄米了。村里的大人们不一定顾得上往柳树上细看，柳树发芽的消息是我们这些孩子们用柳笛报告出来的。

柳笛不难做，我们都会做。折一根青柳枝，用剪刀剪成一截一截，用手一拧，把柳枝的青皮拧离骨，取下完整的皮管儿，将管口一端用牙咬扁，并轻轻咬去一层青皮，留下一层黄皮，柳笛就吹得响了。

我们村的男孩子女孩子都爱吹柳笛，人人都是春消息的传播者。在柳树刚冒芽的那些天，塘边，树下，院子里，一天到晚都有柳笛的音响。有的孩子是边走边吹，边跑边吹，好像柳笛本身长了腿，它们无处不到。柳笛长短不等，粗细不等，发出的声响也各不相同。细的，声音就尖，像女声；粗的，声音就憨，像男声；不粗不细的，像女中音或男中音。短的，声音嘹亮；长的声音绵长；不短不长的，声音嘹亮而绵长。各种柳笛一齐吹，就成了柳笛的合奏和交响。

大人们都不反对孩子吹柳笛，在他们听来，柳笛有一种特殊的韵味，能唤起他们许多记忆和感慨。有人说："又一年！"有人说："日子过得真快，柳笛一响，才知道我们已经老了！"不用说，人们对声音是有记忆的，柳笛的声音在他们心上留下了记号，一提到记号，往事就回来了。正可谓柳笛声声里，春风细如愁。

每年春天，我至少都要做高音中音低音三支柳笛，轮换着吹。我鼓着

嘴巴，吹了这支吹那支，把腮帮子都鼓胀疼了。最粗最长的那支，我还用剪子在上面剪了好几个菱形的方孔，像别人吹竹笛那样，手指捂在方孔上吹。这样吹出来的声音就不再是直来直去，而是嘀嘀哇哇有了变化。虽然不是百鸟朝凤，十鸟朝凤大概还是有的。

春天的阳光说暖和就暖和了，我只穿棉裤，把棉袄甩到一边去了。我棉袄里不套衬衣，棉袄一脱，就露出了光脖子和两条光胳膊。一冬天没洗澡了，我脖子里和胳膊上结了一层灰垢。但灰垢遮不住小孩子皮肤的白嫩，捂了一个冬天，乍脱去棉衣，我的胳膊显得又白又胖。比如藕节子，上面黏点泥巴不会影响藕节子的白，还会对它的白起反衬作用。母亲坐在门口的砖台阶上，正给父亲往鞋底上缝鞋帮子。我悄悄走过去，用柳笛对着母亲的耳朵吹了一下。

母亲大概正被柳笛把思绪带得有些远，我对着她的耳朵猛一吹，把她吓得不轻，她把手中的鞋底子一扬说："我打你！你把我的耳朵吹聋吧！我的耳朵要是聋了，你的娘就是聋娘，你再跟我说话，我光会张着嘴打啊啊。"

我觉得母亲把话说得太严重了，对着耳朵吹一下柳笛，不会把耳朵吹聋的。母亲不让我吹，我就去对着二姐的耳朵吹。二姐知道，柳笛对着耳朵吹，声音很大，而且耳朵眼里很痒痒。二姐躲着，不让我把柳笛对准她的耳朵。我把柳笛含在嘴里，追着二姐，找二姐的耳朵，把二姐追得一会儿躲在墙角，一会儿躲在石榴树后面。

我没吹着二姐的耳朵，二姐趁我不注意时，对着我的耳朵哇地吹了一下。这一下我领教到了吹耳朵的厉害，柳笛的声响和气流硬得像一根棍子，几乎把我的两只耳朵捅透气了。从此，我再也不对着别人的耳朵眼儿吹柳笛了。

在我追着二姐吹柳笛时，堂哥正在扎一个风筝。春来时，我们这里扎两种风筝，一种在天上放，一种在地上滚。往天上放的风筝需要好多线牵着，小孩子弄不来那么多线，只好扎地滚子风筝来放。地滚子风筝是用高粱莛子的细篾扎成的，扎成一个圆圆的西瓜模样，拿在手里极轻。风筝的柔韧性和弹性都很好，两手把"西瓜"挤一下，"西瓜"扁了。手一松开，"西瓜"腾地就圆了。

堂哥的风筝快扎圆时，我凑过去了，问放风筝带不带我。

堂哥看了我一眼，没有马上作出答复。好像需要思考一下，才能作出决定。

我很想到地里放风筝，但必须取得堂哥同意，因为风筝是堂哥扎的。扎这种风筝需要一定的技术，我还没有掌握这种技术。我又问了一句堂哥，带不带我去。口气有点乞求的意思。

堂哥说，我如果给他家的狗带一块馍吃，他就让我去。

我答应了堂哥的条件，到灶屋拿馍去了。为了显示诚意，我拿了整整一个馍。当我把馍交给堂哥时，堂哥在院子里观察了一下，没有接馍，让我自己先拿着。我们拿着风筝走出院子时，堂哥才把馍要过去，说："我先尝尝。"照馍上吭哧咬了一大口。

我知道了，还说是给狗带馍，原来是他自己想吃。

狗已跑到前面去了，它跟孙猴子差不多，老是充当先行者的角色。

我们刚来到东南地里，金淌、狮子、铁头也跑来了。不知他们从哪儿得到了放风筝的消息。

东南地是一大块麦地，绿汪汪的，一眼望不到边。麦苗褪去燥色，正在返青。它返青的过程大概跟小孩子换衣服差不多，昨天还是深色的棉衣，今天就换上了浅色的单衣。麦苗在地里睡了整整一个冬季，春雷一响，春雨一洒，它们纷纷醒过来了。醒来之后，它们觉得阳光不错，天气挺好，伸伸胳膊伸伸腿，浑身透着舒泰。按农人的说法，麦子开始起身了。它们一起身就覆盖了地皮。熬过严寒躲过劫难的野兔，不必再担心人们会看到它们，试探着在麦苗丛中恢复流动。兔子对麦苗感激涕零，一再立起身子，给麦苗作揖，仿佛麦苗就是它们的再生父母。一群老鸹往麦苗地里一落就瞅不见了，一只也瞅不见了。

放风筝就是这时节在这样的麦地里进行。要让风筝跑起来，有一个条件最重要，这就是风。不用担心没有风，在春天的田野里，春风总是不请自到。人们通常以为风没有色，没有形。错了，风的颜色和形状都无比丰富。比方说吧，是春风把麦苗染绿，把连天的麦地吹成波浪形状。不信？有人看见麦苗一波一波往远方涌，会指着麦苗说："看，风，风！"

风筝放飞之前，我们互相看了看，在心里交流着同一个意思。我们知

道，风力这样好，风筝要么不出手，只要出手，就可能一去不返，再也收不回来了。但是，我们决不会因为收不回来就不放。

果然，堂哥把风筝放在地头刚一撒手，风筝就贴着麦苗滚走了。风是西北风，风筝顺着风往东南方向滚。说地滚子风筝贴着地滚并不准确，它是跳跃着在麦苗上飞。眨眼工夫，它已飞出好远。

我们欢呼着，撒丫子向风筝追去。我们尽可以撒着欢地跑，一马平川全是跟绿地毯一样的麦地，没有什么东西绊我们的脚。就算摔倒了，麦苗柔软得很，也摔不着我们。别看风筝没长翅膀，飞得却很快。我们怎么也追不上风筝。风筝并不往高处飞，一直跟麦苗若即若离。仿佛遍地的麦苗是它们的蹦床子，它们借助蹦床子的弹力，在一起一落地跳荡。

风筝也有稍微停顿的时候，像是在等一下我们。可我们疯跑着刚把距离跟它拉近一点，它一个弹跳就飞跑了，似乎比刚才跑得还快。我们熟知风筝就是这个脾气，我们不生气，不泄气，加快速度再追。

我们这几个孩子，数铁头跑得最快。他光着练就的铁脚板，看样子非要把风筝逮住不可。他一边追还一边喊："风筝子，等等我！"风筝不等他，他就骂风筝，跟骂兔子使用的脏话差不多。

论奔跑能力黑狗是有机会追上风筝的，甚至会超过风筝。然而黑狗很善解人意，它似乎也懂得，风筝就是用来撵着玩儿的，倘若像扑兔子一样把风筝扑住，那才是一条傻狗。所以黑狗只在风筝一侧跑，绝不越过风筝。风筝停顿时，它跃起来作饿虎扑食状，扑下来爪子却落在风筝旁边的空地里。

这块麦地斜着算有一里多长，我们跑得汗黏裤裆，头上热气腾腾。麦地的尽头是东河的河堤。我们想，等风筝跑到河堤那儿就跑不成了，河堤那么高，会挡住风筝的去路。

可是，风筝只在河堤下面运气似的停了一气，就一口气沿着河堤的外斜坡攀到河堤的顶上去了。

等我们气喘吁吁地爬上高河堤，风筝已飞到河对岸去了。让人感到神奇的是，风筝飞越河床时，不但没落下来，反而升到空中去了，直到飘过半槽河水的河床才往下落。

风筝没在对岸的河堤上停，就落入堤下外村的麦地里去了，一刻不停地向远方滚去。

风筝是银白色的，在阳光的照耀下闪闪发光。刚落入外村的绿得发黑的麦地时，我还能看见风筝一明一明的。停了一会儿，就变成一明一灭的，再停一会儿，就一点也看不见了。

我大声喊：“风筝子，你回来！”喊着喊着，我眼里就涌满了泪。

堂哥、金淌、狮子、铁头本来也要跟着我一块儿喊，听见我的声音不大对劲，一看，我眼里泪花花的，他们就没喊。

没电视的日子

吃过晚饭，我们全家坐在沙发上正看电视，荧屏上的新闻画面突然中断了，出现一片空白。这种情况以前也有过。我说是电视台的毛病，一会儿就好了。可过了一会儿，画面没有恢复。摁摁别的台，都没有反应。完了，看来是电视机坏了。

我们家的彩电已服役十多年了，属于早该淘汰的产品。电视坏了，全家人并不感到怎么惋惜，个别成员还流露出“总算坏了”的表情。我们开始议论买什么牌子的新彩电，是画王、牡丹，还是长虹。老彩电就在对面电视柜上面蹲着，仿佛它已经成为弃物，家人在兴致勃勃地议论新彩电时，一时无人顾及它低落的情绪。当初这台快乐牌彩电是我们人托人、走后门才买到的，它与我们朝夕相伴十多年，曾带给我们不少快乐。妻子后来大概想到了这一点，她说不行，这台彩电还要请人修一修，只要能修出人影来就继续看，直到看不见人影为止。我对妻子的意见表示完全赞同，主动把请人修电视机的任务承担下来。没电视可看，我走到卧室，喊妻子过来给我们讲个故事听。妻子说她没什么故事好讲。我说，讲讲你下乡时候的事吧，妻子说，他们刚到农村时，十几个知青在一个大锅里吃饭。他们不会用稻草烧锅，担心火灭，接二连三往锅底续稻草，以致把灶膛塞得满满的，没了氧气，明火一次次被窒息。他们被烟熏得眼泪横流也吹不着，只得拉出稻草，重划火柴点燃。烧一次锅，他们差不多要用去半盒火柴。更为可笑的是，望着一大锅生水他们有些发愁，要烧多长时间才能烧开呢？于是，烧锅的同学一会儿掀开锅盖看一次。别的着急做饭的同学也走马灯似的轮番掀开锅盖看。看过的同学都很失望，怀疑农村的铁锅太厚，烧稻草不顶事。当地的老农看见他们老掀锅盖，说你们这样不行，锅里刚闷住一点热气儿就被你们放跑了。你们得沉住气，锅里才能存住气。他们听从老农的指点，“不怕锅不滚，只要底火烧得紧”，一会儿就把水烧开了。我对妻子说，你讲的故事很好，我都“看”见了，比电视好看。

原来我们家住在建国门外的灵通观，离日坛公园比较近。那时我们家还没买电视机，而日坛公园常放露天电影。每逢周末，我们就去日坛公园看露天电影。夏秋之际，在习习晚风中，闻着满园的草香看电影，不能说不是一种享受。《花为媒》、《女驸马》等好几部电影，我都是第一次在日坛公园看到的。有一个星期六的晚上，我和妻子带着女儿还跑到中山公园去看露天电影。那天看的什么电影我忘记了，只记得看完电影后，天下起了暴雨。我们只带了一把伞，我背着女儿，妻子为我们打伞，我们冒着大雨往家赶。大雨如注，空旷的天安门广场顿时白水漫漫，成了一片汪洋。华灯在雨幕中若隐若现。那时公共汽车已经停了，我们在雨中走了一个多小时才到家。除了睡着的女儿，我和妻子的衣服都湿了大半截。后来我和妻子多次回忆起我们渺小的一家三口在大雨中的天安门广场行走的情景，可见它给我们留下的印象多么深刻。买了电视机后，我们再也没去看过露天电影。好像公园里也不放露天电影了。

无电视可看，我想最着急的应该是我儿子。放暑假之后，他几乎天天与电视为伍。有时我往家里打电话，耳机里乱七八糟，那是儿子在看着电视接电话。下班回家，还没进门，就听见屋里许多人在说话，那也是电视里发出的声音。除了看电视，儿子还租来录像带，招同学在家里看录像，一看就是半天。儿子本来爱画画，由于看电视占去了时间，有一幅画他几天都没画完。我借电视机的口吻对儿子说，电视机跟我说了，你们家有个小子特爱看电视，一天到晚守着我，把学习都耽误了。为了让那小子利用宝贵时光好好学习，我只好做出自我牺牲。儿子笑了。

第二天我下班回家，儿子马上拿出一幅刚画完的画给我看。我很欣喜，连夸不错。我跟妻子说，你看，还是电视机坏了好，一无电视可看，儿子就把注意力转移到学习上去了。可以说自从买了电视机，全家人十几年晚上的时间几乎都搭给它了。电视机的开关仿佛是一个门，门一开，一群人就入侵似的蜂拥进来，大人小孩，男人女人，好人坏人，中国人外国人，啥人都有。他们一进来就不安生，就可劲地闹腾。我们只能傻看着他们，对他们一点办法也没有。电视机一坏，好像把家门关严了，外人再也进不来。这真是难得的安静。吃过晚饭，我们可以聊天，可以出去散步，可以看报纸杂志。在白天，儿子开始看我刚写完的一部长篇小说的打印稿，而且看得饶有兴致。我有些窃喜，觉得没电视的日子真好。

几天之后，妻子和儿子都耐不住了，他们说没电视看太难受了，催促我赶快请人修电视机。妻子似乎看出我有意拖延修电视机的时间，限我必须在哪一天修好，否则她就去买一台新彩电。我想好了一个拖延下去的理由，说我准备写一篇文章，题目叫《没电视的日子》，你们得配合我。要是电视机修好，我就找不到写作的感觉了。现在文章已写完了，电视机恐怕很快就要复活，重新加入我们的生活。真叫人没办法。

最强大的是时间

——新世纪寄语

近日来，我闭目所见常常是故乡冬天里的月光。夜晚，我们到镇上看完灯戏或看完露天电影，往家走时已是后半夜了。这时头上一轮明月，脚下遍地月光。热闹散场之后，大地沉静，空气清冷，月光显得分外皎洁，给人以梦幻般的感觉。一大早，鸡还没叫，同学们喊我到镇上的学校上早自习。开门一看，满院子都是白的，白得让人惊奇，几乎不敢迈步。树叶都撤去了，月光无遮无拦地落在院子里，仿佛一走出去，月光即时会沾满一身。当我把月光看了一下，确认是月亮洒下的光辉时，才轻着脚出门去了。月亮的存在已经很久远了，而且还将千秋万代地辉映下去。可我们人呢？

据说，月亮作为一种物体，迟早也会消逝的。宇宙间永无尽头的只有时间。时间是带给人类神秘感最大的来源之一，它深奥难测的性质，迷惑过历代的诗人、作家和哲学家，至今还没有人给时间下过确切的定义。反正人生的悲哀归根到底来自时间的不可逆转。古来多少英雄豪杰、帝王将相，无不在时间面前低下高贵的头颅。莎士比亚就曾经叹息过，“时间要来把我的所爱带走……不得不为所害怕的丧失而哭泣。”

迎接新世纪的说法几年前就开始了，只是近来说得更频繁，也更兴奋。但我从来没有为新世纪的到来而兴奋过。二十一世纪作为一种纪年的符号，作为一种记录时间阶段性的刻度，它代表的时间与以往的时间不会有什么两样，只能让人在夜深人静之时感到恐惧。我曾拿一世纪规定的年数和人的岁数比较过，猜测一百年一世纪的纪年法可能表达着人生一世对岁数的美好期望。可是，能活到一百年的人能有多少呢？我还拿秒针跳

动的频率和人的心脏跳动的频率比较过，猜想规定一分钟为六十秒可能是受到心脏跳动的启发。人的心脏一分钟大约跳动七十次，一年四千万次左右，一生总共也就是三十亿次上下。心脏每搏动一下，生命就减去一点。秒针的跳动还将无限期地延续下去，人的生命到了一定期限，心脏的搏动就终止了。

我们还得感谢时间，它是我们人类至高无上的老师，它教我们清醒，教我们有了生命和死亡意识，而后促使我们和时间建立起紧密的关系，把时间紧紧拥抱。是否可以这样判断，人来到世上的一切所作所为，从根本上讲，都是对时间的攀附，都是为了抓住时间，挽留时间，延长时间。女人的求偶和生育，是向时间挑战的一种办法。而男人显得更活跃一些，他们企图抓住时间的办法要多得多。遗憾的是，许多男人走进了误区，他们急于抓住的是物质，是物质里边包含的时间量，比如房子、汽车、金钱、权力（权力是物质的代名词，或者说是物质的概括化），包括女人。他们认为占有的物质越多，占有的时间就越多。实际上，物质里所包含的时间量，只和物质本身的价值有关系，和拥有者人生的价值并无多大关系。到头来，“好就是了”，他们的追求只能是一场空。如果对物质的追求达到疯狂的程度，就更不得了，有可能连宝贵的生命也搭进去了。

作家的精神可嘉之处，在于他们敢于和时间抗争，敢于通过抓住自己的心，去和现实世界建立联系，并再造一个心灵世界和精神人生。在这方面，李白、李清照、白居易、曹雪芹等是成功了。他们的肉体虽然消失了，但他们所创造的心灵世界和精神人生却千古流传，时间再也不能抛弃他们。相反，时间之水冲刷愈久，他们的作品愈发出璀璨的光辉。

后来的写作者如我们，所进行的写作不过是缘于对抓住时间的一种想象。是的，我们想实现的是想象的满足。如果连想象都不敢，那我们在伟大的时间面前不是变成一堆可怜虫了吗？不是辜负了时间也辜负了自己吗？

在新的世纪，我们继续努力就是了！

让人尊重和信赖

每个刊物都有自己相对稳定的作者队伍，而每个作者心目中，也都有自己比较看重、比较信赖的刊物。我一直信赖着《北京文学》，愿意把心血之作托付给她，像托付自己的亲生儿女一样。自从1982年在《北京文学》发表第一篇小说起，十八年来，我先后在《北京文学》发表了《家属房》《家道》等三部中篇小说，和《走窑汉》《鞋》等十七篇短篇小说，加起来约三十万字，出一本书都不算薄了。

这样和《北京文学》交往久了，我与她似乎达成了一种亲家的关系，我把一个又一个"孩子"交给她，她总是很善待，安置得很好，让人放心，并生出感激之情。

刚开始写小说时，我并没有给《北京文学》寄稿子。我老家在河南，初写的一些小说都给河南的文学刊物发了，在河南的两家刊物连着发了八九篇中短篇小说。我也看见过《北京文学》，觉得自己水平不行，没敢给《北京文学》投稿。当时我仔细读过《北京文学》上发的小说，可以说从头条到最后一条，每一篇都很好。记得读到汪曾祺先生的《受戒》时，读了一遍又一遍，简直爱不释手。我想，我的小说什么时候才能登上《北京文学》呢？

说来好运气是刘恒带给我的。刘恒那时在《北京文学》当编辑，他看到了我在河南发的小说，打听到我的地址，给我写来了约稿信。我在《北京文学》发了第一篇小说后，刘恒马上又写信敦促我："再一次向你呼吁，寄一篇震的来！把大旗由河南移竖在北京文坛，料并非不是老兄之所愿了。用重炮向这里猛轰！祝你得胜。"不得不承认刘恒的话鼓动性很强，于是我把短篇小说《走窑汉》送给他了。我不敢保证这篇小说就是“震的”，或者说是“重炮”，但我觉出来了，这篇小说比我以前的小说要好一些，它起码让我自己的心感到有点震颤。我骑着自行车把稿子送到《北京文学》编辑部，直接交到刘恒手里。你说刘恒够意思吧，他没等我走就把我的小说看完了，肯定之后，当即撕下一张稿签，别在稿子上面，在稿签上填上了小说的题目和我的名字。《走窑汉》发在《北京文学》1985年第九期的一个小说专号上，它得到了前辈名家林斤澜的赞赏，林斤澜老师称《走窑汉》是我的成名作。在上海，王安忆把这篇小说推荐给评论界，评论家程德培写了一篇评论登在《文汇读书周报》上，标题是《这活儿让他做绝了》。王安忆本人也从故事的角度，撰文分析了这篇小说情节发展的逻辑性动力。

我给《北京文学》写的第一部中篇小说叫《家属房》，写这部小说期间，刘恒曾骑车到我家去过两次，让我放开手脚大胆干。有这么一个细节我记得很清楚，有一次，刘恒到我家，我给刘恒和我儿子各拿了一瓶汽水。我的尚不懂事的儿子喝着自己的汽水，还去喝刘恒放在地上的汽水。儿子嘴里正吃着饼干，把刘恒的汽水瓶里弄得饼干渣子乱翻。刘恒一点儿也不嫌弃我儿子脏，他接着把我儿子喝剩下的汽水喝完了。这件事让我和妻子难以忘怀，一提起来就觉得刘恒是个大好人，家常人。我说这件事的意思是想让人们知道，刘恒不仅是一位优秀作家，还曾是一位非常敬业的优秀编辑。以后有机会，我会专门写一写和刘恒的交往，今天就不多说了。

说起和《北京文学》的友情，还不能不说到林斤澜老师。按一般情况理解，像他这样著名的老作家，只在刊物上挂个主编的名就行了，不一定接触稿子和作者。可林斤澜不，他直接跟作者谈稿子。1986年3月26日，他约我到编辑部，具体指导我修改我给《北京文学》的短篇小说《玉字》。他认为这篇小说写得过程太多，力量平摊了。有的过程带过去就完了，别站下来，到该站的地方再站。他给我举例，说比方到颐和园去玩儿，只站一两个地方，就把整个颐和园看了，不能让人家每个地方都站。他跟我谈得最多的是小说的结尾部分，说那里分量不够，“动刀子动不起来”。还需要设计新的场面，设置较大的动作，增加生色的细节。他给我讲《红楼梦》里尤三姐喝酒的那一场挑逗，哈，那是何其精彩！林斤澜老师差不多跟我谈了一上午，最后他明确地对我说：“你要接二连三地给我们写稿子，我们接二连三地给你发,双方要配合好,合作好。”

我记住了林斤澜老师的话,果然接二连三地给《北京文学》写起稿子来。从那时起,我每年都在《北京文学》发一到两篇小说,从未间断。这说明《北京文学》对我是何等厚爱!

我先后和《北京文学》的编者联系较多的还有陈世崇、傅用霖、章德宁、兴安等,他们都给了我许许多多无私的帮助,我和他们都成了好朋友。

《北京文学》无疑是一份重要的文学刊物。世界有中国,中国的首都在北京,北京是中国人的文化中心,文化中心有一份《北京文学》。我孤陋寡闻,不知道俄罗斯有没有莫斯科文学,法国有没有巴黎文学,反正我们中国有《北京文学》。我也不知道唐代有没有长安文学,宋代有没有汴梁文学,反正我们当代有《北京文学》。不管从世界范围还是从历史角度来看,《北京文学》都应该聚集中国优秀的文学人才,展示一流的创作成果,代表中华民族最先进的文学精神。实际上,这些《北京文学》都做到了。她以高尚的风格,厚重的品质,敏锐的思索和独特的魅力,赢得了人们的心。《北京文学》是一本真正无可替代的刊物。作为中国的作家,我们为《北京文学》的辉煌存在感到骄傲。作为当代的一个作者,我为得到《北京文学》的扶持深感荣幸。

忽闻《北京文学》创刊已经五十年了,也就是说,在我出生之前她就存在着了,就对我张开了臂膀。我从一个乡下孩子,从田野,从煤矿,一步一步走进她的怀抱。她大概认为我还算是个好孩子,所以一拥抱住我就没有再松开过。晚生没什么好报答的,值此《北京文学》创刊五十周年之际,我只能向《北京文学》深深施上一礼,祝她健康长寿!并请她继续带我前行。

哈尔滨不会忘记

这次去哈尔滨，一开始我怀疑自己，回京后能不能写点儿东西。因为这些年来，国内外我去过的地方也不算少了，回来后却没有写过什么像样的东西。外面风光再好，那是人家的，可以饱饱眼福，要进驻到心里不大容易，看看也就过去了。这次哈尔滨之行感觉不大一样，我的感情和思想受到很大刺激，仿佛块垒在胸，有话在喉，不说出来就过不去似的。是自己跟自己过不去。

给我造成强烈刺激的，是那天去哈尔滨城郊参观当年侵华日军“731”细菌部队遗址。在那个被称为杀人魔窟的地方，日军医务人员拿活生生的人体进行五花八门的残忍试验，如霍乱、结核、梅毒、饥饿、干渴、风干、冻伤、真空、子弹穿透，及注射尿液和人血马血互换等等。在地下一个试验室里，我看到一个真空人体试验的模型。一口大玻璃柜，里面放进一个全身赤裸的男人。玻璃柜密封后，一点一点抽干里面的空气。一个穿白大褂的日本军人，手里拿着计时表，密切注视着柜中人的反应和变化。据墙上解说词中的描述，随着柜中的空气被抽干，人的两个眼珠子先鼓出来，鼓到眼眶外面，像两个大大的气泡，随时都会爆裂。接着，人体上的全部血管都凸现出来，纵横交错，变紫变绿，爬满蚯蚓一般。最后阶段，人的肠子也承受不住真空造成的巨大压力，从肛门里辘辘爬了出来，像一条蠕动着的很长很长的虫子。

地面有一个较大仓房样的试验室，人体冻伤试验在那里进行。数九寒天，长着一副人面的魔鬼们，把试验对象身上泼上水，再用冷风机吹。检验冰冻效果时，他们用铁棍往人的手臂上敲击，如果一敲啷啷响，就算冻透了。敲击稍一用力，手掌和手指就会哗啦碎成一地冰渣子。把人体冻硬后，他们往往还要进行热水解冻试验，手臂放进烫水里一泡，再拿出时，手上的筋肉都脱落了，只剩下几根白骨。

据介绍，这些被抓来进行人体试验的人，有的是反法西斯战士，有的是无辜平民，包括妇女和儿童。这些受虐杀的人当中，除了大部分是我们的同胞，还有苏联、朝鲜和蒙古人。在魔鬼部队存在的14年时间，有三千多条生命成了他们的试验品。

看了试验室，我们又去看魔鬼们培养细菌的地方。作为生物武器制造者和使用者的细菌部队，大量培养细菌才是他们的主要任务。他们培养的细菌有多种，主要品种是鼠疫菌和炭疽菌。在培养鼠疫菌时，他们养有大量黄鼠，同时养有大量跳蚤。跳蚤吸了黄鼠的血，身上就带了菌。他们把跳蚤收集起来，投放到开展细菌战的地方。有人和牲畜走过，跳蚤跳到人和牲畜身上，就把细菌传播开了。抗战期间，侵华日军在我国多个地方都投放过细菌弹，造成大面积疫病灾难和人畜伤亡。

在遗址参观期间，我心里一直有些紧张。如果说日军进行人体试验的那些罪恶行径让我毛骨悚然的话，参观制造细菌的场所时，我心里麻麻秧秧，身上似乎也有些痒。我环顾四周，遗址的后院生满野草，阳光很亮地照着，日军撤走时炸毁的锅炉房的残墙和炸断的烟囱触目可见，暴露出的当年的地下通道积了很深的水。这一切提醒着我的理智，理智告诉我，侵华日本鬼子早就完蛋了，所有的细菌亦早就不存在了，这里已成了供中华儿女参观的爱国主义教育基地。我心理和生理上出现的不良反应不过是下意识的。可不知怎么搞的，我的理智像是失去了作用似的，下意识的感觉老是出现。比如说，每到一处参观，我手里都拿着一瓶矿泉水，边走边喝。在细菌部队遗址参观，我就不敢打开矿泉水瓶的瓶盖，更不敢嘴对着瓶口喝水，像是生怕沾染了什么。

我们都知道，作为生物武器使用的细菌，它的成活期是有限的，即使制成粉末，危害作用也不是无限期的。而化学武器就不同了，毒气弹和毒气桶哪怕在地下深埋若干年，毒气一旦泄漏，仍能对人的生命造成伤害。我们在细菌部队遗址参观时，是2003年8月26日上午，那时，发生在齐齐哈尔的“8·4”毒气泄漏事件还没有结束，有四十九人受到毒害，中国政府正与日本政府进行严正交涉。齐齐哈尔离哈尔滨不远，侵华日军的化学武器部队“516”部队——陆军化学研究所就在齐齐哈尔火车站以东。这两支部队被称为姊妹部队，他们沆瀣一气，坏事做绝。一次，被关在细菌部队监狱的二百多位准备用来做人体试验的人发生了越狱行动，细菌部队就把狱门反锁，邀来化学部队的同伙，向监狱内大量施放毒气，把二百多人全部活活毒死。据齐齐哈尔研究日本化学战史的专家估计，遗留在齐齐哈尔地下的毒气弹有二十万枚。它们都是一些不定时的炸弹，不知什么时候就会出来毒害我们的同胞。

参观完细菌部队遗址时，展览馆的馆长要我们每位作家都留下一句话。我看见陈世旭兄写的是“前事不忘，后事之师”。我一时想不起自己应该写什么。我心中充满愤懑，不是一两句话所能表达。应该说日本当时的科技比我们发达，但他的科技不是为人类造福，而是用来残酷的杀害人类。这从反面提醒我们，物质的积累，科技的进步，并不能改善人性和人类的灵魂，有时还把人性恶的潜能激发出来，并推向极端。日本法西斯在哈尔滨留下的罪证就是证明。

哈尔滨不会忘记，全中国的人民都不会忘记，侵华日军在中国土地上犯下了什么样的可耻罪行。我建议，凡是去哈尔滨的人，除了参观萧红故居、索菲亚大教堂、中央大街和美丽的松花江和太阳岛，一定到“731”细菌部队遗址看一看。当然，看了会使您心情沉重。但是，这种沉重是必要的。

别讨论我行吗

前年,有关领导要为我开一个作品讨论会,我想了想,谢绝了。近日,为我开讨论会的事被另一家领导提了出来,我还是说算了,给别人开吧。我首先要说的是,这些领导都是好意,都是为我着想。我写小说二十多年,他们觉得我不够走运,也不够走红,想通过开讨论会的方式给我造造势,扩大一下影响。我衷心感谢他们的好意,小生这厢有礼了。至于开讨论会嘛,您先别打断我,请听我说几句试试。

说到走运,我觉得自己已经很走运了。我是老三届的一个初中毕业生,就那么一点文化底子。七十年代初在煤矿当工人时,我根本没想到日后还能写小说,还可以挣稿费,还会弄一顶作家的帽子戴戴。“四人帮”倒台后,我见好多人拿起笔写东西,便跟潮似的也加入了写作行列。说实在话,我写小说没费多少周折,没碰什么钉子,写第一个短篇小说就发表了。我写了短篇写中篇,写了中篇写长篇,越干越大,越干越上瘾,而且每样体裁的第一次尝试都过关了,都让我尝到了甜头。为此我专门给一家工人报纸写过一篇文章,题目就是《运气还行》。因为会写点东西,我被调到了我们可爱的首都北京。与和我一起当工人的那些弟兄们相比呢,我真的感到非常幸运。噢,您说跟同行比?跟同行比我也没觉得自己运气不好。现在文坛上存在着好几代作家,青年作者走上去很难,他要突破重重包围,甚至历经磨难,才会稍稍被承认。相比之下,我觉得我们那时候的写作机遇好多了。别管怎么说,我算是走出来了,上道儿了,起码发表作品不难了。我没瞎说吧?

再说走红。在我看来,走红对作家来说是个贬义词。影星歌星是可以走红,作家干吗要走红呢!作家走着就可以了,万万不可走红。这里有一比，文学创作好比爬山，我就喜欢一直爬，我的乐趣就在于爬的过程，通过不停地爬领略一路的风光。可是，文学创作与爬山又不能比，山是有顶峰的，爬山是有终点的，而文学创作没有顶峰，也永远不会有终点。要说谁的创作到了顶峰，那就等于说他的创作道路走到头儿了，该走下坡路了。从这个意义上说，还是别让我走红的好。

我旁听过别人的作品讨论会，知道现在的讨论会差不多都是一个模式，那就是大家为讨论对象捧场，说好听话。设想一下，如果一圈人都说我的小说如何如何好，我会脸热心跳，觉得非常害臊。真的，一个人老大不小了，还让别人当众夸来夸去，脸上实在挂不住。当然了，谁要是给我的小说挑毛病，说我的小说不好，我也不爱听，心里会产生抵触情绪。最好的办法就是埋着头写，别让别人讨论你。

替参加讨论会的评论家们想想，他们也够苦的。碍着讨论会组织者和讨论对象的面子，他们不好不参加。换句话说，他们参加讨论会大都是被动的，或者说是强制性的。有一个评论家就对我说过，哪是我要开作品讨论会，是作品讨论会开我！听听，多惨！如果评论家有话要说，他自可以通过他的文章发表他的看法。你等不及看人家的文章，却仓促地让人家看你的东西，并硬把人家拉到会上掏话，于心何忍！

话说白了，时下不少作品讨论会所取的不过是一种宣传效应，是给所谓新闻提供一个由头（说到这里我得解释一句，对作品讨论会不可一概而论，有的作品讨论会开得还是很认真的）。我不相信，宣传真的能给作品脸上贴金吗？就算真的能贴上了金，能维持多长时间呢！我宁可相信，好作品是读者读出来的，不是媒体宣传出来的。

还有一个不容回避的问题，眼下是市场经济时代，开讨论会必定要花钱。这里包括租场费、买书费、宣传费、来宾的车马费，还有饭费等等。哪一笔费用花不到家，讨论会就不一定能开得下来。我知道这笔钱是不用我出。正是因为不用我自己掏腰包，我才不好意思让公家为我花钱。我业余时间写小说，稿费得了，有的奖金也领了，每月还拿着一份工资，我凭什么还要花纳税人的钱？凭什么？……

好了，我说的不少了，不说了。其实这些话我琢磨好久了，是简单说的。您说我的话有没有一点道理？

生命之树常青

古往今来，把人类生命与树木作比的诗句不胜枚举。赞美年轻生命的如“一树春风千万枝，嫩于金色软于丝”；感叹韶光易逝的有“人面不知何处去，桃花依旧笑春风”；激励老有所为的像“老村著花无丑枝”等等。人们习惯拿树木比喻生命，这不仅代表着人类对大自然的认可和回归之情。还表达了人类对生命更高境界的向往和追求。

我们已经知道了，人类不像以前鼓吹的那样是大自然的主人，既不是所有者，也不是操纵者。我们只是整个地球生态系统的一部分。我们的存在依赖于其他生命，就像鸟、鱼、兽、昆虫等依赖其他生命一样。不管处于什么地位，我们不可能单独存活下来。一种新的表述方法认为，地球本身就是一个结构松散的球状生物体，其所有的生命部分以共生的关系联系在一起。用这样的观点来看人与树的关系，我们才会真正懂得树对于人类来说有多么重要，生命与树的关系何等密切。

其实，树作为生物链条的重要一环，也是生命形态之一种，也有花开花落，生老病死。只是树的生发和存在要比人类的出现和存在久远得多。亿万年前深埋于地下的煤炭，就是树的化石，就是大树不屈的魂魄。还有煤炭的伴生物——包含有昆虫的琥珀，也证明着树在远古时代就开始养育生灵。可以肯定地说，树是我们这个星球上的先行者之一，是树为我们创造了条件，改善了环境，作为生态成果的享受者，一些灵长类动物后来才陆续在丛林中出现。不难想象，我们的祖先在茂密的丛林中奔走攀援，冷了以树叶遮体，饿了以树上的果子果腹，久而久之，才逐渐站立起来，成

为我们现在所说的人类。从这个意义上说，是树木创造并养育了人类，把树木说成人类更早的祖先也不为过。

自从人类在地球上立足，树木就一直陪伴着我们，不管我们曾怎样粗暴的对待它们，它们一点都不辜负我们，从没有产生过抛弃人类的想法。春来时，树木不顾自己刚刚冒芽，就挺身而出，为我们阻挡漫漫黄沙。夏天太阳似火，树冠以如盖的绿荫，为我们提供庇护。夜里我们睡觉了，树却没有休息，在悄悄地为我们净化着空气，制造着我们的呼吸所必需的氧气。在困难的日子里，我们饿得实在没办法了，就摘树上的叶，吃树上的花，甚至扒下树皮充饥，做下了一连串忘恩负义的事。尽管如此，树对我们没有抱怨，没有躲避，头年站在什么地方，第二年仍站在什么地方，与我们亲善如初。“绕屋树扶疏，众当欣有托”，意思是说，因为有了树，鸟们才有所依托。我们人类对树的依托何尝不像众鸟一样呢！

我们以树自喻，除了认识到与树的共生和相互依赖关系，人类作为能够思索的高级动物，作为整个地球生物体的神经系统，我们还对树木强大的生命力、坚韧不拔的品格，以及始终如一的奉献精神，怀有崇敬之情。我们在寺院、陵墓看到一些参天的松柏、银杏、它们生长了几百年，甚至逾千年，不知经历了多少历史风云，阅尽了多少人事更迭。“庭树不知人去尽，春来还发旧时花。”看到那些古树，我们顿生沧桑之感，并生出抓紧有限生命的紧迫感。我们在茫茫荒漠里行走，有时会生出一种绝望的情绪。这时，我们远远地看到了一棵树，马上会变得欣喜若狂。树代表着绿色，代表着生命，看到了树，就等于看到了荒漠中的希望。有些树种耐干旱耐贫瘠的能力是相当强的，据说生长在大西北的胡杨就是千年不死，死后千年不倒，倒后千年不朽。由于人类沙文主义思想在作祟，由于人类不断向自然界索取，这有可能导致人类的自然功能逐渐退化，以致威胁到人类这个特别的物种的存在。而树仍将顺乎自然地存在下去，并生生不息。等我们真正放下架子，诚心诚意向树学习，我们的生命才会像树一样永远立于不败之地。

自我保护

我九岁时死了父亲，母亲对我说：出去别惹事，看见人家打架离远点儿。你爹不在了，人家要是欺负了你，娘没法儿替你出气。母亲说这话时，眼圈是红的，给我留下的印象很深。小时候我理解，母亲怕我挨打受气，让我远离野蛮之人和是非之地。我这样的理解不能说不对，但很肤浅。长大了我才理解，母亲的话里包含着多么爱怜和深远的心迹。母亲不是不能保护我，她是把保护我的责任分给我自己一些，教育我学会自我保护。

我记住了母亲的话，自我保护做得还算不差。我采过石头，掏过地洞挖过煤，从事过不少带有危险性的劳动，但危险没有伤害到我，我基本上没有发生过工伤。不管干什么，我都能想到，我一定得注意安全，我要是出点什么事，母亲不知道有多么心疼呢！当时我是我们兄弟姐妹中唯一参加工作的人，全家人对我抱有很大的希望，我不能因安全出问题让他们失望。结婚和有了孩子之后，我觉得我的责任更重大。我意识到，我的生命不是孤立的，不仅属于我一个人，还属于我的亲人。我对自己的生命负责，也对亲人的生命和感情负责。有一次矿上发生瓦斯爆炸，我怕妻子为我担心，连夜跑回家去报平安。是的，我的思想境界不是很高，一事当前，我没有想到诸如国家、人民、牺牲、贡献等等宏大的字眼儿，我首先想到的是与我骨肉相连的亲人。我固执地认为，对亲人负责，是对一个个体生命的起码要求。如果一个人连对自己的亲人都不能负起责任，遑论对社会和民众负责！

说到底，安全生产不仅是国家的事，领导的事，更是个人的事。我们老

家有一句话：父母不能跟你一辈子。我们把这句话延伸一下：谁都不能代替你自己，不能代替你的自我保护。人来到世上，面临的凶险很多，稍微不小心，就有可能受到伤害。比如现在路上汽车那么多，你过马路就得严格遵守交通规则。再比如过节喝酒，本是一件高兴事，可如果喝过了头，对健康就很不利，甚至危及生命。自我保护是一种能力，更是一种生命意识。我们必须认识到生命的宝贵、生命的责任和生命的不可重复性。认识到安全是最基本的生命利益，也是最大的生命利益。认识到上帝保护那些善于自我保护的生命。当我国的国民素质普遍得到提高，人文意识、生命意识和自我保护意识成为一种自觉，安全生产的状况定会大大好转。

闻香而至

我们人类的目光是有限的，许多事物本来活生生地存在着，我们的肉眼却看不到。作为一个不大不小的酒徒，我早就听说过，茅台酒之所以风味独特，尊贵典雅，不可模仿，不可复制，盖因为茅台镇的上空麇集、活跃着大量的微生物群。是数以千万亿的微生物们在默默地参与着酿酒过程，是浆香深厚的琼浆里有着无数生命的投入。正所谓一方水土养一方微生物，一方微生物养一方酒，离开茅台镇就造不出茅台酒。知道了这个奥秘，在深秋一个微雨的日子，和朋友们一到向往已久的茅台镇，我就禁不住仰脸往空中瞅，想看看微生物是什么样子，想欣赏一下集结起来的微生物群是何等壮观的景象。可空中空空的，我什么都看不见。我把眼睛张大再眯起来，眯起来再张大，还是什么都看不见。空气的透明度是不太高，灰暗中还有那么一点濡。那是缭绕的云雾和丝丝细雨造成的，与传说中的微生物似乎没什么关系。然而酒香袭来了，酒香一袭来就如风如雨，如云如雾，就是包围性的，笼罩性的。我们不必特意去闻，只要置身于茅台镇，只要有呼吸的功能，酒香自然而然就进入到我们的肺腑里去了。这种香是饱满的，又是滋润的；是醇厚的，又是悠长的，还没喝到茅台酒，空气中弥漫的酒分子好像已先让我们有了几分醉意。我还是不甘心，既然微生物是形成茅台酒的重要因素，甚至可以说是产生茅台美酒不可替代的功臣，到了茅台古镇，怎么可以不一睹微生物的芳容呢！怎么可以不与微生物们共同干一杯呢！可爱的微生物们，你们在哪里？

虽然我的眼睛看不见微生物，好在我有一颗心，有一双心目，还不乏

想见的能力，可以尽情地把微生物想象一下。在我的想象中，微生物是有翅膀的，它们的翅膀是透明的，透明得好像没有翅膀一样。它们可以像鱼一样在水中游，也可以像鸟一样在天上飞。因它们的体形微乎其微，仿佛地球的引力对它们是无效的，它们游得和飞得速度非常快，几近超音的速度。微风吹来，它们闻到了曲香和酒香。它们张圆了鼻翼，振起翅膀，纷纷朝着香气飘来的方向蜂拥而去。它们先是发现了一大片一大片的高粱，加起来有七八十万亩，简直一望无际。正值中秋，高粱红透，称得上万亩红遍，坡坡尽染。红土地与红高粱相映，仿佛连高粱的叶子也变成了红的。从高处往下看，它们如同飞行在红色的海洋上。它们知道，这些高粱是专为茅台酒厂种的。这种生长在本地高原的红高粱，韧性强，耐蒸煮，有着异乎寻常的优良品质，被称为糯高粱。而外地的高粱虽然价格便宜，但结构松散，一煮就糟了。茅台酒厂宁可多花高于外地高粱四倍到五倍的价钱，也只买本地的高粱作酿酒原料。微生物还知道，这么好的高粱，平均需要五斤高粱才能酿出一斤酒。如此说来，高粱就是美酒的前身，酒的美好味道就蕴藏在火红的高粱穗子里头。一时间，它们产生了一些错觉，分不清酒香是从茅台镇传过来的，还是从高粱地里蒸发出来的。它们变成超低空飞行，在美丽如画的高粱地上方盘桓了好一阵儿，才恋恋不舍似的继续向茅台镇进发。

它们必须飞越一条河，这条河是著名的赤水河。赤水河发源于云南，一路穿峡越谷，蜿蜒流过连绵青山，途经贵州仁怀市的茅台镇，最后汇入长江。春夏频雨季节，雨水裹着两岸紫红的泥土流入奔腾不息的河里，使河水的波浪呈现出赤红的颜色，赤水河由此而得名。将近九月九重阳节，河水渐趋平缓，直至浮华落尽，变得澄清起来。这时的赤水河，倒映着两岸的青山，变得碧蓝碧蓝。有小小渔船泊在岸边，渔夫的女人在船侧探着身子洗一把青菜。水面的船上有一个女人，水底的船上也有一个同样的女人。船上的女人举着一把青菜，水底的女人也是举着一把青菜。女人大概把饭做好了，须把船撑走，给丈夫送饭。当船篙触动岸边的浅底时，水面便泛起一朵粉红，如一朵桃花飘然而降。粉底的泛起，不但不影响河水的清澈，有一朵红做点缀，反衬得河水更清更明，颇有些万绿丛中一点红的意思。这时国酒厂的人开始下河取水了，所有酿酒之水都是取自此时的赤水河。水质清凉微甜，酸碱适度，并含有钙镁等多种有益的微量元素。此水应是天上有，最适合造就茅台酒。微生物们在河边停下了，望着对岸的茅台镇，它们怀着近乎朝圣的心情，要把自己好好梳洗打扮一番。它们洗了头，洗了脸，洗了脖子，全身上下无处不洗到。洗过一遍，它们以水面作镜子检查一番，还要再洗一遍。待洗得一尘不染，它们才整起队伍向茅台镇飞去。

进入茅台镇，微生物们才知道，茅台镇坐落在一个四面环山的山谷内，冬暖夏热，最合适微生物繁衍、生活和居住，此地已经生存着大量的微生物。青山依次升上去，山顶立着几棵高树。山坡上的一层层绿不是梯田和庄稼，而是茅草和灌木。有风吹过来，微生物群不会被吹走，也不会被驱散，因为屏障一样的青山把风给挡住了，风变得很微弱。这样的风只会使微生物感到更舒服。换句话说，这个山谷是微生物的温床，也是微生物的圣地和天堂。当地的微生物对闻香而至的外来的微生物并不排斥，有朋自远方来，不亦乐乎！它们捧出十五年、五十年的陈酿欢迎外面来的客人。它们像是举行盛大的招待宴会，又像是进行旷世的狂欢，干杯之声不绝于耳，每个微生物都很亢奋，都喝得红头涨脸。有的开始跳舞，有的开始唱歌，还有的一再高呼好酒！好酒！

当然，微生物中有男有女，有雌有雄，有公有母。美酒的力量使它们浑身的血行加快，性别意识得到加强，加强到空前放浪，空前自由，空前生机勃发，所向披靡。它们省略了铺垫，省略了许多程式化的东西，甚至省略了牵手、拥抱和接吻，一上来就直奔主题。它们和一个微生物奔了主题还不够，还要和另外一个微生物再奔主题。它们和十个微生物奔了主题不尽欢，还要和一百个微生物轮番进行车轮大战。要知道，微生物的生命力是相当旺盛的，并以繁殖速度奇快而著称。于是它们的后代一生百，百生万，以百万倍的速度快速增长，一夜之间，一对男女微生物便可以生产出数以万亿计的子女。周边地区微生物的大量涌入，不仅使生殖资源不断得到扩大和更新，还便于资源的合理和优化配置，避免了近亲结婚造成的种族衰退。同时，微生物的杂交，还实现了种群的优胜劣汰，为微生物带来新的遗传基因，注入了新的活力。是不是可以做出这样的判断，在我们这个星球上，茅台镇的微生物是最多的，从单位面积所容纳的微生物数量来看，茅台镇的微生物密度是最高的。倘把一个个微生物扩大成一只只蜜蜂，茅台

镇的蜂鸣当压倒一切。倘把微生物群扩大成鸽群,茅台镇的上空当遮天蔽日。倘把微生物想象成凤凰呢,我的天,那简直不敢想象!

说到凤凰,茅台镇微生物们的精神其实就是凤凰涅槃的精神。它们是上天派来的精灵,当它们循着香气来到开发式发酵的曲醅堆上方,就毫不犹豫地投身到曲醅里去了,并将自己的身躯溶进了曲醅。茅台美酒在全世界飘香之时,它们也因此获得新生。

辑四　创作随想

从写恋爱信开始

我的小说处女作发表在《郑州文艺》1978年第二期。写这篇小说的时间更早一些，是1972年的秋天。从写出到发表，中间隔了六年。有朋友会问，一篇小说的发表怎么拖了这么长的时间？

那时，我在河南一座煤矿的支架厂当工人。因恋爱的事，闹出了一些小小的不愉快。我们的恋爱很正常，并没做什么出格的事。可当时的“气候”很不正常，人家说我们被资产阶级的香风吹晕了，掉到泥坑里去了，要拉我们一把。拉的办法就是批判我们。为了找到批判所需的材料，人家把我写给女朋友的信和诗也要走了。我和女朋友虽然在一个厂，但我愿意给她写信，愿意用文字表达我的心情。除了写信，我还给她写一些断开的短句，也可以说是诗吧。那些诗并不是直接赞美女朋友，主要是写山川的秀丽，表达对大自然的热爱心情。我们厂附近有高高的伏牛山，有深深的山沟。春来时，残雪还未化尽，我们一起踏雪去寻访黄灿灿的迎春花。秋天，我们一起到山沟里摘柿子，摘酸枣，到清澈见底的水边捉小虾。初冬，我们登上山的最高处，聆听千年古塔上的风铃声，眺望山下一望无际的麦田。从山里回来，美好的印象还保留在脑子里，让人感到一种愉悦的滋味。突然想到，何不试着把美好的感受写出来呢？于是就趴在床上以诗的形式写起来了。那时脑子可真好使，出手也快，也就人们说的文思如泉涌吧，一会儿就写了好几页，恐怕一百行都不止。写完了甚为得意，就拿给女朋友看。女朋友读得小脸通红，一再说好。她也说不出好在哪里，只是说好。得到第一读者也是唯一读者的赞赏，我来劲了，写得更多，多了就送给她邀赏。女朋友很珍视地一一收藏起来,时间不长就攒下了一大摞。

车间指导员在批判我时,说了一句使我深感惊异的话,以致把别的长篇批判的话都忽略了,只记住了这一句话。指导员说我写的东西充满了小资产阶级情调,加在一起简直就是一部黄色小说。当时我脑子里放电似的闪了一下,心想,我难道会写小说?他说我写的东西是黄色的,我一点也不在意,因为我心里有底,知道自己写的东西非常纯洁,连亲呀爱呀情呀这样的字眼儿都没有。不但格调不低,好像还很"革命"。我重视的是他说的小说这两个字。在此之前,我从没敢想过要写小说,从没有意识到自己有写小说的天赋,是人家批判的话从反面提醒了我,在我心里埋下了从事小说创作的种子。

批判我们毕竟是瞎胡闹,很快就过去了。但不能不承认,是批判巩固了我们的爱情,使我们的爱情经历了阻挠和波折,带有风雨同舟的意思。冷静下来后,我想得多一些。我问自己:你有什么可爱的?因你父亲的历史问题,你不能当兵,不能入党。你父亲早故,母亲领着你们兄弟姐妹五个过日子,家境很不好,你不过是一个穷人。我想到了自己的今后,想到了作为一个男人的责任。为了使自己在精神上胜过别的男人,为了不让自己所爱的人失望,自己应该有所作为。除了干好自己的本职工作,还应在业余时间为自己的生命派一些别的用场。于是我选择了写小说。以前我虽然没写过小说,但我写过别的。我在农村老家时给县里广播站写过几篇稿子,都广播了。在厂里宣传队,我还写过对口词和一个小豫剧。这些都为我写小说打下了一些基础。当时书店里没有小说卖,无从借鉴。我的破木箱里虽然藏有一本《红楼梦》,但和时尚相去甚远,一点也用不上,只好瞎写。写完一篇小说我心里打鼓,这是小说吗?给女朋友看,她说真好。当时没有文学刊物,或许有,我们在山沟里也看不到。小说没地方寄,我就敝帚自珍,存在箱子里。写了东西没地方发,积极性很难维持。我不写小说了,调到矿务局宣传部后,我就写通讯报道。通讯工作给我提供了广阔的天地,使我有机会走遍矿区各个角落,下遍全局各个矿井,有机会接触更多的人。我喜欢写人物通讯,写了不少,为后来的创作积累了不少素材。

说话到了1978年,各地的文艺刊物相继办起来了。我看到一本《郑州文艺》,上面有小说、散文、诗歌等。我马上想到了沉睡箱底的那篇小说,翻出来看了一遍，觉得和刊物上发表的小说比也不差。我稍微改了一遍，抄清，就寄走了。寄出后并没有整天挂在心上。那时，我正扑在新闻工作上，一心想当记者。不料编辑部很快来信，认为小说不错，准备采用。我把这消息赶快告诉我爱人（我们已结婚，并有了一个女儿），她高兴得脸都红了。现在看来，这篇小说写得很一般。但六年前写的第一篇小说就发表了，而且还是当期刊物的头条，对我的鼓舞和推动之大是可想而知的。同年，我调到了北京，在一家煤矿工人杂志当编辑。

1980年3月，我在《奔流》发表了第二篇小说《看看谁家有福》，因这篇小说描述三年困难时期的一些真实的生活情景，在读者中引起了很大反响，还有争议。几种不同观点的评论在刊物上连续发了两三期。此后，美国的一位汉学家把这篇小说翻译到了美国。《剑桥中华人民共和国史》还为这篇小说列了一条。对这篇小说的批评，给我思想上造成一些压力，但并没有减低我的创作热情，反而激发了我的执拗的创作意志，使我在创作上更加自觉和勤奋，并逐步建立了自信。

从发表处女作至今，我业余从事文学创作已二十多年了，发表了将近三百万字的文学作品。我的创作主要取材于农村生活和煤矿生活，这是我比较熟悉、感受比较深切的两个题材领域。我创作的目的主要是给人以美的享受，希望能够改善人心，提高人们的精神品质。我对自己的创作意志充满自信，会在文学创作的道路上义无反顾地走下去。

凭良心

小时候我常听人说,做事得凭良心,为人得凭良心。有人做了好事,人们对他的评价是,他怪凭良心。人们对某个好人的一生作总结性的评价,也是用凭良心这个词,说他凭了一辈子良心。相反,就是不凭良心,或者叫昧良心。乡亲们提到一个常干坏事的人,往往会一言以蔽之,说他没什么可说的,他不凭良心。在村头巷尾,一些农妇诅咒那些侵害别家利益的人,也拿凭良心说事,说谁要不凭良心,说让他遭这报应,遭那报应。

这么说来,凭良心像是一个普遍性的标准,什么人什么事都可以用它衡量。它既是为人处世的最低标准,也是最高标准。它的内容就那么几个字,简单好记,一点都不复杂,人们一听就记住了,就可以运用。

至于我自己,大概觉得凭良心这个说法太抽象,不够感性,太宽泛了,不够具体,所以听了也就听了,很长时间没往心里去,没有很好地尊重它,理解它。是呀,良心是什么呢?它看不见,摸不着,凭良心怎么个凭法呢?我曾听到被指责为不凭良心的人这样反问:良心多少钱一斤?他用这种反问否认良心的存在,抹杀凭良心这个标准。让人感到遗憾的是,被反问的人往往气得满面通红,却说不出有力量的话来,似乎很快显出良心不够强大的一面。

随着年龄和阅历的增长,加上自己经常写点东西,我对凭良心的说法越来越看重,它像耳提面命一样,不时地出现在我的脑子里。真的,我想了想,人的一生没有别的可凭,最终可凭的只能是良心。正因为凭良心的说法不够具体,比较抽象,它才具有无限性和公约性,对天下人都适用。现在的这守则那标准，动辄就是十几条，几十条，其中都没有凭良心这个条款。可有哪一套守则像凭良心这样深入人心呢！

一个从事写作的人，更应当凭良心。我们都知道了，写作要用心。中国的汉字就那么几千个，祖祖辈辈流传下来，你用我用他也用，带有很大的公共性。有人跟汉字打了一辈子交道，说不定没有一个字是属于他的。而有的人或许只写过一封信，那封信里所使用的文字却是属于他的。这就是不用心和用心的区别。我们用心血把文字浇灌过，浸泡过，并打上我们心灵的烙印，我们才跟那些文字们有了联系，那些文字才有可能属于我们。比如说，太阳，月亮，满天星斗，是全人类共有的，因为李白用他的心血和深情写了一首《静夜思》，那轮明月和如霜的月光就属于他了。当然，他用来写诗的那些文字，在特定的情况下，也属于他独有。我觉得，写作光用心还不够，还得用良心，也就是凭良心。你可以说凭才华，凭意志，凭勇气，凭想象，等等，这些对一个作者来说都需要，或者说都不可缺少，但这些都不是最重要的，最重要的恐怕还是要凭良心。

良心是什么？良心是人的内心对人间是非所作出的正确认识和判断，是正确的世界观，也是高尚的人生观和价值观。它不仅具有道德方面的含义，更具有良知良能的人性方面的含义。人性说复杂也复杂，说简单也简单。说复杂，可以举出几十种表现。说简单，只说出对立的二元就够了，这二元一个是善，一个是恶。这是人性的两种基本元素，所谓人性的复杂和丰富，都是从这两种元素中派生出来的。对人生的判断也是如此，或是凭良心，或是不凭良心，二者必居其一。现代人的一个突出特点就是喜欢来新的，闹大的，喜欢把原来简单的事情复杂化，以显示自己多么高明，多么具有超越的意义。这种做法很难说是凭了良心。

现在不凭良心的人和事不算少了，你只要随便翻翻报纸，几乎每天都能看到：为官的，鱼肉百姓；执法的，贪赃枉法；做工的，偷工减料；经商的，掺水使假等等，连有的老百姓之间也弱肉强食，话不投机，便恶语相向。写书的人有没有不凭良心的呢？肯定有。不然的话，大街上不会充斥那么多的精神垃圾。写书，是一件最需要凭良心的活儿，如果连写书的人都昧了良心，我们还有什么希望呢。

生长的短篇小说

我曾给《北京文学》写过一篇文章，谈的是关于"短篇小说的种子"，今天我想说说短篇小说的生长。种子是为生长作准备的，这是很自然的事。种子如果不能生长，就没有出头之日，就不会有前途。

可以说我们每个人身上都怀有短篇小说的种子。因条件不同，可能有的人种子多一些，有的人种子少一些。对于不写小说的人来说，种子对他们是没有意义的，任它自生自灭就是了，这没有什么值得惋惜的。而对于热爱小说创作的作者而言，每一颗短篇小说的种子都来之不易，都值得珍惜。在全国各地的文学刊物上，我们时常会看到一篇两篇不错的短篇小说，它们枝肥叶壮，花朵开得硕大鲜艳，闪耀着动人的光彩，让人喜爱。不必讳言，我们也看到一些短篇小说是瘦弱的，不完整的。它们的枝叶稀稀拉拉，干干巴巴，一点都不蓬勃。它们也长出了花苞，看似要开花。然而可惜得很，它们的花苞还没打开就蔫巴了。平常我们评价一篇短篇小说，说它挖掘得还不太充分，写得还不到位，或者说还不够完美，其实就等于说它生长发育得不好，没有生长成熟就夭折了，把种子也浪费了。

在自然界，种子的生长遵循的是自然法则。我们把短篇小说与种子及生长作类比，所取的不过也是一条师法自然之道。我们听到的关于短篇小说的作法已经不少了，比如较多的一种说法认为写短篇小说是用减法写成的。显然，这种说法是根据短篇小说需要精练这一特点出发的，是针对用加法写短篇小说的作法提出来的。有的短篇小说使用材料的确过多，是靠材料叠加和充塞起来的。作者把短篇小说当成一只口袋，生怕口袋装不满，逮住什么都想往里装。他们装进一个又一个情节，塞进一个又一个人物，口袋填得鼓鼓囊囊，满倒是满了，结果里边一点空间也没有，一点空气都不透，口袋也被累坏了，填死了。更有甚者，材料多得把口袋都撑破了，稀里哗啦散了一地，想收拾一下都无从下手。这时候减法就提出来了，剪裁也好，忍痛割爱也好，意思是让作者把材料扒一扒，挑一挑，减掉一些，只挑尚好的、会闪光的、最能说明问题的材料来使用。问题是这样做并不能从根本上解决问题，他虽然减掉了一些材料，剩下的材料还是叠加的，堆砌的。你让他再往下减，他就有些为难，因为减得太多了，一篇短篇小说的架子就撑不起来，体积就不够了。所以我不赞成用所谓减法来写短篇小说，减法的说法是机械的，生硬的，武断的，起码是不确切的。我认为短篇小说是发展的，生长的。如果硬要把它说成作法，我觉得生长法比较合适些。它从生活中记忆中只取一点点种子，然后全力加以培养，使之生长壮大起来。或者说它一开始只是一个细胞，在生长过程中，细胞不断裂变，不断增多，不断组合，最后就生长成了新的生命。打个比方，一篇完美的短篇小说就像一枝花，它的每片花瓣，每片叶子，甚至连丝丝花蕊，都是有机组成部分，都是不可减的，减去哪一点都会使花伤筋动骨，对花造成损害。试想，一朵花是六瓣，你硬给它减去一瓣，它马上就缺了一块，就不再完美。

我还听到一种说法，说写短篇小说靠的是平衡和控制的功夫，使用的是控制法。这种说法，从某一方面看，也许有一定的道理。但从整体来看，我亦不敢苟同。我写每一篇短篇小说时，从不敢想到控制。相反，每篇小说一开始，我总是担心它发展不动，生长不开，最终不能构成一篇像样的短篇小说。写下小说开头的第一句话，我要求自己放松，尽情地去写，往大有发展的方向努力。写作过程中，我觉得某个部分内容应当更充实些，味道应当更足些，分量应当更重些，而我一时却不知道写什么，路好像走到了尽头一样。在这种情况下，我咬牙坚持着，调动全部身心的所有精力，使劲向前开拓。我甚至采取一种最笨的办法，要求自己在某个部分必须写够多少字，多少页，写不够决不罢休。您别说，这种办法还真管用，我坚持着坚持着，前面突然豁然开朗，展现出一片新的天地，让人欣喜过望。我写作的愉悦感往往就是在这个时候产生。过后翻看小说，一些精彩的段落往往也是在这个时候出现。想想看，在写一篇短篇小说时，我们若老是想着控制控制，手脚一定放不开，写出的小说也会很局促，很拘谨。相比之下，我倒觉得写长篇小说和中篇小说时需要适当控制，如果失控，有可能会写疯，会收不住。这是因为，短篇小说的取材、结构与中、长篇小说有着根本的不同，短篇小说是一种独特的文体。仅仅泛泛地说短篇小说文体独特，很难让人信服。与中、长篇小说比较起来，也许说服力稍强一些。中、长篇小说篇幅那么长，我们把它取下一块，变成短篇小说行不行呢？绝对不行！不管再好的中、长篇小说，取其一块也变不成短篇小说，好像虎皮贴不到羊身上一样。同样，任何一粒短篇小说的种子也生长不出中、长篇小说，这是它的潜质决定的。请允许我还是拿一株花与短篇小说作比（一花一世界嘛），它到了一定季节，长到一定的高度，自然就开花了。一篇短篇小说只开一茬子花，你想让它再长，再开花，那是不可能的。

我认定短篇小说是用生长法写成的，那么，它是从哪里生长起来的呢？它不是在山坡上，不是在田地里，而是在我们心里。一粒短篇小说的种子埋在我们心里，我们用心血滋养它，有的甚至要滋养若干年，它才会一点点长大。这样长大的短篇小说才跟我们贴心贴肺，才能打上我们心灵的胎记，并真正属于我们自己。我写短篇小说是多一些，大约有一百多篇吧。有朋友就问我，你怎么有那么多短篇小说可写呢？我反应慢，一时不知如何回答，就说短篇小说是小东西，可能显得多一些。过后我想了想，之所以写短篇小说多一些，是我对这种文体比较偏爱，对它一是上心，二是入心。先说上心。平时我们会产生一些错觉，认为自己在这个世界上很重要，这也离不开自己，那也离不开自己。其实不是的。真正需要和离不开自己的，是自己的小说。小说在那里存在着，等待我们去写。我们不写，它就不会出世。我们上心干好一件事情，写好我们的小说就行了。再说入心。我们看到的现实世界是很丰富，很花哨，却往往觉得没什么可写的。它跟我们的生活有些联系，与情感、心灵却是隔膜的。我们的小说还要持续不断地写下去，那么我们怎么办？我们只有回到回忆中，只有进入我们的内心，像捕捉萤火虫一样捕捉心灵的闪光和心灵的景观。我个人的体会，只要入心，我们就左右逢源，就有写不尽的东西。心多大啊！多幽深啊！我手上写着一篇小说，正在心灵世界里神游，突然就发现了另一处景观。我赶紧把这个“景观”在笔记本上记下两句，下一篇小说就有了，就可以生发了。有时我按捺不住冲动，也会近距离地写一下眼下发生的故事。这时我会很警惕，尽量防止新闻性、事件性和单纯社会性地把故事搬进我的小说。我要把故事拿过来在我心里焐一焐，焐得发热，发酵，化开，化成心灵化、艺术化的东西，再写成小说。

我说短篇小说生长于心，其实是全部身心都参与创作。除了脑子要思索，要想象，听觉、视觉、味觉、嗅觉、触觉、知觉等，都要参与进来。这里既包括智力、想象力和意志力，甚至包括体力。许多事实一再表明，人的身体一衰老，其他能力就会减退和萎缩，短篇小说在心里就发展不动了，就生长不开了。如果努着力硬要它生长，长出来的果实也不会很饱满。我们都知道，汪曾祺先生的短篇小说如《受戒》、《大淖纪事》等，写得相当精彩。随着年事变高，力气不支，他后来的一些短篇小说就不如前。这不用我们说，据说他的家人就对他后来的小说很不满，说一点灵气也没有，不让他拿出去发表，甚至开玩笑地说他“汪郎才尽”。这话汪先生很不爱听，也很不服气，他说，他就是要那样写，他故意写成那样。汪先生不服老的劲头让人感佩，可每个人都有写不动的那一天，谁不服老也不行。这个例子不仅说明短篇小说的确是生长的，还说明它的生长是有条件的。这好比女人都有一个生育期，正当生育期，她会生出白胖的孩子。过了生育期，她就不会怀孕，不会生孩子了。也好比果树都有一个挂果期，在最佳挂果期，它硕果累累，压弯枝头。一过了挂果期，它结果子就很难，即使结果子也结得很少。所以在我们还具有短篇小说生长能力的时候，应当抓紧时间，尽可能多生产一些，免得日后因心有余力不足而懊悔。

短篇小说的生长粗枝大叶不行，一定要细致。细到连花托上的绒毛都清晰可见，细到每句话、每个字、每个标点都不放过，都要精心推敲。我说细致，不说细腻，想到的也是推敲的原则。既要细，还要细得有致，而不能细到琐碎，不能细到让人腻味的地步。如果连细致这个词也不用，我觉得使用微妙更好一些。真的，我认为短篇小说关注的表现的就是一些微妙的东西，是细微的，又是美妙的。一连串美妙的东西串起来，最后就成了大妙，成了妙不可言。在日常生活中，这些东西人们一般注意不到，或者偶尔注意到了，也无意进行深究。而短篇小说像是给人们提供了另外一双眼睛，让人们一下子看到了平常看不到的新世界。这双眼睛跟显微镜有那么一点像,但绝非显微镜可比。显微镜再放大,它放大的只能是物质对象,而这双眼睛让人看到的是精神世界。另外这里顺便提一句,综合形象的运用对短篇小说的生长也很重要。综合形象是短篇小说中的主要形象背景,是对主要形象的铺垫或烘托。有人把它称作闲笔,我愿意把它称为综合形象。沈从文先生对综合形象运用得十分娴熟,他的每一篇小说里几乎都有综合形象的出现。综合形象在短篇小说里绝非可有可无,如果运用得当,就可以增加短篇小说的立体感、纵深感和厚重感。关于综合形象问题,完全可以写成另外一篇文章,等我想好了再说吧。

短篇小说的力量

有人不大看重短篇小说,把短篇小说看小了,看轻了。得到一块材料,他们宁可写成中篇小说,或长篇小说,也不愿写成短篇小说。当然了,眼下的读者对小说的消费量很大,拿起一部小说,他们三翻两翻就看完了。看中篇小说长篇小说尚且如此,短篇小说更禁不起消费。对作者而言,写小说还有一个经济效益问题,既然把一样短东西拉长了卖的价钱可以好一些,何乐而不为呢!如此一来,写短篇小说的作者越来越少,好的短篇小说也不大容易看到。其实,拿对现实的介入和对社会的发言来说,好的短篇小说还是很有力量的。恰恰因为它体积小,它的力量才显得尖锐,更具有穿透性。与中篇小说长篇小说相比,短篇小说的力量不是压力,是压强。它像一枚钉子,一下子就穿透现实,并楔入现实内部去了。这种钉子还是射钉枪射出的钉子,啪地一下子,貌似坚硬无比的现实在它面前显得那样不堪一击。契诃夫、鲁迅的短篇小说,都是攻其一点不及其余的小说,都是有力量的小说。他们的小说呈现的力量是持久性的,随着时间的推移,小说的力量不但没有衰竭,不但没有消耗掉,相反,它们越来越显示出对社会和人性病痛的针对性,并露出坚韧和善意的微笑。他们的小说的力量来自横眉冷对,来自独立思考,来自一颗永不满足、永不妥协的真正作家的心。

短篇小说的力量,还在于它的快捷。我们首先得承认,小说艺术是慢的艺术,是沉思的艺术,是精益求精的艺术,写得太快往往收不到好的效果。但因为字数和篇幅的关系,与中篇小说、长篇小说相比,写一篇短篇小说所需的时间毕竟少一些,出手毕竟快一些。请不要误会,我这里说的短篇小说的力量不在于短篇小说本身写得有多快,而在于它对现实生活所做出的反映可能比较迅速。从物理学的角度看,速度无疑是构成力量的重要因素。一粒子弹，如果用手把它投出去，它不会产生多大力量。同样一粒子弹，把它放在枪膛里射出去，由于速度的作用，它所产生的力量要大得多。同样的道理，以短篇小说的形式对现实生活做出快速反映，它的力量是显而易见的。

说多了不好

别看小说带一个说字，却是写的，不是说的，说多了不好。现在多种形式各个层次的媒体那么多，有千家万家，人家让你说吧说吧，你不说有点少，一开口便是多，得到的只能是不安和失落。

特别是短篇小说，似乎更说不得。比如一首诗，怎么说呢？你想了想，觉得离开诗不大好说，一说就失了韵味，不如直接把诗背一遍好一些。真的，一篇好的短篇小说就如同一首诗，离开短篇小说本身，再说一句就是多余。再比如一挂瀑布，我们只有身临其境，才能看到水流跌落时造成的断面，欣赏到飞珠溅玉、彩虹横跨等壮美景观，听到天地间压倒一切的轰鸣之声，感受到瀑布的爆发力和静止般的垂落速度，呼吸到水雾的清凉气息，还追寻到瀑布的结尾处留下的虽清澈却不见底的深潭，那些深潭通常被叫做黑龙潭或白龙潭。离开藏于山中的瀑布时，我们总是三步一回头，要把瀑布再看一眼，再看一眼。因为我们知道，天下的水是很多的，瀑布却是很少的，一旦离开了瀑布，我们就找不到那种感觉了。当然，我们可以闭目回忆。但人们的记忆是有限的，能说出的记忆更是少得可怜。我愿意拿短篇小说与瀑布相比照，除了觉得短篇小说的开头、中段和结尾与瀑布有许多对应之处，还因为觉得好的短篇小说是自然的造化，是神来之笔，不可多得。它的美像瀑布一样，只可体会，不可言传。

最不可言传的是短篇小说的味道。每一篇优秀的短篇小说都有其味道，有的是水味、草味、雨味、月光味，有的是土味、铁味、血味、石头味，但又不完全是。有前辈作家把优秀短篇小说的味道说成是人生味，应该说有一定的概括性。细想这种概括也不能尽意。人世间有多种味道，我们的鼻子可以闻到香臭，我们的味觉可以尝出苦辣酸甜咸，可这些味道都是物质性的，而小说的味道是精神性的，在判定小说的味道时，那些物质性的标准几乎一点都用不上。可是，好小说的味道的确存在着，我们明明感到一篇小说的美好味道萦绕于心，却说不清道不明它的味道究竟是什么。我想，好的短篇小说大概好就好在这里，难写也正是难在这里。

对于优秀的短篇小说作家来说，他的每一篇短篇小说都有一种味道。合在一起，又有一种总的味道。那种味道独特，深长，持久，芳馥，如永远开不败的花朵散发出的幽香。鲁迅和沈从文就是这样的作家，他们的小说各有各的味道。我们读他们的小说，不必看他们的署名，一接触到他们的语言文字，我们马上就觉出来了，这是鲁味，或者说是绍兴味。那是沈味，或者说是湘西味。我们吟咏再三，品味再三，想找出他们的小说味道究竟在哪里，找来找去，原来味道就在字里行间。打个比方，如果一篇小说是一块十月的稻田，那么每一个字就是一棵成熟的稻谷。一棵稻谷香一点，众多的稻谷集合起来就香成了一片。

问题是，我们对汉字也不陌生，也时常把那些有限的文字用来用去，我们写出的小说怎么就不够有味道呢?这是因为我们用心还不够。这个心包括慧心和匠心。慧心是指一个作者的灵气、悟性和真诚之气，匠心大约是指作者不与人同的独特追求，以及创作技巧与恒久的耐心。慧心与匠心相辅相成，两相结合得好，才有可能成就一件有味道的作品。因作者以不同的心性和气质赋予语言文字，所产生的作品味道就不一样了。我在台北故宫博物院看到过一件我国的传世珍宝，玉白菜。那棵玉白菜是用一整块上乘的翡翠雕成，白菜碧帮绿叶，已够水灵。更让人惊喜的是，翻卷的白菜叶上还爬着一只蝈蝈。那只蝈蝈全须全尾，连小腿上的毛刺都看得见。蝈蝈欲跳欲舞，欲歌欲唱，生动极了。过去我们老是说雕虫小技，看了玉白菜上的玉蝈蝈，我一下子改变了看法，觉得雕虫不易。作为一件赏心悦目具有永久艺术魅力的工艺品，它称得上是慧心和匠心相结合的典范之作，值得我们写小说的好好学习琢磨。

贴着人物写

听林斤澜老师说过，有一次他和汪曾祺一块儿去看望沈从文，谈起如何写小说的事，沈从文说得很少，只说贴着人物写。汪曾祺和林斤澜不大满足，想听沈从文多说一些。沈从文说的还是那句贴着人物写。

我去拜访林斤澜老师，当然也是请教写小说的事，林老就把沈从文跟他们说过的话转达给我了。我听了也是觉得不满足。一是这句话不新鲜，似乎早就听说过了，你说它是老生常谈也可以，听了并没有很好的往脑子里去。二是这句话太简单了，它没有人们通常读起创作来的一二三四五，而是就那么一个短句，五个字。

然而，随着写作的年头不断增长，所写的不成熟的东西也越来越多，这句话重新回到了我的脑子里。它在我脑子里发出的声音越来越响亮，几乎成了一种强音。回过头想想，我们写小说写什么呢？无非是写人，写人的喜怒哀乐，写人与人之间的关系，写多姿多彩的人生形式，写人性的丰富性。并通过刻画人物，塑造人物，赋予人物以血肉和灵魂，让人物活起来，站起来，存在下去。可是，我写过的人物不算少了，他们的名字多得有些串秧子，连我自己都记不清谁是谁，更别谈让人物活下来留下来了。

难道物质时代真的把人物遮蔽了？难道人真的不重要了？难道文学发展到不用写人物的地步了？如果不贴着人物写的话，我们贴着什么写呢？时尚？焦点？市场？社会？影像？读者？这些恐怕都贴不上。我们倒是想贴着人家写呢，人家不一定愿意让我们贴，到头来，很可能是剃头挑子一头热。就拿上述对象来说，你想贴人家一把，人家有可能伸出手来，先跟你谈谈交换原则。你拿什么和人家交换呢？你有一个名字是不错，如果把名字交换给人家，是不是连自己都失去了呢？

看来还得贴着人物写，这是我们写作者的唯一选择。要贴着人物写，我们脑子里起码要装着一些人物。这些人物或者是故土的乡亲，或者是以前的工友，或者就是自己的亲人亲戚，等等。对这些人物，我们应该是比较熟悉的，知道他们怎样说话，怎样走路，怎样哭笑，怎样咳嗽。闭上眼睛，他们就如在眼前。否则，我们就无从贴起。

这一个贴字也很重要，也很讲究。它不是牵，不是跟，不是靠，也不是逼，而是贴。它要求我们理解人物，尊重人物，爱惜人物，而不是把人物当成一个随便摆弄的玩偶，招之即来，挥之即去，在人物脸上乱涂乱画。我们只体贴人物还不够，恐怕还要用我们的心去贴作品中人物的心，只有做到了与人物贴心贴肺，才能把人物写出一二。

一日看到沈从文的文论，他是这样说的："一切作品皆应植根在'人事'上面。一切伟大作品皆必然贴近血肉人生。"

老生常谈自有谈下去的理由。

亲近汉字

——寄语小读者

汉字,是我们中华民族特有的文字。我们每一个中国人,都与汉字有着骨肉般的紧密联系。比如我们一出生,就有了一个属于自己的名字,这个名字将伴随我们一生,直到永远。我们的名字相当简约,一般来说,只有两个字到三个字。这几个字当然都是汉字。从这个意义上说,汉字是我们的代码,我们的名字就叫汉字。或者说,我们每一个中国人都会被纳入汉字方阵,成为汉字的组成部分,并不断为汉字注入新鲜血液。

人类是从自然中来的,我们中国的汉字也取材于自然,生发于自然,和自然的景象最为接近。这表现在汉字是象形文字,它从描摹自然万物的形状开始,逐步形成了现在我们所使用的一整套文字。比如日头的日,描摹的是太阳的形状。而月字呢,模仿的是弯弯的月牙的样子。知道了汉字的起源,再读这些字时,我们脑海里自然而然就会升起太阳,升起月亮,眼前仿佛浮现出一幅幅画面。真的,不诓你,我们中国的每一个汉字都很有来历,很有讲究,都堪称自成一体的一幅画,具有完美的形象感。我说一个汉字是一幅画,不仅指汉字所代表的形象,还指汉字本身。读读我们从古至今的一些书法作品就知道了,那些作品真是美妙绝伦,让人百看不厌。我们可以赞誉西方世界的油画和雕塑,可我没看见过他们的书法作品。他们总共才有那么几十个字母,拼来拼去,有什么可写的呢!只有用我们民族的汉字书写成的书法作品,在全世界才可以说独树一帜,才可以与外国的任何艺术品相媲美。

汉字有形象之美,还有音韵之美。因为汉字的字数比较多,一个字就代表一个音节，使用起来挑选的余地也比较大，做成诗词歌赋之后，最适合吟诵和歌唱。我们都会背诵李白的著名诗篇《静夜思》：床前明月光，疑是地上霜。举头望明月，低头思故乡。在短短一首五言绝句中，李白先后使用了光、霜、乡这样押韵的字眼儿，读起来朗朗上口，回肠荡气，称得上是千古绝唱。

更为难得的是，我们中国的汉字还有味道。这种味道不是苦辣酸甜咸，不是味觉和嗅觉所能品味，不是物质性的东西。这种味道是一种氛围，一种意境，只可意会，不可言传，是精神性的东西。相比之下，我觉得外国的文字是表意的，而我们中国的文字既能表情表意，又能表味。当然了，每一个汉字的味道是有限的，只有把诸多的汉字调配好，组织好，美好的味道才会形成阵势，并源源不断地散发出来。衡量一个作家的作品是否写得好，一个重要的标准，就是看他的作品有没有味道。我们知道，曹雪芹、鲁迅、沈从文等作家的作品，都有着属于他们自己独特的味道。这是因为从他们心中出来的汉字都注入了他们的气质，打上了他们心灵的烙印。

我这样再三夸耀我们的汉字，并不是反对人们学习外文，只是想让小读者们知道，汉字是全世界最好的文字之一，作为中国人，首先应当亲近汉字，学好汉字。

伺候好文字

我们中国的文字是有根的，而且根扎得很深。我曾去台湾的阿里山看巨树，那些树的树龄有的两千年，有的三千年，最长的超过了五千年。那些树也叫神木，都很粗，很高，须使劲仰视才看得见黑苍苍的树冠。我一路看，一路惊叹，颇感震撼，还有那么一些敬畏。我想到，肯定有许多人来看过这些巨树，那些人有宋朝的，也有明朝的，可那些人都死了，只有这些树还活着。我们也一样，当我们在这个世界上消逝，巨树仍将存在。一棵树能活几千年，因为它们的根扎得深，有强大的生命力。我们的文字也是一样，每一个字都有很深的根。就算每个字的根须每年延深一尺的话，几千年来，每个字的根深也有几百丈了。世界上有不少民族，原来也有自己的文字，不幸的是，他们的文字后来消亡了，被别的民族的文字吃掉了。所幸，我们的汉字保留下来了，延续下来了，并不断生长着。我们每个后来者都有一份功劳，在使用我们自己的文字方面，我们接过了前人的接力棒，像传宗接代一样，把文字继承下来，传播下去。可以预想，由于我们的钟情和心血浇灌，文字之根还将往深里扎，枝叶也会更加茂盛。

从这个意义上说，我们的文字是古老的。有人把文字比喻成货币，说货币就那么多，你用我用他也用。可我们的货币从贝壳，到金属，再到纸币，换过多少代了，而文字除了简化了一些，基本上没什么变化。也就是说，同样还是那些文字，李白用过了，白居易用过了，苏东坡、李清照用过了，曹雪芹、鲁迅、沈从文等等，也用过了。他们对文字久久凝视，反复吟哦，还禁不住用手摩挲。面对每一个方方正正的文字，我们似乎能看到他们贯注其中的深情目光，感受到他们留在每一个字面上的手温。现在的问题是，这些有限的文字他们都用过了，我们还怎么用？他们对文字深究过，锤炼过，欣喜过，忧愁过，几乎穷尽了文字的功能。宁坐十年冷板凳，文章决不写一句空话。吟安一个字，可以捻掉十根胡须。这些前人对待文字的认真态度，我们也不陌生。他们留给我们的可以发挥的余地究竟还有多少呢？有时我很悲观，觉得我们真的没方法了，好像握有文字秘诀的先人都离我们而去，时间愈久，我们离真传越远。而我们没什么学问，又很懒，态度也不够认真。

可文字我们还得使用。我们要吃饭，求爱，说话，写文章，一切都离不开它们。你可以不认识它们，但不能不使用它们。离开它们，什么生活，秩序，文明，都谈不上。文字是中华人祖留给我们的最通用的遗产。实在说来，我们对文字是不是轻慢了点儿，使用起文字来是否也显得过于随便。我们把它们说成是工具，使用它们时习惯说成驾驭。提起工具，我们会联想起铁锨、镰刀、斧头等家什。而驾驭呢，它的对象当然是牛马驴一类的牲口。结果怎么样呢，文字不是那么好使唤的，也不会那么驯服。虽然它们不会说话，但它们天生很敏感，也很自尊。你把它们的位置安排得稍稍有一点不合适，它们的倔脾气就上来了，就跟你发生对抗，弄得整篇文章都别别扭扭。这样的文章触目可见。表面看，文字也排成了队，还排得相当整齐，有的一排就是几万字，几十万字。若仔细看，就看不下去，仿佛每个字都撅嘴瞪眼，在那里鸣冤叫屈。这还算好的，有的使用的简直就是文字的头皮屑，或者是文字的外衣，这样的只能算是文字垃圾。

看来我们得小心了，必须给每个字以足够的尊重，用我们的心去体贴文字的心，温暖文字的心。尊重的前提是理解，只有我们对文字的来历和含义多了几分理解，才谈得上尊重。既然我们还要使用文字，就要把文字激活，使古老的文字不断获得新生。使文字获得新生没有什么捷径可走，靠群众和运动也不行，唯一有效的办法，作为一个生命个体，在使用一个个文字精灵时，必须启动我们的灵感，让我们的灵感和文字的灵魂接通。没有灵感参与的文字是僵死的，可憎的。注入灵动之气的文字才是亲切、自然和飞扬的。孙悟空从身上拔下一撮猴毛，说变，变，并对猴毛吹一口气，猴毛才会变鸟变鱼，变山变水。我想孙悟空光说变是不行的，关键是他吹出的那口气，有了那口气，他随心所欲，想变什么都可以。人们通常愿意把那口气说成是仙气，与写文章相比，我宁可把那口气理解成为灵动之气。

灵动之气哪里来，只能靠我们的心血来浇灌。经过长期、艰苦和真诚的劳动，经过日复一日地和文字相爱、相守和交流，文字才稍稍向我们交了一点底，文字告诉我们，我们不是在使用文字，而是在使用自己，使用自己的心。文字还告诉我们，因为每个人都不一样，个性、气质、智慧、感情、人格等各不相同，见诸于文字就有所区别。噢，是了是了，远的不说，就说鲁迅和沈从文吧，分别从他们心里出来的文字的确不一样。字还是那些字，因使用者心性不同，形成文章就大相迥异。仿佛他们的文章各有一个气场，一读他们的文章，就走进了不同的气场，在气质鲜明的气场里，你不必问作者是谁，气场里的气息自会告诉你。我们因此得出一个检验的方法，要判断一个作者达到了什么样的境界，最直观的办法，就是先看他的文字是不是有个性，是不是打上了心灵的烙印。

明白了这些道理，我们就不太悲观了。文字虽说是古老的，我们一代又一代的生命总是新的，时代也是新的，只要我们用心，总能赋予文字一些新意和新的气息。让我们试试吧。

一段隐痛

我的短篇小说《鞋》,得了第二届鲁迅文学奖,的确是件让人高兴的事。但不管什么奖,一得到就算过去了,就没什么可说的了。我在考虑今后的创作,并在心里对自己提出要求:不要因为得了奖就萝卜快了不洗泥,也不要因得了奖就不敢写了,该怎样还怎样。

可有朋友热情相约,让我谈谈关于《鞋》的创作动机和创作过程,我勉强答应下来。一篇小说,发表时快乐一回,收到稿费快乐一回,得了奖又大大地快乐一回。这些都是快乐。而谈小说背后的事情,唤起的就不一定是快乐,有时可能是一种渺茫的思念,有时甚至是痛苦的回忆。说实在话,《鞋》这篇看似很美的小说,写的却是留在我心中的一段隐痛。

我1967年初中毕业后,回乡当了农民。那时大队时常召开大批判会,因为我识字,难免被指定在大会上作大批判发言。之后大队成立文艺宣传队,我也是其中一员。这样一来,全大队五个自然村的不少姑娘都知道我了。我有两个姐姐,她们为我挑中了一个姑娘,意思是可以作为我的恋爱对象。我那时十六七岁,对姑娘们的看法没有什么标准,也没什么主见,很容易受别人影响。既然两个姐姐都认为那个姑娘好,肯定有她们的道理。再说姐姐是用姑娘家的眼光看取一个姑娘,能被她们看上,说明那个姑娘是经得起挑剔的。还有一点我后来才知道,两个姐姐为我挑对象时目光放得很远,她们不仅为我着想,连我的后代都想到了。比如说我的个子比较低,她们就要给我物色一位高个子的姑娘。也就是说,姐姐为她们的弟弟挑选对象是很理性很慎重的,也是很负责的。我留意把那个姑娘观察了一下，姑娘个子高高的，胖胖大大的，很有劲的样子。姑娘一笑眼睛弯弯的，牙又白又齐，看上去还算顺眼。于是姐姐托了媒人，我和那个姑娘在媒人的撮合下会了一次面，谈了几句话，亲事就算订下来了。

接着姑娘就该给我做鞋了。当年我们那里很少有人买得起鞋，一般都是手工做布鞋穿。人们常年在田里劳作，对鞋的消耗量很大，纳鞋底子是妇女们手中最常见的针线活。我母亲、姐姐，稍有空闲就纳鞋底子。生产队或大队开会，妇女们舍不得闲着，差不多每人手里都拿着一只鞋底子，一边听会一边纳，把会场里纳得一片哧哧响。由于见得多了，我对做鞋的整个工艺过程非常熟悉，写起来心到手到，一点都不费劲。定过亲的姑娘给对象做第一双鞋，跟平常做鞋又不一样，一是它有着很强的规定性；二是有着仪式般的性质。这双鞋的重要性我在小说里已经写得相当充分，这里就不重复了。反正这双鞋不仅是物质性的，更是精神性的，它的象征性和隐喻性，都包含着中华民族源远流长的鞋文化。

不断有人向我报告消息，说那个姑娘在为我做鞋。那个姑娘下地干活，还把没纳完的鞋底子带到地里去了，趁工间休息时纳几针。那个姑娘怕把鞋底子弄脏，把鞋底子包上了手绢，每次开始纳鞋底子之前，都是用清水把手洗了又洗。鞋底子纳好了，那个姑娘犹嫌不够洁白，用漂白粉擦了一遍，又用硫黄熏了一遍。每听到一个消息，我都美气得不行，心头鼓荡着一种不可言传的情愫。给我的感觉，鞋本身的使用价值并不重要，重要的是，姑娘通过给我做鞋的过程，传达给我的是一种无限美好的情感。这种情感深深地保留在我的记忆里，时间越久越醇厚绵长，让人难忘。

姑娘把鞋做好了，在我到煤矿参加工作之前把鞋送给了我。我把鞋带到矿上，一开始对鞋十分爱惜，看了又看，就是舍不得穿，想留作美好的纪念。后来买了运动鞋、网球鞋和皮鞋之后，回头再看那双方口的布鞋，觉得它过时了，已经穿不着它了。关键还不在这儿，关键在于我的思想发生了变化，想自己谈恋爱，自己找对象。这时，我给那位姑娘写了一封信。说是一封信，其实只有一句话，就是希望能看到姑娘的一封亲笔信。我听说那个姑娘上学很少，想试试她会不会写信。姑娘给我回了信，她的信也很简单，只有几句话，至今我还记得。她说她永远都不会变心，松树落叶都不变。尽管如此，第一次回家探亲，我还是把那双鞋捎回去，退给了那个姑娘。我自以为做得很高明，不说退亲，退鞋就意味着退亲。那个姑娘接过鞋，什么都没说就走了。就这样，我们的亲事就算吹了。

如果我不写小说，这件事也许过去就过去了。因为我是个业余时间写小说的作者，这件事情无论如何也绕不过去。我只要一回忆起过去的事，那个姑娘，那双鞋，就不声不响地浮现在我的脑子里。特别是我后来听到的一些事情，使我对那位我家乡的姑娘产生了愧疚感，心里渐渐地有了隐痛。听我母亲说，我外出参加工作不久，那位姑娘去我家看望过我母亲，并对我母亲说，她担心我会退亲。由于担心得整夜睡不好觉，她的头发掉了好多。听我姐姐说，那个姑娘嫁人后，日子过得很不如意。她回娘家必须经过我们村的村头，而她每次从我们村路过都不敢抬头，生怕别人认出是她。我想这一切都是我造成的，我辜负了那个姑娘，并伤了人家的心，我一辈子都对不起她。我还想到，我要是不把鞋退给她就好了。鞋是专门给我做的，退给她，她毫无用处，看见鞋，只会让她更加难过。

懊悔是没有用处的。我怎么办？我所能做的，只能是把这件事情写成小说，通过小说写出我心中的隐痛，并表达我的愧疚之情和忏悔之意。

其实这个意思我已经在小说的"后记"里简单表达过了，那个"后记"是小说的重要组成部分，绝非可有可无。林斤澜老师看破了我的用心，他在点评我这篇小说时特别指出："这篇《鞋》的'后记'，我认为当属'翻屋'，是比较成功的一例。短篇更要锻炼技巧，这个结尾可作参考。"

诚实劳动

老家的人知道了我现在的职业是写作,我回老家探亲时,就有叔辈的人要我把所写的东西拿给他们看看。我是写过一些农村生活的小说,说实在话,我不想给他们看。我担心他们把小说中的人物和村里的人物互相对号,那就不好了。可是,人家把话说出来了,我不答应恐怕说不过去,加上虚荣心在作怪,再次回去探亲时,我便把新出版的小说集带回一两本送人。他们看了小说,果然对我说,书中的谁谁谁不就是村里的谁谁谁嘛!对号对出熟人,我顿觉很不自在,甚至有些窘迫。我赶紧否认说:不是不是,那些人,那些事,都是我瞎编的。

说自己写小说是瞎编,出于情急中的无奈,我自己并不承认,也不甘心。按我们老家的说法,瞎编就是编瞎话,编瞎话就是撒谎。而一个老是编瞎话的人会被乡亲们瞧不起,至少不会被人信任。我怎么能把自己自贬为一个编瞎话的人呢!还有,写作是我所热爱的职业,我怎么能忍心把瞎编这样的不实之词加在写作头上呢!我想立即对读过我的小说的乡亲们做出解释,说我其实是一个诚实的人,写小说也最需要诚实。我知道这种事情一两句话解释不清,话说多了,只能是自说自话,反被乡亲们笑话。不说也罢。话没有说出来,并没有化掉,一直在我心里存着。借朋友约我写创作谈之际,我把有关诚实劳动的话题说上几句。

与其他各行各业的劳动一样,写作无疑也是一种劳动。不管从事何种劳动,都需要有一种诚实的态度,否则就得不到诚实的回报。比如农民种田,雨后田里长了草,农民就得顶着烈日,到田里把草锄掉。不把草锄掉,野草有可能比庄稼长得还旺，就会影响庄稼的收成。人哄地皮，地哄肚皮，讲的就是这个道理。再比如矿工挖煤，一根柱子该实支弄成虚支，就会埋下隐患，并有可能导致灾难性的后果。而要把柱子支实，首先需要的是一颗诚实的心，不自欺，也不欺人。

不知从什么时候起，有些人的劳动不那么诚实了。往肉里注水，给小狗化妆美容，用洗衣粉洗桃子，给鸭子喂苏丹红，把煤里掺进好多矸石等等等等。乃至造假烟、假酒、假药、假玉石、假文凭、假处女，连一向被认为不是母鸡下不出的鸡蛋，也被人用现代手段造成了假的。在这种情况下，打假英雄应运而生。可谓时势造英雄。可是，紧接着，打假英雄也受到置疑，说是对打假英雄也要打假。这是怎么了？难道这个世界真的成了投机取巧、弄虚作假、偷工减料、欺上瞒下者的天下！难道整个人类世界都不再是真实的存在，变成了虚假的！

有人会说，你不要只说别的行业，你们写作的人就那么干净，劳动就没有不诚实的？不想承认也不行，在写作这一行，的确同样存在着不诚实的劳动。具体的例子就不举了，抽象地说，有跟风的，有一味追求销量的，有奔某个奖项去的，有为晋身之阶捞取敲门砖的，有迎合低级趣味的，也有看洋人的口味行事的。至于窃取别人的作品，更是等而下之，连劳动都说不上，遑论诚实二字，只能算不劳而获。正是因为有这些不良现象存在，诚实劳动在目前显得尤其重要。我个人认为，一个写作者最需要诚实劳动，最需要始终保持一颗赤子之心。诚实劳动是每一个写作者必须遵循的至高准则，也是对写作者的起码要求。因为写作追寻的是人的精神历程，是创造性的心灵劳动，关乎人的灵魂。如果一个写作者连自己真诚的内心都找不到，左顾右盼，充满名利之念，怎么能指望他写出诚实和动人心魄的作品呢！

所谓诚实劳动，无非是忠实于自己的内心，忠实于自己的真实所感和真实所思，真正做到独立思考，以我之手写我之心。我们在写一件作品时，不妨自问一下，这样写是不是违背了自己真实的感情和真实的思想，是不是违背了自己的天性。如果不是自由，自愿，恐怕就得重新加以考虑。诚实劳动说起来容易，实践起来并不那么容易。人是社会关系的总和，也是被制约的动物，我们的写作难免会受到这样那样的干扰。我们写着写着，一不小心，就有可能偏离诚实的轨道。还有这样的情况，同一篇东西，前面的写作是诚实的，写到后来，顾虑多了，就不那么诚实。回顾自己的写作，我也写过不太诚实的小说。比如有一段时间，我见有人的小说写得很调侃，很好玩儿，也想试着调侃一下。因缺乏调侃的能力，小说写得半生不熟，再读只能让自己脸红。诚实劳动是一种长期修炼的过程，它不仅仅是一种态度，一种道德，更是一种精神，一种人格。

土地是诚实的，你种瓜，它就结瓜；你种豆，它就长豆。你在土地上付出多少劳动，土地就给你多少收获。树木是诚实的，它们生在那里，就一直站在那里。风来了，雨来了，霜来了，雪来了，它们不会转移到别的地方去。春来开花，秋来落叶，并不是因为它们趋时，而是生命节律所致，它们遵循的是自然的法则。让我们师法自然，也诚实起来。

回到本文的开头，我提到乡亲们把我小说中的人物和村里的人物对上了号，这一点也值得我反思和检讨。乡亲们之所以对号，说明我写得太实了。过于写实不等于诚实劳动，诚实劳动排斥过分写实。这是另外一个话题。

经得起看

有一年去日本，我顺手拿了一本短篇小说集，放进行李箱里。短篇小说集不是别人的，是我自己的。在日本期间，我看不懂他们的电视和报纸。参加活动之余，一个人在房间里无事时，我就看自己的小说。在那样一个陌生的语言环境里，我看用我们的汉字写成的小说，像看到了一张张熟悉的面孔，并像回到了家乡，亲切感油然而生。看着看着，我的双眼就有些湿。同行的一个朋友把我的小说集借去，看了几篇之后，不大想还给我，问我能不能把小说集送给她。说来我显得有些小气，我没舍得把小说集送给她，我说：对不起，我出来只带了这么一本，我自己还要看。

2009年春天去美国参加为期一个月的国际写作计划，我带的书就多一些。除了王安忆的一部长篇小说，村上春树的一部长篇小说，《外国小说名篇选读》，我自己的书，我带了一本长篇小说《红煤》，和一本短篇小说集《红围巾》。我们住的地方是原始森林中的一栋别墅，与外界的信息联系几乎隔断。写作之余，我只能看我自己带去的书。过了一段时间，我把《红煤》送给了一位华人女翻译，《红围巾》却迟迟没有送人。远嫁美国的一位东北女士，到驻地给我们包饺子吃时，看到了《红围巾》。她把书翻了翻，看了几段，就表示喜欢，红着脸问我带的书多不多。她的意思我明白，是想让我把《红围巾》送给她。我说这样吧，等我临走的时候，把书给您留下。只是现在您还不能拿走，因为我自己还要看。她看着我，样子似有些不解，问：这书不是你自己写的吗？言外之意是，自己写的书自己为什么还要看呢？我说：不错，是我自己写的书。我这人有个毛病，爱看自己写的书。离开美国的前夕，那位女士请我们到她家做客，我才把《红围巾》作为礼物送给她。

你说我敝帚自珍也好，笑我不自量也好，反正我说的是实话。出门在外，带一本自己的书，对我来说已成了一种习惯。把书打开，不管翻到哪一篇，仿佛打开了一扇门，里面有个人把我轻轻一拉，我就进去了。语言是一个好向导，她把我带到这儿，带到那儿。里面的情景让我感到既熟悉，又陌生，还有些触景生情。常常是，泪水辣了我的眼，我只得中断阅读，把眼泪搌一搌，再接着看。看完一篇，我悄悄感叹：亏得自己会写点儿东西，这一辈子活得总算不亏。

在写一篇长一点的小说时，写之前我曾给自己定了四条标准：看了还想看；愿意带在路上看；愿意送给朋友看；不论从哪里看起，都得看得进去，并有所得。这四条标准不是什么硬标准，是软标准。不是外向的，是内向的。是自己对自己的要求。第一个标准主要是对情感而言。任何文学作品都是为了表达感情，都是以情感美为中心。我要求自己写的小说，情感一定要饱满，真挚，首先能够感动自己。第二个标准主要是对味道而言。那种味道是汉字的味道，中国的味道，民族的味道。汉字的味道有天生的成分，也需要后天的调配。只有调配得当，色香俱佳，味道才会深厚绵长。第三个标准主要是对语言而言。一篇小说是否拿得出手，要看它的质地如何。而它的质地是通过语言呈现出来的。我重视语言的灵感，认为赋予语言以灵感，语言就是个性化的语言，就是活的语言。没有灵感的语言是僵死的语言。第四个标准主要是对细节而言。看小说其实就是看细节，好的小说都是细节好。好的细节都是形象化的，审美化的，心灵化的，而且有着较高的密度。当然，每一个标准都不是孤立的，它们你中有我，我中有你，相辅相成，互相支持，才有望使小说耐看一些。

我像仰望星空一样，对经典心存敬畏。我从不敢把自己的小说与经典相联系，更不敢奢望把自己的小说写成经典小说。把小说写得经得起看，对我来说已经是很高的目标了。

想象的局限

一篇小说开了头，我往往有些怀疑，这个东西能不能写成一篇小说。这种怀疑，是对自己想象力的怀疑，担心力不能及，不能建成一个完整的或完美的小说世界。这样的心态对创作是不利的，甚至有些犯忌。我得赶紧打消这种怀疑，让自己在想象的力量上自信起来，坚定起来，将小说往前景灿烂的方向努力。我对自己说，想象如月光，无处不洒到，有着普世的性质。想象是自由的，飞翔的，只有想象尚未抵达的地方，没有想象不可抵达的地方。你可以限制我的脚步，但约束不了我想象的翅膀。你可以遮蔽我的双眼，但遮不住我心中想象的光芒。我的想象可以越过高山，越过平原，穿过池塘，穿过庭院，进入人们心灵最隐秘的角落。社会生活提供给我们的是因，是果。是想象把因果联系起来，完成从因到果的详细和生动过程。碌碌人世所呈现的常常是一些假象，是想象把假象一层层剥去，露出事情或痛苦或无奈的本来面目。我给自己打气是有效的，正是在这样对自己想象力的想象当中，我奋力开拓，写成了一篇又一篇小说，把想象落实在纸上，实现了从精神到物质的转变。

想象属于心理学范畴，它是一种思维活动，也是一种超越肉身的心灵生活；它是灵魂出窍般的精神享受，也是一切创造的前提。想象对文学创作的作用是决定性的，任何作品的形成都离不开想象的参与。想象力是一个作家的基本能力，想象力的缺失，对一个作家来说简直是不可想象的。不仅作家的创作需要想象，人类的一切进步都源于想象。卫星上天，潜艇入水，人类登月，太空行走，都是先有了想象，才逐步变成了现实。人类如果不会想象，没有想象，也许到现在还没有站立起来，仍和其他动物一样四肢着地。人和其他动物的主要区别，在于人有想象的能力，动物没有想象能力，或者想象的能力薄弱一些。由于想象力薄弱，所以猪还是猪，狗还是狗。

在通常情况下，想象之门是关闭的，需要开启。开启想象之门的过程，是一个劳动的过程，而且是一个艰苦劳动的过程。打个比方，想象好比是深埋地底的煤炭，要接近它，采取它，需要穿过土一层，石一层，沙一层，水一层，经历许多艰难险阻。而一旦把煤采到，并点燃，它就会焕发出璀璨的光焰。在无意识的情况下，我们的脑子里也会出现一些类似想象的东西，但那些东西是缥缈的，无序的，并不是真正的想象，没有什么价值。要实现真正的想象，我们须给想象规定一个方向，集中全部精力，沿着规定的方向走下去，走下去，一直到灵感闪现的那一刻。我个人的体会，当我在桌前坐下，摊开稿纸，拿起笔来，手脑联动，方能进入想象的状态。稿纸作水，钢笔作桨，想象为船，桨在水里划动起来，想象之船才徐徐离开此岸，驶向彼岸。想象之船也有划不动的时候，这不要紧，我们休息一下，攒一攒劲，再接着向前划就是了。

在我国四大名著当中，有人认为《西游记》最具想象力。我不这么看。我认为吴承恩的想象是重复的。师徒取经路上，遇到一个妖精，识破了，消灭了。再遇到一个妖精，又识破了，又消灭了。如此往复循环。他把一个一个小循环串起来，一环套一环，最后构成一个大循环。《水浒传》也是这个路子。要论想象力的含量，我认为还是要推《红楼梦》。这是因为，想象力的表现不仅在于夸张，变形，扭曲，荒诞，魔幻和一个跟头十万八千里，更在于人情世故和日常生活中的常识。《红楼梦》的每一个情节，每一个细节，每一个人物，都是独特的，发展的。其中的一颦一笑，一钗一裙，一花一影，一水一波，都安排得妥妥帖帖，恰到好处。这才是对想象力最大的考验。曹雪芹在《红楼梦》一开始就借一副对联说：世事洞明皆学问，人情练达即文章。我理解，所谓世事洞明和人情练达，就是深谙人情世故，懂得生活常识。

这就说到想象力的局限了。小说是尘世的艺术，也是现实的艺术。这种艺术与人情世故和生活常识有着紧密的联系，一切想象只能在此基础上展开。离开了这个基础，想象就无从谈起。我常常听到指责，说我们中国的作家缺乏想象力。我不大明白指责所说的想象力指的是什么。但我们必须敢于承认，每个人的想象都是有限的。我们的生命有限，经历有限，阅历有限，生活圈子有限，怎么可能不限制我们的想象呢！我想写一篇关于养蚕的小说，因我没有养过蚕，就得向母亲请教整个养蚕的过程。我在一篇小说中写到纺线，因为不知道多长时间才能纺出一个线穗子，就得问我大姐。想象不能凭空，不能瞎想。只有我们认识到想象的有限性，认识到确有想象不能抵达的地方，才会不断向生活学习，以拓展自己的想象空间。

哪儿美往哪儿走

小说是一种美学现象。是一说。小说是以词达意的美学。又是一说。不管怎么说,意思都差不多,是说小说取材的标准是审美的,我们写作的过程就是审美的过程,哪儿美,我们就得往哪儿走。

好比外出旅游,我们打听到哪儿有瀑布,哪儿有深潭,哪儿有奇松怪石、珍禽异兽、遍地野花和梦幻般的云雾等,我们就往哪儿走。其实旅游的目的也是审美,也是希望得到美的享受。我的体会,这种审美不能从众,不可赶热闹。你听说哪儿很热闹,你去了,只能是扫兴而归。因为那里的热闹已经把美湮没了,你看见了热闹,却不见了美。这种审美,成群结队大拨哄也不行,因为欣赏美需要安静,需要专注。人一多,容易受到干扰,心不容易静下来。最好一个人,慢慢走来,走走停停,发现美好的景致,就多看一会儿。比如我在秋天的野外看到一片银灰色的茅草穗子,秋风阵阵吹来,茅穗起起伏伏,明明暗暗,如荡漾的水波,美丽极了。我对大片的茅草久久注视着,不知不觉间,我看茅穗,茅穗仿佛也在看我。我看到茅穗里面去了,茅穗也进入了我的内心。那一刻,我和茅穗已融为一体,分不清我是茅穗,还是茅穗是我。迷离恍惚间,我走神不知走到哪里去了,现实世界似乎不复存在,我进入一种物我两忘的境界。回过神来我意识到,这就是美感,我享受到了一次美感的过程。美感不是快感。快感多是生理性的和物质性的,美感是精神性的,超越性的。

我上面打的比方是自然之美带给我们的美感。除了自然之美,等待我们写小说的人去发现和表现的美海了去了,如情感之美、人性之美、细节之美、思想之美、智慧之美、力量之美、语言之美，还有忧郁之美、悲痛之美等等等等。这些美都有着丰富的内涵，如果展开来说，每一种美都够说半天的。反正我们应该知道写小说这个活儿主要是干什么的，得提高审美的自觉性，始终保持着审美意识。下笔伊始，哪儿出感情，哪儿出细节，哪儿出语言，我们就往哪儿写。拿细节之美来说，世界的存在，主要是以细节的形式存在，抹去了细节，世界就会变成空洞无物。我们看世界，也主要是看细节，看不到细节，等于什么都没有看到。细节相对于情节而言。每个人的一生，所经历的情节是有限的，生，是一个情节；死，是一个情节。中间还有恋爱、结婚、生孩子等若干个情节。这情节大都是固定的，可以预知的，屈指可数的。而一个人一生所经历的细节，像满树的繁花一样，像人身上的细胞一样，谁都数不过来。好的小说主要是由细节组成的，我们写小说，功夫也在于写细节。只有把细节选好，写好，人物才会有血有肉，有温度，有呼吸，有情感，有个性，才会立得起来，并流传开去。

我们要把小说写美，只抱着小说看恐怕不行，还要善于向别的艺术门类学习。我们向绘画和摄影学习，会使我们的小说讲究色彩搭配，讲究疏密有致和留白，有层出不穷的画面感。我们向音乐学习，会使我们觉得，每一个文字都会发出声响，都像是一件乐器。我们把众多的“乐器”集中起来，写成一篇小说，就如同指挥一场大型交响乐队的演出。我们得注意轻重缓急，把握好行文的节奏和韵律，并避免出现杂音，才有望使整篇小说和谐起来。美的小说都是诗意化的小说，都闪射着诗意的光辉。我们写小说的，还得注意向诗歌学习。据我所知，现在不少写小说的都不读诗歌，提起现代的诗歌，他们都有些轻视。不管别人怎样，反正我一直在向诗歌学习。初学写作的时候，我从学写诗歌开始。后来不写诗歌了，我仍然很喜欢读诗。我读古代的格律诗，也读自由体的新诗，不断从诗歌中汲取营养。我们中华民族是诗的民族，我们的文学传统主要是诗的传统，我们继承传统，怎么能不读诗呢！诗的语言是最精粹的，诗的意味是最隽永的，诗的精神是最纯洁的，诗的艺术是最高端的，诗意化的写作应是我们不懈的追求。

也会时常听到一些抱怨，说现实生活中不如意者十有八九，哪有多少美的东西可写。对了，正因为现实不那么美好，才需要我们从事创作的人去虚构，去想象，去创造出一个个美的世界。老子说过：信言不美。我理解老子的意思是，一些真实的、实话实说的东西往往是不美的，而从作者的理想出发，所虚构和想象的东西，才会到达美的境界。

把美好写在书里

我的故乡在黄淮海大平原。19岁那年,我才从农村老家走出来。在我的印象里,我的家乡是很美的,美得不知从何说起。就说早上吧,人还没起来,院子里的各种小鸟就在树上叫成一片。鸟的种类很多,有黄鹂、紫燕、赤眉等,多得数不清。你抬头往树上一瞅,几乎每个树上都有鸟窝。那些鸟窝的建筑工艺各有高招,不怕狂风暴雨,让人称奇。当时我并不觉得鸟的叫声有多好听,后来回忆起来,我才感到鸟是在唱歌。它们的音质都很优美,歌喉都很富有天才,它们每天都进行大合唱,真是悦耳动听。我们老家有许多坑塘、河流,跟水乡差不多。夏季的每天午后,我们都到水里扑腾。去上学经过一条河,我们站在砖桥上,一下子就跳到河里去了。河里的水真清啊,我们潜在水底睁开眼,能看见青青的水草,彩色的石子,还有乱蹿的小鱼。那些鱼不是人放养的,都是野生野长。我不明白,水里的鱼怎么那样多。举个例子。我上小学的时候,有一天老师带我们到河堤上摘蓖麻。干了一会儿,因天太热,老师允许我们下河洗个澡。我们一下河,河里那些鱼就招惹我们,结果我们每个同学都摸到好几条鱼。那些鱼多是鲫鱼板子,也有黑鱼、鲇鱼等。有的同学不会摸鱼,他们趴在有水草的岸边,用肚子往岸上激水。水激到岸上,鱼也被激到岸上。水流下去了,鱼却在岸上打扑棱,我的同学上去就把鱼捉住了……

我不能再写了,一提到我们家乡的自然美景,我就有些收不住,就容易写长。这又不是写小说,写长了就不好办了。我把老家的事当成故事,跟我出生在北京的儿子讲。我讲蛇的故事,兔子的故事,狗的故事,风筝的故事等，我发现儿子很喜欢听。我讲着讲着，不知不觉对儿子吹嘘起来，我说我们老家太美了，有机会一定带儿子回老家看看。说实在的，我觉得现在城市的孩子真让人同情。他们的物质生活是好了，但他们的精神生活太贫乏了，他们没到野地里玩儿过，没逮过蚂蚱，没放过羊，没在冰上打过陀螺，没好好喊过，也没好好哭过。他们的玩具大都是塑料制品，他们见的摸的都是假东西，死东西。一个小小的电子游戏机，孩子能在手里乱摁半天。比起我丰富多彩的童年少年生活，他们的生活单调得苦得让人可怜。我反复向儿子讲童年的故事，是想激发起儿子对我老家的向往，激起儿子对大自然的热爱之情。儿子听我讲得多了，要求我带他回老家看看。

那是一年夏天，儿子还没上学，我带他回老家去了。我计划好了，到了老家，我先带他下到清水河里洗个澡，让他知道在河里洗澡与在澡堂里洗澡是完全不同的感觉。说来让人遗憾，或者说让人伤心，我带儿子到老家看过一条河又一条河，条条河里的水都是又黑又稠，散发着臭气。我正不好跟儿子解释，儿子疑惑地看着我，说："爸爸，河里的水怎么跟酱油一样呢！"是啊，我美丽的家乡怎么变成了这个样子呢？既然水被严重污染了，那么鱼就没有了，虾就没有了，鸟也没有了。我的清水河呢？我的满是野花的河坡呢？我的鸟和树上的鸟窝呢？还有我的童年呢？我真想哭啊！在老家几天，我的老家一定给儿子留下了糟糕的印象。儿子的心正是一张白纸，我带他回老家，是想在他心上留下一些美好的图画。可是，儿子留下的印象却是酱油般的河水。儿子也许会认为，我这个当爸爸的是在骗他。

我没有骗人。我的家乡变成那样，我真不甘心啊！可是，我能做什么呢？

机会来了，河北少年儿童出版社约我给孩子们写一本书。可以说这个约稿撞在我心上了。美好的东西在大地上消失了，我们何不通过回忆，把她写进书里呢？自己不正是干这个的吗！把美好写进书里，不仅可以保存下来，还可以流传开去，这样对我儿子和千千万万个"儿子"就可以有个交代。

说干就干。我写得很顺手，也很快乐，仿佛又回到了童年和少年时代，重新经历那美好的天地。对了，我写的就是自己童年和少年时代的印象，口气和叙述上，也尽量采用童年和少年便于接受的方式。也就是说，我这部书主要是写给孩子们看的。孩子最适合看书，他们记忆力好，看了书就记住了。我记得最清的书，就是小时候看过的书。有一条我一再提醒自己，写给孩子们看的书，一定要干净，清新，美好。我主要写的是大自然的美，是生态之美。责任编辑要求我给孩子写一句话，我写的是：生命源于自然，亲近自然是人类的天性。

书稿还未交出版社，我儿子就先看了。儿子看得很有兴趣，还向我复述一些细节。儿子是我书稿的第一个少年读者，儿子有这样的反应，我有些感动。不光我儿子，我妻子也很喜欢读，她的评价是：太美了！

文章写到这里，有几句话必须说。前不久我又回老家一趟，见老家经过大力治理污染，河水又开始变清了。我衷心祝愿故乡重新变得美好起来。

不可改变的梦境

我夜里做梦，梦见的多是儿时在河南农村老家的情景。还是那两间半草房子，大风一刮，房角的草檐直呼扇，眼看要被大风掀翻，卷向空中。这时勇敢的二姐爬上去了，用身子压住房檐，直到风渐渐小下来。门口一侧还是爷爷栽下的那棵石榴树，树上开满了红花，树下的地上也落了一层花瓣。我梦见两个姐姐都没有出嫁，我也没有结婚，我们还是一块儿推磨，一块儿摸鱼，一块儿踏着月光去外村听戏。当然，我梦里出现最多的还是母亲，饿了，母亲给我拿红薯，冷了，母亲给我做棉袄。母亲好像并没有去世，永远都那么慈爱地看着我。

我在故乡长到十九岁，而出来谋生已三十余年。论时间长度，在外面待的时间更长。论生活经历，后来的经历更丰富。可是我不明白，梦里重温的为何都是少年时代的记忆呢？为什么后来的生活都难以入梦呢？难道梦就那么挑剔，它只选择我未成年时的生活，不承认我长大成人后的经历？

我把我写的一些故事与我的梦境一对照，未免吃惊，原来我的小说故事也多是以儿时的记忆为蓝本的。有些故事虽说是在外地听来的，但从我心里一过，一变成我的小说，人物，人物所处的环境，以及人物说话的口气，必定打上家乡人的烙印。看来儿时和地域的影响对一个作者来说是决定性的，如同我们不能自由地支配梦境，改变梦境，我们用小说做成的梦，也离不开生长期时所处的环境。在生长期，人的记忆仿佛处在吸收阶段，一过了生长期，记忆吸收起来就淡薄了。这大概是我们的宿命。

读原著，品味道

恕我读书不多，孤陋寡闻，如果让我说全世界哪一部小说最好，我只能推《红楼梦》。《红楼梦》没得到任何奖。她不用得奖。因为任何奖项都配不上她。如果硬要给她发一个奖，包括诺贝尔奖在内，只能是给这个奖脸上贴金。开谈不说《红楼梦》，读尽诗书也枉然。这里说的诗书不光是中国的诗书，应该把全世界的诗书都算在内。《红楼梦》在我国的影响当然很大，你一提《红楼梦》，国人几乎没有不知道的。我在煤矿上班时，有一位看大门的老工人，听别人说《红楼梦》，他说，《红楼梦》谁不知道，不就是女儿乐如何如何嘛！我岳母一个字不识，她也知道《红楼梦》里面的贾宝玉和林黛玉，且对两个人的相爱颇有微词。知道《红楼梦》的人很多，但真正读完全本《红楼梦》的人也许并不多。我的一些朋友，有的是宣传部长，有的是大学中文系的本科毕业生，还有的本身就是写小说的，他们竟然没有把《红楼梦》读完，我真的为他们感到遗憾！随着拿《红楼梦》说事儿的越来越多，对《红楼梦》已经不是一红九吃，而是一红百吃，一红千吃，《红楼梦》的故事情节将更加普及。如此一来，真正静下来读《红楼梦》原著的人可能越来越少。其实，任何《红楼梦》的派生物，在派生的同时，就已经脱离了《红楼梦》的精髓。有的甚至是对《红楼梦》的歪曲和糟蹋。最起码，它限制了我们的想象和对想象的享受。比如《红楼梦》中的林黛玉，不同的读者会想象出不同的林黛玉，那是一种模糊的美，也是一种无限的美。而一旦把林黛玉搬上荧屏呢，就把人们的想象框住了，不是她也是她，模糊就成了清晰，无限就变成了有限。这种框定有一些粗暴，有些强加于人的意思。一个真正的读者，一个与《红楼梦》有缘的读者，请千万别满足于只知道《红楼梦》的大致情节就完了，还是要抽一点时间，耐下心来，读一读原著。只有读了原著，你才会享受到文字的美妙和语言的味道，才会荡气回肠，叹为观止。

我国当代的长篇小说，我喜欢读王安忆的《长恨歌》。我惊异于她贯穿始终的心灵化叙述。她一开始就进入人物的心灵，潜哪潜哪，一直潜到心灵的深处。到了深处之后，她就没有再浮上来，一砖一石，一草一木，一颦一笑，呈现的都是心灵的景观。我也看过一些心灵化的小说，那些小说虽然也走进了人的内心世界，但往往是走不深，也走不远，走一段就浮上来了，退回来了，好像一口气憋不到底似的。我自己的创作就有过这样的毛病。《长恨歌》不是这样，她沿着心灵幽深的隧道，走呀走呀，走得很远很远，像是义无反顾地走到了生命的尽头。如此一来，整部小说就显得细致入微，心灵密度特别大。她不是以情节取胜，而是以心灵化的细节取胜。这么说吧，这部小说不管你翻到哪里，不管你从哪一页看起，哪怕只看几行，也会得到美的享受。

有一年，华夏出版社组织作家推荐外国小说经典，我推荐的是英国作家哈代的长篇小说《德伯家的苔丝》。因为这个缘故，这部书我反复读过。家道衰落的美丽少女苔丝，为了生计，到有钱人家求助，做工，被迫失身。苔丝不贪钱财，不甘凌辱，毅然摆脱富家恶少亚雷的纠缠，靠自己的双手重建生活。在牛奶厂，她和自己所钟爱的青年克莱产生了深深的爱情。但在新婚之夜，善良的苔丝终于向丈夫讲了自己失身的经历，使出身高贵的克莱的心灵受到重创。从此，两人各奔东西，颠沛流离，受尽了人间苦难。亚雷乘人之危，威逼利诱，再次占有苔丝。而克莱重新认识到苔丝的独特价值，匆匆从国外赶回，要与苔丝破镜重圆。无奈之际，苔丝杀死了亚雷，热切投奔克莱。苔丝因杀人罪被判处死刑。小说高度概括了女人的命运，具有广泛的世界性和人类性。我特别强调这部小说的概括力，因为在人类的两性世界中，女性总是男性追求和竞争的对象，女性总处在被支配的被动地位，而最后吃亏的总是女人。后来以女性为主角的小说，大都很难超越这个模式。小说在十九世纪九十年代出版后，一面得到读者的热烈欢迎，一面受到某些批评家的强烈批评，虽如此，但其成为不朽的世界名著却是不争的事实。

《边城》是沈从文的一部中篇小说。这部小说是沈从文的巅峰之作，亦是他的代表性作品。文学界说到沈从文，必提到他的《边城》。《边城》几乎成了沈从文的代名词。一个作家，如果一辈子能有一部作品作为作家的代名词，那就值了。《边城》是诗意化的，堪称集中体现中国小说美学和汉语诗学的典范之作。《边城》超凡脱俗，字字句句都闪烁着诗意的光辉，可说是一部叙事诗，一首不分行的长诗。既然是诗一样的作品，这样的作品讲不得，言传不得，一经转述，就可能变味了。这样的小说只有亲自捧读，才能品出其中美妙的意境和绵长的韵味。小说的诗情画意来自山川、河流、苍松、红桃等自然景观，也来自人类美好的人性，以及源远流长的民俗文化。这样的小说不是抓人的，是放人的。我说她是放人的，是指你读着读着就会走神儿，变得神思渺远，不知今夕何年，身在何处。这是一种灵魂飞升般的高级精神享受。所以我读《边城》总舍不得一次读完，读一段，放一放，再读。

回头一看，我前面推荐的作品都是小说，这未免有些单调。这样吧，改改调吧，我给朋友们介绍一部轻松的、好玩儿的、描写昆虫的书吧，这就是法国人法布尔所著的《昆虫记》。这部书不是我买的，是我女儿买的。女儿出嫁时，没有把这部书带走，留在我的书架上了。女儿大概见我爱看电视里的动物世界，想必也爱看昆虫世界吧。《昆虫记》这部书的确很好看，她不仅使我看到了蜘蛛、蜜蜂、螳螂、蝎子、蝉、甲虫、蟋蟀等等昆虫的隐秘世界，满足了我对昆虫的好奇心，还使我不断联想到人类世界，得到了观察人类世界的新的角度。《昆虫记》被称为不朽的世界名著，法布尔本人也被称为一位以昆虫为琴拨响人类命运颤音的巨人。

网络无边心有边

我不认同用网络给文学冠名，网络只是一个平台，一个载体，它本身并不是文学。如同石头、竹简、羊皮、纸等，都曾是文学的载体，我们不能称之为石头文学、竹简文学、羊皮文学和纸文学一样。无论文学的载体怎样变来变去，文学的本质是不变的。归根结底，文学要求创作者怀抱人道理想，投入自己的生命，以真诚的态度去写人，写人的丰富情感，直抵人性的深处。作品品质的高下，取决于创作者创作水平和人格的高下，网络的出现给创作者帮不上多少忙。

那么，利用网络写作和发表作品，对于写作者来说有没有一点好处呢？我的看法是，好处是有的，那就是促进了文学创作生产力的解放，大幅度提高了文学作品的产量，并使自由书写成为可能。在我国两千多年的封建社会，学习文化和写文章的权利只掌握在极少数人手里，并成为士大夫们的特权。普通老百姓连文字的边儿都沾不上，更谈不上写文章和发表文章。造成这种状况，固然有经济落后、社会文明程度低下和士大夫阶层对文字的垄断有关，书写载体的制约恐怕也是一个不可忽视的因素。

电脑与互联网的出现，无疑是一场载体革命，人们对这场革命欢欣鼓舞。好了，人们写了文章，不用再求这个，求那个，你不给我发表，我自己贴到博客上去。文章发到网络上，不仅中国人能看到，全世界的人都能看到，这是何等开心的事。有人想当作家，也不必经别人批准，自我批准就是了。自由书写是中国人的千年梦想，现在你想写什么几乎都可以，这个梦想终于实现了。如果对某个人有意见，你可以指名道姓地向他拍砖、灌水，反正你是匿名的，去个性化的，谁都不知道你是谁。

问题也许就出现在这里。从某种意义上讲，文化是一种含蓄，文明是一种约束，自由并不是无边无际。原始人赤身露体不算有文化，知道遮羞了才算有文化。放纵无度不是文明，有分寸感，懂得节制，才是文明。自由是相对边际而言，没有了边际，自由就失去了意义。我曾听一位网络写手说，他每天都写一万多字，他不追求什么文学品质，让劳碌一天的读者看后一笑，他得到点击率，挣到稿费就完了。至于作品能否传世，他根本不予考虑。我还在网上看到一些大肆鼓吹金钱崇拜和肉体崇拜的文章，那些文章写得极其露骨，不堪卒读。其实那些文章的观点一点都不新鲜，而写作者却津津乐道，仿佛掌握了人生的真理。让人迷惑不解的是，这样的文章却得到了相当高的点击率，跟帖者也趋之若鹜，狂欢不已。恐怕这就有些问题了，若对那些观点不加分辨，一味接受，接受者的精神只能往下走，呈现的只能是堕落的状态。

问题的源头还是在写作者那里。一个写作者，不管把作品写在什么载体上，还是要对他人负责，对社会负责，同时也是对自己负责。网络是无边的，但我们作者的心灵是有边的。这个边界也可以说是一个下限，那就是作者的良心所在。我们不能昧着良心写作。

知音会有的

2009年，北京十月文艺出版社为我集中出版了“刘庆邦长篇小说系列”。其中，《平原上的歌谣》、《红煤》是再版，《遍地月光》是新创。

如果用一句话概括，《遍地月光》写的是“文革”期间地主、富农子女的命运。小说的主要情节是一个地主家的儿子找对象的故事。找对象是生命延续的本能，也是人类的基本权利。但在阶级斗争极端化的年代，血统论的简单判断，压制了他的本能，剥夺了他的权利，使他变成了“地主羔子”，政治贱民。他找对象的事遇到了重重阻力，屡屡搁浅。他看上了地主家的闺女赵自华，赵自华为给弟弟换亲被人换走了。大姐给他介绍了一个傻闺女，傻闺女在公社当干部的叔叔不同意。他又追求一个出身更为复杂的闺女，受到无情地陷害和批斗。他两次逃走，两次被抓回。第三次才逃跑成功。他流落外地，在形势转变后做起了小生意，直到三十多岁了仍未找到对象。后来，他租了一个寡妇，和寡妇假扮夫妻回乡探亲。他过去受的是政治上的迫害，现在受到了金钱的挤压。他们假扮夫妻的事被人识破，受到百般嘲弄。最后，寡妇了解了他的经历和处境，并为他的真情所感动，答应与他结为夫妻。

和以前的每部作品一样，我所写的都是我亲历的生活。我的青少年时代是在农村度过的，《遍地月光》所写的这段农村生活，是我感受最深刻、情感经历最丰富的一段生活。我对这部作品非常重视，做了多年准备工作才开始动笔。在动笔之前，我在心里给自己定了一些标准，比如情感要饱满，语言须灵动，思想要有历史感和穿透力，细节密度要大。这些标准不是外向的，是内向的，是自己对自己的要求。小说是否达到了这些标准，还需经过读者和时间的检验。

在“2009年《中华读书报》年度图书100佳”中，《遍地月光》名列第十九。读书报的编者这样评价：“这是因短篇小说享誉中国文坛的现实主义作家刘庆邦的长篇新作，‘文革’、农村、少年成长史、改革开放、精神乡愁，这些元素、题材均为刘庆邦所驾轻就熟，质朴的语言和深入的人性挖掘则为这部长篇小说在可读性之外增添几分厚重，主人公的命运沉浮引人扼腕，读者亦可从中体会物质丰富之后精神丢失了什么。”

我知道，《遍地月光》不是畅销书，但我相信她会有知音。前些日子听刘恒说：如果是你的知音，你不必说什么，也是你的知音。如果不是你的知音，你说再多也无用。

走到哪一步都是困境

母亲在世时，我每年都要回老家看望母亲，在家里陪母亲说说话，住几天。母亲2003年春天下世后，这六年来，我仍然每年都要回老家去，清明节前回去一次，农历十月一日后回去一次。母亲生前曾担心地对我说，她一下世，我们家的房子很快就会坏掉。我让母亲放心，说不会的，我每年都会回来看看。我每年都回老家，是为了遵守对母亲的承诺，同时也是为了到母亲坟前给母亲烧纸。按我们那里的说法，纸在阳间是纸，一经点燃，就算送到了阴间，就变成了可以买东西的钱。我必须按时给母亲送钱，不能让母亲在那边缺钱花。

也有人指出来，刘庆邦是一个以写作为业的人，他回老家的目的是为了深入生活，搜集创作素材。对这种说法，我也不否认。我的写作是从人生经验和生命感悟出发，深入生活对我来说是重要的。有的作家到这里深入生活，到那里深入生活，我不行，到别的地方我很难深入进去。要写农村生活，我必须回到我的老家去找资源。我是在农村老家长大的，生命的根扎在那里，一回到老家，我就等于深入到家了，一条条记忆的线索就会纷至沓来，激活和丰富着我的记忆。我曾经说过，写作是一种回忆的状态。但写作仅靠一个人的记忆还不够，有时候还需要调动别人的记忆，来充实和完善写作者的记忆。近年来，我写了两部农村生活的长篇小说，一部是《平原上的歌谣》，一部是《遍地月光》。前者以三年大饥荒为背景，后者是写“文革”期间地主富农子女的命运。由于长篇小说对历史深度和细节丰富性的要求，我在老家对老年人进行了大量访问，分别做了好几年准备工作才动手写。

新写的一篇中篇小说《我们的村庄》，也是我从老家看来的，听来的。现在农村变化很快，可以说一年一个样子。我们要写农村生活，必须到农村去，和农村生活保持经常性的紧密联系。我看到的情况是，不少人家盖起了新房，却封门闭户，到城里打工去了。把院门推开一道缝往里一瞅，院子里蓬蒿肆虐，杂草丛生，一片荒芜。烧锅的柴火用不完了，人们把麦秸和玉米秸秆就地点燃，烧得遍地狼烟。或把麦秸扔进河里，堵塞了河道。吃的不发愁了，人们吃得有些猛，以致脂肪淤住了血管，丢掉了性命。近年来，我们村已有好几位青壮年人因心血管病和脑溢血死去。大饥荒年代是饿死人，现在是吃东西吃死人。有的人家越来越富，开始修庙建祠堂。有的人家越来越穷。也有人心理失衡，产生了抵抗和变态心理。这使我想到，在这个世界上，人类无论走到哪一步，都走不出困境。农村人有农村人的困境，城里人有城里人的困境；中国人有中国人的困境，外国人有外国人的困境。从一个困境里走出来了，还会有新的困境在等待着我们。总之，人类天生就是可怜的。

2009年11月中旬，我和妻子再次回到我的老家。老家刚下过一场雪，天气冷得很，我们在屋里屋外都裹着羽绒服，还冻得腿硬脚硬，浑身发紧。过郑州时，有朋友告诉我，说我们老家的水不能吃了，因为前几年被严重污染过的水渗到地下去了，连地下水都被污染了。我不大相信，说我们那里不少人家都打了深水压井，压上来的是地层深处的水。朋友说，污染无孔不入，打深水压井也不行。在老家期间，妻子闹了肚子。紧接着，我的肚子也出了问题，一天要往厕所跑好几次。难道我们老家的水真的不能吃了吗？要是那样的话，真是太让人痛心了。

平地抠饼　心中栽花

一篇小说写完，完了也就完了，作者自己还能说什么呢？真的，我不知道从哪里说起。若当真自荐一番，除了有王婆卖瓜之嫌，我自己心里底气也不足。我写第一篇小说是1972年，算来已写了三十多年。所写的小说积累下来，仅短篇小说就有一二百篇。有时我想，如果换一个行当，我摆弄的不是小说，而是编筐编席之类，经过几十年的操练，我编得不知何等得心应手，花样百出！可写小说却不能。随着写作的年头越来越长，写的小说越来越多，我常常感到茫然，好像写小说越来越难，甚至越写越不会写了。有些事情，我还没有下笔写，心里先有些激动，觉得写出来应该是不错的东西。一旦写出来了，看看，再看看，也不过就是那么回事。难得写出一篇自己比较满意的小说，即使发表出来，也如同投到水里一样，很快被小说的海洋淹没了，不会使自己的信心有半点增长。我知道，对好小说的衡量是有标准的。正是这个标准最难统一，也最难说清。东方，西方；此时，彼时；你人，他人等等，标准都不相同。特别是在一个名曰多元、实则失范混乱的时代，谁敢指望对小说的评价有一个相对固定的标准呢！我们心里似乎形成了一个自己的标准，有时我们对自己的标准固执得可以，颇有些我行我素和雷打不动的意思。还是怨我们自己不争气，真的有风刮过来，有雷打过来，我们可能摇摆。对自己的标准产生怀疑。在这种情况下，我们对自己小说的优劣都不能做出准确的判断，凭什么自荐呢！

算了，不写了吧。可我又做不到。语言文字仿佛已融入我的血液中，成为我血液中的一部分，而且是比较贯通和活跃的部分。换句话说，我笔下的文字仿佛是我血液中的添加剂，有了添加剂，血脉就畅通，带劲。否则就血液黏滞，以致头脑昏昏，光想睡觉。有时我莫名地伤感起来，脆弱得不能自已。这时我意识到，又该写一篇小说了。当我进入写作过程，心里果然好受些。这么说来，写作好像是自我救赎的一种方式。果真如此吗？到头来会怎么样呢？我偶尔看到西方的一句名言，不由吃了一惊。名言大意是说，你既然选择了以剑术为生，就得准备着倒在剑下。按照这个逻辑来推断，我们写小说的人是不是也得准备着倒在小说下呢？

这次给《山花》杂志的是一个短篇小说《表妹》，我还是就短篇小说的创作说几句。回想起来，自1995年的《小呀小姐姐》始，十多年来，我几乎每年都给《山花》一个短篇，如《少男》、《幸福票》、《红围巾》、《麦子》等，都是在《山花》发的。关于短篇小说的来路有多种说法，如无中生有、空穴来风等。汪曾祺评价林斤澜的小说，说是无话则长，有话则短。这些说法意思都差不多，强调的都是创造二字。现实中存在着的，我们不必再写进小说里，让人家看那个现实就够了。我们的小说，是在看似没有小说的地方写小说，在看似没有文章的地方做文章。现实中的故事结束了，正是在现实中的故事结束的地方，我们小说中的故事正好可以开始。这就是说，我们的小说与现实有所不同，它建设的是一个与现实相对独立的新世界，探求的是人生和生活新的可能性。这种建设，主要使用的是想象的力量，考验我们的，也是想象的能力。一篇小说所包含的想象的分量有多大，在很大程度上决定着这篇小说是否有活力，是否能够飞翔。可我不愿意把想象说成无中生有，或空穴来风，无，不是绝对的无；空，也不是绝对的空。我更愿意把想象说成是平地抠饼，或心中栽花。因为想象需要有一个基础，一个生发点。这个基础和生发点一般来说应来自现实生活和我们的人生经验。地上没有饼，只要有地，我们就有可能从地里抠出饼来。地就是基础。眼前没有花，只要我们有心，就有可能长出花来。花只能从我们心里生发。

上面提到的短篇小说《麦子》，比较能代表我创作短篇小说的理念。一年秋天，我看见北京和平里一家小饭店门前的空地上种了一小片麦子，心里一动，一颗短篇小说的种子由此采得，并在心里种下。城里的街道两侧都是种草，这里怎么会种下一小片麦子呢？于是我就想象开了。在我的想象里，种麦子的人是在小饭店打工的一个农村姑娘。麦子是姑娘从老家带来的。如同远行的人都要带一包故乡的老娘土作为纪念，姑娘的父亲让姑娘带的是一包麦子。街道整修，未及种草，一块刨开的土地空了出来。须知干惯农活儿的农家姑娘见不得地在那里闲着，便悄悄在地里种了麦子。种了麦子，就种下了希望，种下了牵挂，并和土地重新建立了联系。下雨了，麦子发芽了，她好欣喜。她盼望麦子一天天长高，直到结出麦穗来。其实我把麦子作为一种比喻，它比喻着所有进城打工的人们。他们想把自己融进城里，可到底不能融入。第二年春天，还没等麦子抽穗，城里人就把麦子连根拔掉，种上了草。

至于这篇新写的《表妹》，我也是听在煤矿工作的老乡说到一点影子。老乡的老婆在矿上开了一个小饭店，老婆让表妹到小饭店帮忙。老婆最怕表妹在矿上出事儿，把表妹看管得很严，结果表妹还是出事儿了。所谓出事儿，就是表妹跟矿上的一个小伙子好上了。我觉得这事儿有点意思，预先想到了表妹可能要出事儿，竟阻挡不住，该下雨还是下雨，该出事儿还是出事儿。但要把这件事变成小说，还要费一番琢磨，要给小说一个思路。我想到的第一个思路是，外面的世界很精彩，外面的世界很无奈，多少好人家的女儿，一旦到了外面，就失去了自己。我很快把这个思路推翻，这个思路太一般，我以前的小说好像已经写过这个意思了。我想到的第二个思路是人性的自然性和人性的顽强。一个人到了青春期，不管遇到什么样的阻力和压力，都不能改变其欲望的生长和发展。好比石头下的一根竹笋，它坚韧的力量可以把石头顶翻。这个思路还是有些简单，也不够新鲜，我把这个思路也推翻了。想来想去，我决定在理上做文章，对人间的道理提出质疑。

人类从野蛮变成文明，一个极重要的标志就是人世间有了理，人类懂了理。理以超越性的力量，指导着人类的思维，规约着人类的行为。人世间不能没有理。然而，也正是层出不穷的理，使人类不断翻着烧饼，无所适从，几乎失去了自由和本性。人类从来没有放弃过对真理的追求，直到现在，真理在哪里呢？更为悲哀的是，谁占有世界上更多的财富，更先进的武器，谁拥有强权和霸权，好像谁就有了理。拿小说中的出事儿来说，什么样儿的行为算出事儿？什么样的行为算是不出事儿呢？表妹的姐夫先是断定表妹一定会出事儿，显然认为出事儿是坏事儿。事儿出来后，姐夫却说不见得是什么坏事儿。表妹的表姐终于明白过来,事情坏就坏在理上,因为横竖都是丈夫的理。

小说一般不敢过于拿理说事儿,理说多了,就把小说压制住了。好在这篇小说里的情感还算饱满,理不理的,不一定有人在意,就翻过去了。也罢。

提升煤的精神品质

按照中国煤矿作协第四次会员代表大会的议程，新当选的作协主席要讲几句话，就是表一下态吧。记得我除了感谢煤矿文联领导的厚爱，感谢与会代表们的信任，主要讲了以下三层意思。

首先，我还是要一如既往地搞好创作。作家靠作品说话，靠作品立足。他们不必到处出席会议，不必频频上镜，不必追求明星效应，只需埋下头来，守住寂寞，守住自己，写好作品就行了。他们不大爱说话，甚至有些木讷。这是因为，他们未开口时，觉得充实，一旦开口，顿感空虚。还是因为，他们写作品时，天天在和自己对话，和自己的心灵对话，大段大段的话都写进作品里去了。他们的作品必写人物，自有作品中的人物替他们说话。有的人物很能说，说起来慷慨激昂，洋洋洒洒，好生了得。而且，那些话都经过了深思熟虑，既有激情，又有趣味，比作家本人说得好多了。只要作家不断写作品，不断出作品，他们就手中有粮，心中不慌，自以为和世界建立了联系，没有虚度光阴。我打了个比方，写作者好比是足球运动员，只要你脚下有球，不管你跑得再快，跑到哪里，连过几人也好，单刀赴会也好，都不算越位。如果你空着脚往前跑，就有可能越位。写作者给自己的定位就是带着作品往前跑。

其次，我要继续写好煤矿题材的作品。自1978年发表第一篇煤矿题材小说以来，我已经写了《断层》《红煤》两部长篇小说，《家属房》《神木》《卧底》《哑炮》等十多部中篇小说。我写的煤矿题材的短篇小说就更多了，大约有一百多篇。比较有影响的如《走窑汉》《白煤》《血劲》《别让我再哭了》

《离婚申请》《鸽子》等等。总共加起来，有三百多万字。我一直以为，煤矿同时也是文学的富矿，值得我们身在煤矿的作家深入挖掘。酒是物质性的，也是精神性的。人喝了酒，精神空间可以得到拓展，灵魂可以飞翔，能达到一种比较自由的精神境界。与酒相比，我觉得煤也有二重性，既有物质属性，也有精神属性。煤的精神性，是无数作家、诗人通过反复书写赋予她的。现在我们一提到煤，不仅仅认为她是一种矿物质，一种矿石能源，同时还会联想到燃烧、光明、温暖以及灵石、穿越、升华等这些抽象性的、形而上的优美字眼儿。她的精神性意义超越了物质性意义，正越来越得到人们的认同。作为煤矿的作家，我们不能满足于此，还应继续深入开掘，进一步提升煤的精神品质，丰富煤的精神内涵。因为长期写煤矿题材的小说，我个人目前面临一个生活资源和情感资源入不敷出的问题。特别是写了长篇小说《红煤》之后，我的煤矿生活积累有一种挖空掏净的感觉，几乎变成了采空区。这就要求我回到煤矿去，走到矿工中间，发现新的创作资源。

第三，新的煤矿作协主席团应更具亲和力和凝聚力，诚心诚意为煤矿作者服务，多开展文学活动，促进全国煤矿多出作品，多出人才。大家都知道，煤矿作协没有专职人员，所有的主席团成员和所有理事都是业余的，带有志愿服务的性质。同时，煤矿作协没有活动经费，所开展的一些文学活动都是依靠企业的支持。尽管如此，煤矿作协作为中国作协的团体会员单位，还是做了一些工作，取得了一定成绩。在中国作协第七次全国代表大会上，中国作协党组书记金炳华在工作报告中肯定了煤矿作协的工作，认为："煤矿作协在机构小，人员少，经费缺的情况下努力改进服务，增强了作协的吸引力和凝聚力。"在煤矿作协第四次会员代表大会上，中国作协副主席陈建功在致辞中也充分肯定了煤矿作家为中国的文学事业所作出的贡献。这都是对我们的鼓励，也是对我们的鞭策。我们有信心把煤矿作协各方面的工作做得更好。常常使我感动的是煤矿作家所具备的良好素质、作家之间的友好，以及和谐温暖的创作氛围。煤矿作家分散在全国各地，见面机会不多，但大家彼此惦念，互有感应。见到朋友发表了不错的作品，真诚地为朋友高兴，并把高兴和信息传达给别的朋友。作家们一旦聚首，那种相见甚欢、其乐融融的场面，简直就是情感交流和精神享受的盛宴。朋友们,让我们互相尊重,互相鼓励,共创煤矿文学事业的美好明天!

超越现实

我们的小说要超凡，可我们这些作者都是凡人。我们极力使小说脱俗，而小说却是一种俗世的艺术。作为一个作者，我们的困境就在这里。我们不愿意轻易认同现实，对现实或多或少抱有怀疑和审慎的态度。这是因为，我们在现实中很少看到美好的东西，理想的东西。所见所闻，往往是一些欲望化了的糟糕的东西，甚至是污浊和丑恶的东西。可是，我们的创作只能从现实中获取材料。你说我们吃着碗里的骂着锅里的也好，吃了这一碗，下一碗还得到现实的锅里去盛，我们没有别的办法。这好比我们人类注定生活在地面上，不可能拔着自己的头发，使自己脱离地面。也许有人对现实抵抗着，实验过不从现实中取材，但他们写出来的东西仍然带有人间的气息，和现实的面貌。有评论家说过，现实是作家的根本处境，也是作家不可摆脱的命运，看来的确是这样的。

可以说，作者写作的过程，就是如何处理和现实关系的过程，写作一辈子，就得把和现实的关系处理一辈子。如果我们和现实的关系处理得好，就有可能写出不错的作品。否则，就只能写出一般化的作品。作者处理和现实关系的能力，对作品的优劣几乎起着决定性的作用。我所说的作者和现实的关系，不是生存个体与社会、环境、人际等外在的关系，而是创作主体与现实世界的内在关系，它与作者的世界观和艺术观是相联系的。

如何处理和现实的关系呢？批判现实主义是一种做法。这种做法是清醒的，有力的，也是有效的，在全世界范围内，它已产生了许多不朽的作品。这种创作方法目前还被人们使用着。一些作家怀着正义感和责任心，保持着和现实的紧张关系，不愿意对现实有半点妥协，不知不觉就继承了这种创作方法。看样子这种方法还会长期使用下去。在拉美兴起的魔幻现实主义，把触目惊心的现实和迷离恍惚的幻觉结合在一起，通过极端夸张和虚实交错的艺术笔触，网罗人事，编织情节，也创作出一些很有影响的作品。在我国特定的历史时期，把现实主义前面冠以革命二字，并要求和革命的浪漫主义相结合，差不多成为一种指定性的创作手法。这种创作手法因政治性、功利性和阶段性较强，已很少为人们所提及。

我的创作谈不上有什么别的主义，所走的不过是现实主义的路子。我觉得现实主义就是现实主义，没必要在现实主义前面附加过多的东西。把现实主义细分，表面看是把现实主义的道路拓展了，其实却把现实主义送上条条窄路。而现实主义的创作道路本身是很宽广的，就现实主义本身，还有许多方面等待我们去探索，也有一些经验，值得我们回顾和总结。比如上面说到的作者和现实的关系问题，就是我们必须认真对待的一个问题。在这个问题上，我作过一点两点不成熟的尝试，不妨说出来就教于大家。

第一点，我以为我们的创作不要从现实中取那么多，只取一点点就够了。好比我们从现实中取来一粒倭瓜种子，把种子交给一个小姑娘，小姑娘把倭瓜种子种在父亲坟上，于是，小姑娘就与土地、风雨、乌鸦和别的小孩子有了关系，跟父亲和母亲也有了关系，就形成了情感饱满的故事。更重要的是，小姑娘种上了倭瓜，心上就开始有了牵挂，人生就萌发了希望，就和世界建立了建设性的联系。是的，从现实生活中所取的那么一点点，我把它称为小说的种子。种子种在我们心里，我们用心血滋润它，培养它，它生根，发芽，开花，结果，就长成了一个独立的世界。我听到一些作者惊呼现实生活的复杂和丰富，他们说那些生活不用加工提炼，直接搬过来就是小说。对这种说法，我不能同意。我认为任何现实生活照搬过来都不能变成小说，生活越离奇，越具有事件性，离小说就越远。如实报道现实中的一些事情，那是新闻媒体的事情，是一些纪实性杂志的事情，不是小说所承担的任务。小说所传达的是日常生活中的诗意，关注的是人类心灵的历史，它是一个再造的慰藉人们心灵的情感世界和心灵世界。小说创作从来都不是人类坚强的表现，而是脆弱的表现。

第二点，我赞成创作要与现实生活保持一定距离的说法。我看到过一些对这种说法的批评意见，有的批评还相当激烈，指责这种说法是不关注现实，是对现实的冷漠。其实不是的，与现实生活拉开一点距离，是为了更好的关注现实，更清醒的认识现实，更准确的反映现实。我们知道，离我们最近的事物，我们往往看不清，好比每个人的鼻子离眼睛最近，眼睛却看不到自己的鼻子。我们欣赏一幅油画，离油画越近，看到的越是一些粗糙的颗粒。我们说和现实生活拉开一点距离就是这个道理。这个距离不是空间上的，也不是时间上，而是心理上的。说白了，是我们要把生活经过消化，沉淀，变成一种回忆状态，以便用审美的眼光对现实生活进行观照，使其上升到一种美学的层面。现实生活光怪陆离，它对作者的诱惑力和纠缠力是相当强的。它仿佛一再拦在我们面前，要求说，写我吧，我是很现代的，很性感的，很有卖点的，写了我，保你不吃亏。如果我们稍不冷静，就有可能被它纠缠上，掉进它为我们设下的陷阱。举例来说，为避免对现实生活的现炒现卖，热炒热卖，对一些流行的时髦语言，我们都应尽量不用。衣服穿时髦了，会吸引人的目光。语言用时髦了，效果就不大好。

总的来说，我们和现实的关系是一种利用和被利用、纠缠和反纠缠、摆脱和反摆脱的关系，是一种不即不离的关系。我们对现实照搬不行，追赶不行，紧逼也不行，只能超越它。《红楼梦》是现实主义的，又是超越现实的。它超越现实的一个重要现实是，不论我们什么时候读它，它都不过时，都使人有一种现实感。随着时间的推移，它会越来越闪耀出璀璨的艺术光辉。我们超越现实的目的，无非是要赋予作品一些神性和诗意。创作实践表明，小说中的神品是存在的，富有诗意的作品更多。一些标志性的作品如《边城》、《受戒》等，使我们认识到小说超越现实的可能性，也鼓舞了我们创作的勇气。

辑五　骨肉亲情

勤劳的母亲

小时候就听人说，勤劳是一种品德，而且是美好的品德。我听了并没有往心里去，没有把勤劳和美德联系起来。我把勤劳理解成勤快，不睡懒觉，多干活儿。至于美德是什么，我还不大理解。我隐约觉得，美德好像是很高的东西，高得让人看不见，摸不着，一般人的一般行为很难跟美德沾上边。后来在母亲身上，我才把勤劳和美德统一起来了。母亲的身教告诉我，勤劳不只是生存的需要，不只是一种习惯，的确关乎人的品质和人的道德。人的美德可以落实到人的手上、腿上、脑上和日常生活中，可以通过勤奋的劳动体现出来。

我想讲几件小事，来看看母亲有多么勤劳。

拾麦穗儿

那是1976年，我和妻子在河南新密煤矿上班，母亲从老家来矿区给我们看孩子。我们的女儿那年还不到一周岁，需要有一个人帮我们看管。母亲头年秋后到矿区，到第二年过春节都没能回家。母亲还有两个孩子在老家，我的妹妹和我的弟弟。妹妹尚未出嫁，弟弟还在学校读书。过春节时母亲对他们也很牵挂，但为了不耽误我和妻子上班，为了照看她幼小的孙女儿，母亲还是留了下来。母亲舍不得让孩子哭，我们家又没有婴儿车，母亲就一天到晚把孩子抱在怀里。在天气好的时候，母亲还抱着孩子下楼，跟别的抱孩子的老太太一起，到几里外的矿区市场去转悠。往往是一天抱下来，母亲的小腿都累肿了，一摁一个坑。见母亲的腿肿成那样，我心里很不是滋味。但我当时只是劝母亲注意休息，别走那么远。可为什么不给孩子买一辆婴儿车呢？事情常常就是这样，多年之后想起，我们才会感到心痛，感到愧悔。可愧悔已经晚了，想补救都没了机会。

除了帮我们看孩子，每天中午母亲还帮我们做饭。趁孩子睡着了，母亲抓紧时间和面，擀面条。这样，我们下班一回到家，就可以往锅里下面条。

矿区内包括着一些农村，农村的沟沟坡坡都种着麦子。母亲对麦子很关心，时常跟我们说一些麦子生长的消息。麦子甩齐穗儿了。麦子扬花儿了。麦子黄芒了。再过几天就该动镰割麦了。母亲的心思我知道，她想回老家参与收麦。每年收麦，生产队都把气氛造得很足，把事情搞得很隆重，像过节一样。因为麦子生长周期长，头年秋天种上，到第二年夏天才能收割，人们差不多要等一年。期盼得时间越长，割麦时人们越显得兴奋。按母亲的说法，都等了快一年了，谁都不想错过麦季子。然而我对收麦的事情不是很热衷。我觉得自己既然当了工人，就是工人的身份，而不是农民的身份。工人阶级既然是领导阶级，就要与农民阶级拉开一点距离。所以在母亲没有明确说出回老家收麦的情况下，我也没有顺着母亲的心思，主动提出让母亲回老家收麦。我的理由在那里明摆着，我们的女儿的确离不开奶奶的照看。

收麦开始了，母亲抱着孙女儿站在我们家的阳台上，就能看见拉着麦秧子的架子车一辆一辆从楼下的路上走过。在一个星期天，母亲终于明确提出，她要下地拾麦。母亲说，去年在老家，她一个麦季子拾了三十多斤麦子呢！母亲的这个要求我们无法阻止，星期天妻子休息，可以在家看孩子。那时还凭粮票买粮食，我们全家的商品粮供应标准一个月还不到八十斤，说实话有点紧巴。母亲要是拾到麦子，多少对家里的口粮也是一点添补。在粮店里，我们所买到的都是不知道放了多少年的陈麦磨出的面。母亲若拾回麦子，肯定是新麦。新麦怎么吃都是香的。

到底让不让母亲去拾麦，我还是有些犹豫。大热天的让母亲去拾麦，我倒不是怕邻居说我不孝。孝顺孝顺，孝和顺是联在一起的。没让母亲回老家收麦，我已经违背了母亲的意志，若再不同意母亲去拾麦，我真的有些不孝了。之所以犹豫，我担心母亲人生地不熟的，没地方去拾麦。我的老家在豫东，那里是一马平川的大平原，麦地随处可见。矿区在豫西，这里是浅山地带，麦子种在山坡或山沟里，零零碎碎，连不成片。我把我的担心跟母亲说了。母亲让我放心，说看见哪里有收过麦的麦地，她就到哪里去拾。我让母亲一定戴上草帽，太阳毒，别晒着。母亲同意了。我劝母亲带上一壶水，渴了就喝一口。母亲说不会渴，喝不着水。我还跟母亲说了一句笑话："您别走那么远，别迷了路，回不来。"母亲笑了，说我把她当成小孩子了。

母亲中午不打算回家吃饭，她提上那只准备盛麦穗儿用的黄帆布提包，用手巾包了一个馍头，就出发了。虽然我没有随母亲去，有些情景是可以想象的。比如母亲一走进收割过的麦地，就会全神贯注，低头寻觅。每发现一颗麦穗儿，母亲都会很欣喜。母亲的眼睛已经花了，有些秕麦穗儿她会看不清，拾到麦穗儿她要捏一捏，麦穗儿发硬，她就放进提包里，若发软，她就不要了。提包容积有限，带芒的麦穗儿又比较占地方，当提包快盛满了，母亲会把麦穗儿搓一搓，把麦糠扬弃，只把麦子儿留下，再接着拾。母亲一开始干活就忘了饿，不到半下午，她不会想起吃馍头。还有一些情况是不敢想象的。我不知道当地农民许不许别人到他们的地里拾麦子？他们看见一个外地老太太拾他们没收干净的麦子，会不会呵斥我母亲？倘母亲因拾麦而受委屈，岂不是我这个当儿子的罪过！

傍晚，母亲才回来了。母亲的脸都热红了，鞋上和裤腿的下半段落着一层黄土。母亲说，这里的麦子长得不好，穗子都太小，她走了好远，才拾了这么一点。母亲估计，她一整天拾的麦子，去掉麦糠，不过五六斤的样子。我接过母亲手中的提包，说不少不少，很不少。让母亲洗洗脸，快歇歇吧。母亲好像没受到什么委屈。第二天，母亲还要去拾麦，她说走得更远一点试试。妻子只好把女儿托给同在矿区居住的我的岳母暂管。

母亲一共拾了三天麦穗儿。她把拾到的麦穗儿在狭小的阳台上用擀面杖又捶又打，用洗脸盆又簸又扬，收拾干净后，大约收获了二三十斤麦子。母亲似乎感到欣慰，当年的麦季她总算没有白过。

妻子和母亲一起，到附近农村借用人家的石头碓窑，把麦子外面的一层皮舂去了，只留下麦仁儿。烧稀饭时把麦仁儿下进锅里，嚼起来筋筋道道，满口清香，真的很好吃。妻子把新麦仁儿分给岳母一些，岳母也说新麦好吃。

没回生产队参加收麦，母亲付出了代价，当年队里没分给母亲小麦。母亲没挣到工分，用工分参与分配的那一部分小麦当然没有母亲的份儿，可按人头分配的那一半人头粮，队里也给母亲取消了。母亲因此很生气，去找队长论理。队长是我的堂叔，他说，他以为母亲不回来了呢！母亲说，她还是村里的人，怎么能不回来！

后来我回家探亲，堂叔去跟我说话，当着我的面，母亲又质问堂叔，为啥不分给她小麦。堂叔支支吾吾，说不出像样的理由，显得很尴尬。我赶紧把话题岔开了。没让母亲回队里收麦，责任在我。

拣布片儿

在上个世纪八十年代的中后期，我们家搬到北京朝阳区的静安里居住。这是我们举家迁至北京的第三个住所。第一个住所在灵通观一座六层楼的顶层，我们家和另一家合住。我们家住的是九平方米的小屋。第二个住所，我们家从六楼搬到该楼二楼，仍是与人家合住，只不过住房面积增加至十五平方米。搬到静安里一幢新建居民楼的二楼，我们才总算有了独门独户的二居室和一个小客厅，再也不用与别人家共用一个厨房和厕所了。

住房稍宽敞些，我几乎每年都接母亲到城里住一段时间。一般是秋凉时来京，在北京住一冬天，第二年麦收前回老家。母亲有头疼病，天越冷疼得越厉害。老家的冬天屋内结冰，太冷。而北京的居室里有暖气供应，母亲的头就不怎么疼了。母亲愿意挨着暖气散热器睡觉。她甚至跟老家的人说，是北京的暖气把她的头疼病暖好了。

母亲到哪里都不闲着，仿佛她生来就是干活的，不找点活儿干，她浑身都不自在。这时我们的儿子已开始上小学，我和妻子中午都不能回家，母亲的主要任务是中午为儿子和她自己做一顿饭。为了帮我们筹备晚上的饭菜，母亲每天还要到附近的农贸市场买菜。她在市场上转来转去，货比三家，哪家的菜最便宜，她就买哪家的。妻子的意见，母亲只把菜买回来就行了，等她下班回家，菜由她下锅炒。有些话妻子不好明说，母亲的眼睛花得厉害,又舍不得多用自来水,洗菜洗得比较简单,有时菜叶上还有黄泥,母亲就把菜放到锅里去了。因话没有说明,妻子不让母亲炒菜,母亲理解成儿媳妇怕她累着。而母亲认为,她的儿子和儿媳妇在班上累了一天,回家不应再干活,应该吃点现成饭才好。母亲炒菜的积极性越发的高。往往是我们刚进家门,母亲已把几个菜炒好,并盛在盘子里,用碗扣着,摆在了餐桌上。母亲炒的大都是青菜,如绿豆芽儿、芹菜之类。因样数儿比较多,显得很丰富。母亲总是很高兴的样子,让我们赶紧趁热吃。好在我妻子从来不扫母亲的兴,吃到母亲炒的每一样菜,她都说好吃,好吃。

倒是我表现得不够好。我肚子里嫌菜太素,没有肉或者肉太少,没什么吃头儿,吃得不是很香。还有,妻子爱吃绿豆芽儿,我不爱吃绿豆芽儿,母亲为了照顾妻子的口味,经常炒绿豆芽儿,把我的口味撇到一边去了。有一次,我见母亲让我吃这吃那,自己却舍不得吃,我说:“是您炒的菜,您得带头儿多吃。”话一出口,我就有些后悔,可已经晚了。一定是我的话里带出了不满的情绪,母亲的情绪一下子低落下来。我不应该有那样的情绪,这件事够我忏悔一辈子的。

买菜做饭的活儿不够母亲干,母亲的目光被我们楼门口前面一个垃圾场吸引住了。我们住的地方是新建成的住宅小区,配套设施暂时还跟不上,整个小区没有封闭式垃圾站,也没有垃圾桶,垃圾都倒在一个露天垃圾场上,摊成很大的一片。市环卫局的大卡车每两三天才把垃圾清理一次。垃圾多是生活垃圾,也有生产垃圾。不远处有一家规模很大的衬衫厂,厂里的垃圾也往垃圾场上倒,生产垃圾也不少。垃圾场引来不少拣垃圾的人,有男的,有女的;有本地人,也有外地人。他们手持小铁钩子,轮番在垃圾场扒来扒去,拣来拣去。母亲对那些生产垃圾比较感兴趣。她先是站在场外看人家拣。后来一个老太太跟她搭话,她就下场帮老太太拣。她拣的纸纸片片、瓶瓶罐罐,都给了老太太。再后来,母亲或许是接受了老太太的建议,或许是自己动了心,她也开始拣一些自己认为有用的东西拿回家来。母亲从生产垃圾堆里只拣三样东西:纱线、扣子和布片儿。她把乱麻般的纱线理出头绪,再缠成团。她拣到的扣子都是那种缀在衬衣上的小白扣儿,有塑料制成的,也有贝壳做成的。扣子都很完好,一点破损都没有(计划经济时期,工人对原材料不是很爱惜)。母亲把拣到的扣子盛到一只塑料袋里，不几天就拣了小半袋，有上百枚。母亲跟我说，把这些线和扣子拿回老家去，不管送给谁，谁都会很高兴。

母亲拣得最多的是那些碎布片儿。布片儿是衬衫厂裁下来的下脚料，面积都不大，大的像杨树叶，小的像枫树叶。布片儿拣回家，母亲把每一块布片儿都剪成面积相等的三角形，而后戴上老花镜，用针线把布片儿细细地缝在一起。四块三角形的布片就可以对成一个正方形。再把许许多多正方形拼接在一起呢，就可以拼出一条大面积的床单或被单。在我们老家，这种把碎布拼接在一起的做法叫对花布。谁家的孩子娇，需要穿百家衣，孩子的母亲就走遍全村，从每家每户要来一片布，对成花布，做成百家衣。那时各家都缺布，有的人家连块给衣服的破洞打补丁的布都没有，要找够能做一件百家衣的布片儿难着呢。即使把布片儿讨够了，花色也很单一，多是黑的和白的。让母亲高兴的是，在城里被人说成垃圾的东西里，她轻易就能拣出好多花花绿绿的新布片儿。

母亲对花布对得很认真，也很用心，像是把对花布当成工艺美术作品来做。比如在花色的搭配上，一块红的，必配一块绿的；一块深色的，必配一块浅色的；一块方格的，必配一块团花的；一块素雅的，必配一块热闹的等等。一条被单才对了一半，母亲就把花布展示给我和妻子看。花布上百花齐放，真的很漂亮。谁能说这样的花布不是一幅图画呢！这就是我的心灵手巧的母亲，是她把垃圾变成了花儿，把废品变成了布。

然而当母亲对妻子说，被单一对好她就把被单给我妻子时，我妻子说，她不要，家里放的还有新被单。妻子让母亲把被单拿回老家自己用，或者送给别人。妻子私下里对我说，布片儿对成的被单不卫生。垃圾堆里什么垃圾都有，布片儿既然扔到垃圾堆里，上面不知沾染了多少细菌呢。妻子让我找个机会跟母亲说一声，以后别去垃圾堆里拣布片儿了。妻子的意思我明白，她不想让母亲拣布片儿，不只是从卫生角度考虑问题，还牵涉到我们夫妻的面子问题。这个问题我也考虑过。那些拣垃圾的多是衣食无着的人，而我的母亲吃不愁，穿不愁，没必要再去垃圾堆拣东西。我和妻子毕竟是国家的正式职工，工作还算可以，让别人每天在垃圾场上看见母亲的身影，对我们的面子不是很有利。于是我找了个机会，委婉地劝母亲别去拣布片儿了。我说出的理由是，布片儿不干净，接触多了对身体不好。人有一个好身体是最重要的。母亲像是很快明白了我的意思,答应不去拣布片儿了。

我以为母亲真的不去拣布片儿了,也放弃了用布片儿对被单。十几年之后,母亲在老家养病,我回去陪伴母亲。有一次母亲让我猜,她在北京那段时间一共对了多少条被单。我猜了一条?两条?母亲只是笑。我承认我猜不出,母亲才告诉我,她一共对了五条被单。被单的面积是很大的,把一条被单在双人床上铺开,要比双人床长出好多,宽出近一倍。用零碎的小三角形布片儿对出五条被单来,要费多少工夫,付出多么大的耐心和辛劳啊!不难明白,自从我说了不让母亲去拣布片儿,母亲再拣布片儿,对床单,就避免让我们看见。等我和妻子上班去了,儿子上学去了,母亲才投入对被单的工作。估计我们该下班了,母亲就把布片儿和被单收起来,放好,做得不露一点痕迹。临回老家时,母亲提前就把被单压在提包下面了。

母亲把她对的被单送给我大姐、二姐和妹妹各一条。母亲去世后,他们姐妹把被单视为对母亲的一种纪念物,对被单都很珍惜。可惜,我没有那样一条母亲亲手制作的纪念品(写到这里,我泪流不止,哽咽不止)。

搂树叶儿

只要在家,母亲每年秋天都要去村外的路边塘畔搂树叶儿。如同农人每年都要收获粮食,母亲还要不失时机地收获树叶儿。我们那里不是扫树叶儿,是搂树叶儿。搂树叶儿的基本工具有两件,一件是竹筢子;另一件是大号的荆条筐。用带排钩儿的竹筢子把树叶儿聚拢到一起,盛到荆条筐里就行了。

不是谁想搂树叶儿就能搂到的,这里有个时机问题。如果时机掌握得好,可以搂到大量的树叶儿。错过了时机呢,就搂不到树叶儿,或者只能搂到很少的树叶儿。树叶儿在树上长了一春,一夏,又一秋,仿佛对枝头很留恋似的,不肯轻易落下。你明明看见树叶发黄了,发红了,风一吹它们乱招手,露出再见的意思,却迟迟没有离去。直到某天夜里,寒霜降临,大风骤起,树叶儿才纷纷落下。树叶儿不落是不落,一落就像听到了统一的号令,采取了统一的行动,短时间铺满一地。这是第一个时机。第二个时机是,你必须在树叶儿集中落地的当天清晨早点起来，赶在别人前面去树下搂树叶儿，两个时机都抓住了，你才会满载而归。在我们村，母亲是一贯坚持每年搂树叶儿的人之一，也是极少数能把两个时机都牢牢抓住的搂树叶儿者之一。

母亲对气候很敏感，加上母亲睡觉轻，夜间稍有点风吹草动就醒了。一听见树叶儿哗哗落地，母亲就不睡了，马上起床去搂树叶儿。院子里落的树叶儿母亲不急着搂，自家的院落自家的树，树叶儿落下来自然归我们家所有。母亲先去搂的是公共地界上落的树叶儿。往往是村里好多人还在睡觉，母亲已大筐大筐地把树叶儿往家里运。母亲搂回的什么树叶儿都有，有大片的桐树叶儿；中片的杨树叶儿和柿树叶儿；还有小片的柳树叶儿和椿树叶儿。树叶儿有金黄的，也有玫瑰红的。母亲把树叶儿摊在院子里晾晒，乍一看还让人以为是满院子五彩杂陈的花瓣儿呢！

母亲搂树叶儿当然是为了烧锅用。在人民公社和生产队那会儿，社员都买不起煤。队里的麦草和玉米秸秆不是铡碎喂牲口了，就是沤粪用了，极少分给社员。可以说家家都缺烧的。烧的和吃的同样重要，按母亲的话说，有了这把柴火，锅就烧滚了，缺了这把柴火呢，饭就做不熟。为了弄到烧的，人们不仅把地表上的草毛缨子都收拾干净，还挖地三尺，把河坡里的茅草根都扒出来了。女儿一岁多时，我把女儿抱回老家，托给母亲照管。母亲一边看着我女儿，仍不耽误她一边搂树叶儿。母亲不光自己搂树叶儿，还用一根大针纫了一根线，教我女儿拾树叶儿。女儿拾到一片树叶儿，就穿在线上，一会儿就穿了一大串。以致我女儿回到矿区后，一见地上的落叶儿就惊喜得不得了，一再说："咋恁多树叶子呀！"挣着身子，非要去拣树叶儿给奶奶烧锅。

上了年纪，母亲的腿脚不那么灵便了，可她每年秋天搂树叶儿的习惯还保持着。按说这时候母亲不必搂树叶儿了。分田到户后，粮食打得多，庄稼秆儿也收得多，各家的柴草大垛小垛，再也不用为缺烧的发愁。有的人家甚至把多余的玉米秆在地里点燃了，弄得狼烟动地。我托人从矿上给母亲拉了煤，并让人把煤做成一个个蜂窝形状的型煤，母亲连柴火都不用烧了。可母亲为什么还要到村外去搂树叶儿呢？

树叶儿落时正是寒风起时，母亲等于顶着阵阵寒风去搂树叶儿。有时母亲刚把树叶儿搂到一起，一阵大风刮来，又把树叶儿刮散了，母亲还得重新搂。母亲低头把搂到一堆的树叶往筐里抱时，风却把母亲的头巾刮飞了，母亲花白的头发飞扬着，还得赶紧去追头巾。母亲搂着树下的树叶儿，树上的树叶还在不断落着。熟透了的树叶儿像是很厚重，落在地上啪啪作响。母亲搂完了一层树叶儿，并不马上离开，等着搂第二层第三层树叶儿。在沟塘边，一些树叶儿落在水里，一些树叶儿落在斜坡上。落进水里的树叶儿母亲就不要了，落在斜坡上的树叶儿，母亲还要小心地沿着斜坡下去，把树叶儿搂上来。刘姓是我们村的大姓，我在村里有众多的堂弟。不少堂弟都劝我母亲不要搂树叶儿了。他们叫我母亲叫大娘，说大娘要是没烧的，就到他们的柴草垛上抱去。这么大年纪了，还起早贪黑地搂树叶子，何必呢！有的堂弟还提到了我，说："大娘，俺大哥在北京工作，让我们在家里多照顾您。您这么大年纪了还自己搂树叶子烧，大哥要是知道了，叫我们的脸往哪儿搁呢！"

这话说得有些重了，母亲不作出解释不行了，母亲说，搂树叶儿累不着她，她权当出来走走，活动活动身体。

我回家看望母亲，一些堂弟和叔叔婶子出于好心好意，纷纷向我反映母亲还在搂树叶儿的事。他们的反映带有一点告状的性质，仿佛我母亲做下了什么错事。这就是说，不让母亲搂树叶儿，在我们村已形成了一种舆论，母亲搂树叶儿不仅要付出辛劳，还要顶着舆论的压力。母亲似乎有些顶不住了，有一天母亲对我说："他们都不想让我搂树叶儿了，这咋办呢？"

我知道，母亲在听我一句话，我要是也不让母亲搂树叶儿，母亲也许再也不去搂了。我选择了支持母亲，说："娘，只要您高兴，想搂树叶儿只管搂，别管别人说什么。"

朋友们，在这件事情上，我没有做错吧？

就算我没有做对，你们也要骗骗我，不要说我不对。在有关母亲的事情上，我已经脆弱得不能再脆弱了。

献给母亲的爱

我对三年大饥荒的生活记忆深刻，称得上铭心刻骨。其中饥荒最严重的1960年，我九岁，正在本村小学读二年级。我饿得成了大头，长脖子，细腿，连走路都费劲。去学校上学需要翻过一条干坑，以前，我在这条坑里跑上跑下，如履平地。饿成瘦鬼后，过那条坑就难了。此岸，我屁股贴着岸边往下滑；彼岸，我得把自己变成一只小兽物，四肢着地一点一点往上爬。这年夏天，父亲病故了。作为父亲的长子，为父亲送葬时由我扛幡，摔恼盆。堂叔大概怕我瘦得没劲，替我把陶制的恼盆摔碎了。食堂面临断顿，不少人得了浮肿病，人们的生存受到了极为严峻的考验。换句话说，贫困和饥饿已使人们的生存到了一个最低的底线，过了底线，人马上就得饿死。谁都不想死，人人都想活命。人们别的念头都没有了，只要能找到一口吃的，只要能保住自己的一条命，就是最大的成功。于是人们的生存意志、生存韧性、生存智慧和生存想象力都尽可能地发挥出来了，构成了那个特殊年代特殊的生存状态。

我服从了自己的记忆，或者说受到了记忆执拗的引导，在刚开始写小说不久的1980年，我就以那段生活为素材，写了一篇短篇小说《看看谁家有福》。小说在《奔流》发表后，引起比较大的争议，该刊连续发了好几篇争鸣文章。肯定的一方认为我写得很真实；批评的一方说我写得太低沉了。这篇小说很快被翻译到美国。《剑桥中华人民共和国史》（1966—1982年）也为这篇小说列了一条。此后，我按捺不住自己的记忆和冲动，一直想写一部长一点的小说，来记述那段生活。我暗暗对自己说，你不写这部小说，就对不起那些饿死的人和那段历史,也对不起自己的良心,一辈子都白活了。二十四年之后,我终于写出了这部在我心底埋藏已久的《平原上的歌谣》。我读书不多,在创作上没什么高深的理论。但我知道,人类的记忆是很重要的,一个人的记忆力是一个人的基本力量。同样,一个民族的记忆是这个民族的力量所在,善于保存记忆的民族是不可战胜的。试想,一个民族倘是失去了记忆,就有可能重蹈灾难的覆辙,那是多么可怕。有两句话,我不记得是哪两个外国作家说的。一句是,文学是为历史作证。另一句是,文化是对记忆的守卫。我觉得这两句话都很有道理。作为一个作家,我们有责任为我们的民族提供记忆,保留记忆。当然,这个记忆应该是细节化、情感化、人性化、真实性和艺术性的。一代作家有一代作家的生活记忆,如果我们这一代亲历过那段生活的人死了,让后来的人再想象就不那么容易了。我们必须现在就行动起来,让记忆文化向遗忘文化挑战。

那段生活无疑是沉重的,但我给小说定下的是不屈和自强的基调,写得并不低沉。我没写饿殍遍地,哀鸿遍野,没有渲染惨绝的气氛,相反还有些幽默,露出了有节制的微笑。这是因为受到我大姐的启发。前些年,我每次回老家看望母亲,都要和大姐二姐谈起三年大饥荒的那段日子。我是有意提起这个话题,让大姐二姐帮我回忆饥饿的生活细节。大姐悄悄告诉我,母亲不愿听见我们老说那几年多么苦,多么难过,母亲说,都是过去的事了,还提它干什么!我想,母亲可能是出于自尊,我们把过去的事说多了,母亲会觉得都是她这个当娘的没本事,让她的孩子受苦了。我说:“那时候挨饿的又不是我们一家,全国的人都在挨饿,只不过有的地方轻一些,有的地方重一些。”大姐又说:“你别说,当时并没觉得多么苦,一点都不发愁,好像还挺高兴的,该笑还是笑,该唱还是唱。”这是我没有想到的。以前构思这部小说,我的心情总是很沉重,很压抑,甚至想哭,大姐的话改变了我的想法。什么样的苦难都能忍受,什么样的坎儿都能过去,也许这就是我们常说的中华民族自强不息的民族精神。

这部小说是献给我母亲的。父亲死时,我们姐弟六个还小,大姐最大十三岁,最小的弟弟还不满周岁,上头还有一个年届七旬的爷爷,一家八口全靠母亲一个人养活。为了多干活,多挣工分,母亲从妇女队伍中走了出来,天天跟男劳力一块干活。母亲犁地耙地,暴土扬场,和泥脱坯,挖河盖房，凡是男劳力干的活，我们的母亲都一点不落地跟着干。在秋天的雨季，母亲要冒着雨到地里出红薯。不出红薯全村人就没吃的。出完红薯回家，母亲全身的衣服都湿透了，身上滚的全是泥巴。在大雪飘飘的冬天，妇女们都不出工了，在家里做针线活。这时母亲要和男劳力一起往麦地里抬雪。初春队里的草不够牲口吃，母亲要下到冰冷的河水里，为牲口捞水草。母亲所受的苦累和委屈，一想起来就让我这个当儿子的痛彻心扉。我对两个姐姐和弟弟妹妹说过，我一定要写写母亲。可我的小说还没写出来，苦命的母亲已于2003年3月5日去世了。母亲再也看不到我的小说了，这只能让我更加痛心。

关于母亲，还有一个大些的说法，我们愿意把祖国也说成是我们的母亲，那么我把这部小说也同时献给祖国母亲。伟大的祖国母亲，请您收下吧！ 您愿意收下吗？

妹妹

我妹妹不识字，她一天学都没上过。

我们姐弟六个，活下来五个。大姐、二姐各上过三年学。我上过九年学。弟弟上了大学。只有我妹妹从未踏过学校的门口。

不管是男孩子，还是女孩子，我们姐弟都很喜欢读书。比如我二姐，她比我大两岁。因村里办学晚了，二姐与我在同一个班，同一个年级。二姐学习成绩很好，在班里数一数二。1960年夏天，我父亲病逝后，母亲就不让二姐再上学了。那天正吃午饭，二姐一听说不让她上学，连饭也不吃了，放下饭碗就要到学校里去。母亲抓住她，不让她去。她使劲往外挣。母亲就打她。二姐不服，哭的声音很大，还躺在地上打滚儿。母亲的火气上来了，抓过一只笤帚疙瘩，打二姐打得更厉害。与我家同住在一个院的堂婶儿看不过去，说哪有这样打孩子的，要母亲别打了。母亲这才说了她的难处，母亲说，几个孩子嘴都顾不住，能挣个活命就不错了，哪能都上学呢！母亲也哭了。见母亲一哭，二姐没有再坚持去上学，她又哭了一会儿，爬起来到地里去薅草。从那天起，二姐就失学了。

我很庆幸，母亲没有说不让我继续上学。

妹妹比我小三岁。在二姐失学的时候，妹妹也到了上学的年龄。母亲没有让我妹妹去上学，妹妹自己好像也从没提出过上学的要求。我们全家似乎都把妹妹该上学的事忘记了。妹妹当时的任务是看管我们的小弟弟。小弟弟有残疾，是个罗锅腰。我嫌他太难看，放学后，或星期天，我从不愿意带他玩儿。他特别希望跟我这个当哥哥的出去玩儿，我不带他，他就大哭。他哭我也不管，只管甩下他，跑走了。他只会在地上爬，不会站起来走，反正他追不上我。一跑到院子门口，我就躲到墙角后面观察他，等他觉得没希望了，哭得不那么厉害了，我才悄悄溜走。平日里，都是我妹妹带他玩儿。妹妹让小弟弟搂紧她的脖子，她双手托着小弟弟的两条腿，把小弟弟背到这家，背到那家。她用泥巴给小弟弟捏小黄狗，用高粱篾子给小弟弟编花喜鹊，还把小弟弟的头发朝上扎起来，再绑上一朵石榴花。有时她还背着小弟弟到田野里去，走得很远，带小弟弟去看满坡地的麦子。妹妹从来不嫌弃小弟弟长得难看，谁要是指出小弟弟是个罗锅腰，妹妹就跟人家生气。

妹妹还会捉鱼。她用竹篮子在水塘里捉些小鱼儿，炒熟了给小弟弟吃。那时我们家吃不起油，妹妹炒鱼时只能放一点盐。我闻到炒熟的小鱼儿很香，也想吃。我骗小弟弟，说替他拿着小鱼儿，他吃一个，我就给他发一个。结果有一半小鱼儿跑到我肚子里去了，小弟弟再伸手跟我要，就没有了。小弟弟突然病死后，我想起了这件事，觉得非常痛心，非常对不起小弟弟。于是我狠哭狠哭，哭得浑身抽搐，四肢麻木，几乎昏死过去。母亲赶紧找来一个老先生，让人家给我扎了几针，放出几滴血，我才缓过来了。

我妹妹下面还有一个弟弟，是我们的二弟弟。二弟弟到了上学年龄，母亲按时让他上学去了。这时候，母亲仍没有让妹妹去上学。妹妹没有跟二弟弟攀比，似乎也没有什么怨言，每天照样下地薅草，拾柴，放羊。大姐二姐都在生产队里干活儿，挣工分。妹妹还小，队里不让她挣工分，她只能给家里干些放羊拾柴的小活儿。我们家做饭烧的柴草，多半是妹妹拾来的。妹妹一天接一天地把小羊放大了，母亲把羊牵到集上卖掉，换来的钱一半给我和二弟弟交了学费，另一半买了一只小猪娃。这些情况我当时并不完全知道。妹妹每天下地，我每天上学，我们很少在一起。中午我回家吃饭，往往看见妹妹背着一大筐青草从地里回来。我们家养猪很少喂粮食，都是给猪喂青草。妹妹每天至少要给猪薅两大筐青草，才能把猪喂饱。妹妹的脸晒得通红，头发辫子毛茸茸的，汗水浸湿了打着补丁的衣衫。我对妹妹不是很关心，看见她跟没看见她差不多，很少跟她说话。妹妹每天薅草，喂猪，我当时没觉得有什么不正常。至于家里让谁上学，不让谁上学，那是母亲的事，不是我的事。

妹妹是很聪明的，学东西很快，记性也好。我们村有一个老奶奶，会唱不少小曲儿。下雨天或下雪天，妹妹到老奶奶家去听小曲儿，听几遍就把小曲儿学会了。妹妹唱得声音颤颤的，虽说有点胆怯，却比老奶奶唱得还要好听许多。我们在学校里唱的歌，妹妹也会唱。我想一定是我们在教室里学唱歌时，被妹妹听到了。我们的教室是土坯房，房四周裂着不少缝子，一唱歌传出很远。妹妹也许正在教室后面的坑边薅草，她一听唱歌就被吸引住了。妹妹不是学生，没有资格进教室，她就跟着墙缝子里冒出来的歌声学。不然的话，妹妹不会那么快就把我们刚学会的歌也学会了。我敢说，妹妹要是上学的话，肯定是一个好学生，学习成绩一定很好，在班里不能拿第一名，也能拿第二名。可惜得很，妹妹一直没得到上学的机会。

我考上镇里的中学后，就开始住校，每星期只回家一次。我星期六下午回家，星期天下午按时返校。我回家一般也不干活儿，主要目的是回家拿吃的。母亲为我准备下够一星期吃的红薯和红薯片子磨成的面，我带上就走了。秋季的一个星期天，我又该往学校背面了，可家里一点面也没有了。夏季分的粮食吃完了，秋季的庄稼还没完全成熟，怎么办呢？我还要到学校上晚自习，就怏怏不乐地走了。我头天晚上没吃饭，第二天早上也没吃东西，饿着肚子坚持上课。那天下着小雨，秋风吹得窗外的杨树叶子哗哗响，我身上一阵阵发冷。上完第二节课，课间休息时，同学们都出去了，我一个人在教室里待着。有个同学在外面告诉我，有人找我。我出去一看，是妹妹来了。她靠在一棵树后，很胆怯的样子。妹妹的衣服被雨淋湿了，打缕的头发沾在她的额头上。她从怀里掏出一个黑毛巾包递给我。我认出这是母亲天天戴的头巾。里面包的是几块红薯，红薯还热乎着，冒着微微的白汽。妹妹说，这是母亲从自留地里扒的，红薯还没长开个儿，扒了好几棵才这么多。我饿急了，拿过红薯就吃，噎得我胸口直疼。事后知道，妹妹冒着雨在外面整整等了我一个课时。她以前从未来过我们学校，见很大的校园里绿树成荫，鸦雀无声，一排排教室里正在上课，就躲在一棵树后，不敢问，也不敢走动。她又怕我饿得受不住，急得都快哭了。直到下课，有同学问她，她才说是找我。

后来我到外地参加工作后，给大姐、二姐都写过信，就是没给妹妹写过信。妹妹不识字，给她写信她也不会看。这时我才想到，妹妹也该上学的，哪怕像两个姐姐那样，只上几年学也好呀。妹妹出嫁后，有一次回家问我母亲，她小时候为什么不让她上学。妹妹一定是遇到了不识字的难处，才向母亲问这个话。母亲把这话告诉我了，意思是埋怨妹妹不该翻旧账。我听后，一下子觉得十分伤感。我觉得这不是母亲的责任，是我这个长子长兄的责任。母亲一心供我上学，就没能力供妹妹上学了。实际上是我剥夺了妹妹上学的权利，或者说是妹妹为我做出了牺牲。牺牲的结果，我妹妹一辈子都是一个睁眼瞎啊！

在单位，一听说为“希望工程”捐款，我就争取多捐。因为我想起了我妹妹，想到还有不少女孩子像小时候的我妹妹一样，因家庭困难而上不起学。有一年春天，我到陕西一家贫困矿工家里采访。这家有一个正上小学六年级的女孩子，还是班长和少先队的大队长。我刚跟女孩子的母亲说了几句话，女孩子就扭过脸去哭起来。因为女孩子的父亲因意外事故死去了，家里为她交不起学费，女孩子正面临失学的危险。女孩子最害怕的就是不让她继续上学。这种情况让我马上想到了我二姐，还有我妹妹。我的眼泪哗哗地流，哽咽得说不成话，采访也进行不下去。我掏出一点钱，给女孩子的母亲，让她给女孩子交学费，千万别让女孩子失学。

我想过，给“希望工程”捐款也好，替别的女孩子交学费也好，都不能给我妹妹弥补什么。可是，我有什么办法呢？

一双翻毛皮鞋

母亲到矿区帮我们看孩子,老家只有我弟弟一个人在家。弟弟当时正在镇上的中学读高中,吃在学校,住在学校,每星期只有星期天才回家一次。以前弟弟回家时,都是母亲给他做饭吃。母亲不在家,弟弟只好自己生火烧锅,自己做饭。那是1975年,母亲秋天到矿区,直到第二年麦收之后才回老家。也就是说,连当年的春节,都是弟弟一个人度过的。过春节讲究红火热闹,合家团圆。而那一年,我们家是冷清的,我弟弟的春节是过得孤苦的。这一点是我后来才想到的。当时,我并没有多想弟弟一个人的春节该怎么过,好像把远在家乡的弟弟给忘记了。

弟弟也是母亲的儿子,母亲对儿子肯定是牵挂的。可是,母亲并没有把牵挂挂在嘴上,过春节期间,我没听见母亲念叨我弟弟,她对我弟弟的牵挂是默默地牵挂。直到临回老家的前一天,母亲才对我提出,要把我的一双翻毛皮鞋捎回家给我弟弟穿一穿。母亲出来七八个月,她要回家了,我这个当哥哥的,应该给弟弟买一点什么东西捎回去。我父亲下世早,弟弟几乎没得到过什么父爱,我应该给弟弟一些关爱。然而我连一分钱的东西都没想起给弟弟买。在这种情况下,我母亲提出把我的翻毛皮鞋捎给弟弟穿,我当然没有任何理由不同意。那是矿上发的劳动保护用品,看上去笨重得很,我只在天寒地冻的时节才穿,天一暖就不穿了。我从床下找出那双落满灰尘、皮子已经老化得发硬的皮鞋,交给了母亲。

我弟弟学习成绩很好,是他所在班的班长。我后来还听说,那个班至少有两个女同学爱着我弟弟。弟弟的同学大概都知道,他们班长的哥哥在外边当煤矿工人,是挣工资的人。因我没给弟弟买过什么东西,他的穿戴与别的同学没什么区别,一点儿都不显优越。母亲把翻毛皮鞋捎回去就好了,弟弟穿上皮鞋在校园里一走,一定会给弟弟提不少精神。弟弟的同学们也会注意到弟弟脚上的皮鞋,他们对弟弟的羡慕可想而知。

让我一辈子都不能原谅自己的是,这年秋天,一位老乡回家探亲前找到我,问我有没有什么事托付给他。我想了想,让他把我的翻毛皮鞋捎回来。话一出口,我就觉得有些不妥,母亲既然把皮鞋带给了弟弟,我怎么能再要回来呢!当然,我至少可以找出两种理由为自己开脱。比如:因我小时候在老家被冻烂过脚后跟,以后每年冬天脚后跟都会被冻烂。我当上工人后,拿我的劳保用品深筒胶靴与别的工种的工友换了同是劳保用品的翻毛皮鞋,并穿上妻子给我织的厚厚的毛线袜子,脚后跟才没有再冻烂过。再比如:那时我们夫妻俩的工资加起来还不到七十元,都是这月望着下月的工资过生活,根本没有能力省出钱来去买一双新的翻毛皮鞋。尽管如此,我还是有些后悔,一双旧皮鞋都舍不得留给弟弟,是不是太过分了,这哪是一个当哥哥的应有的道理!我心里悄悄想,也许母亲会生气,拒绝把皮鞋捎回来。也许弟弟已经把皮鞋穿坏了,使皮鞋失去了往回捎的价值。老乡回老家后,我不但不希望老乡把皮鞋捎回来,倒希望他最好空手而归。

十几天后,老乡从老家回来了,他把那双刷得干干净净的翻毛皮鞋捎了回来。接过皮鞋,我心里一沉,没敢多问什么,就把皮鞋收了起来。从那以后,那双翻毛皮鞋我再也没有穿过。

我兄弟姐妹六人,最小的弟弟七岁病死,还有五人。在我年少和年轻的时候,朦胧觉得孩子是父母的孩子,只有父母才对孩子负有责任,而兄弟姐妹之间是没有责任的,谁都不用管谁。随着年龄的增长,我才认识到了,一奶同胞的兄弟姐妹,因血脉相连,亲情相连,彼此之间也是负有责任的,应当互相关心、互相照顾才是。回过头看,在翻毛皮鞋的事情上,我对弟弟是愧悔的。时间愈久,愧悔愈重。时过境迁,现在大家都不穿翻毛皮鞋了,就算我现在给弟弟买上一千双翻毛皮鞋,也弥补不了我的愧悔之情。我应该对弟弟说出我的愧悔。作为弟弟的长兄,因碍着面子,我迟迟没有说出。那么,我对母亲说出来,请求母亲的原谅总可以吧。可是,还没等我把愧悔的话说出来,母亲就下世了。每念及此,我眼里就充满了泪水。有时半夜醒来,我突然就想起那双翻毛皮鞋的事,难受得好一会儿无法入睡。现在我把我的愧悔对天下人说出来了,心里才稍稍觉得好受些。

辑六 序言精粹

自然的感召

散文的资源在哪里？在历史中？在书本上？还是在时尚的话语里？最近集中读了徐迅的诸多散文，给我的感觉，散文的资源不是在那些地方，而主要是在山川、河流、土地、天空等自然界，也是在作者的心里。

每个人都有自己的童年时代和生长环境，都离不开自然的滋养。换句话说，你从小喝了哪儿的水，吃了哪儿的粮，呼吸了哪个地方的空气，你记忆的血液里就长期流淌着那个地方的因子，就一辈子与那个生你养你的地方有着割舍不开的情愫。作为一个写作者，你要尊重自己的记忆和情感，要顺其自然，拿起笔来，你当然会写到故乡的一切。写着写着，你就会两眼发潮，不能自已。徐迅也是一样。在徐迅的一篇重要散文《皖河散记》里，他以家乡的皖河为贯穿全篇的主线，目光所及，层层铺展，从水中到岸上，从田地到家园，从近郭到远山，写了大面积的自然景观。在桃花汛的时节，岸边的村庄湿淋淋的，乌瓦白墙显得格外分明。垂柳在塘面点水，野花野草向村里漫延，成群的麻鸭船队一样从夹岸的桃花影里游过。这时候，乡亲们头戴斗笠，身穿蓑衣，肩扛锄头，总愿意在田埂上走一走。而小孩子们则赤了脚丫，喜欢到田沟的泥巴里翻泥鳅，扒黄鳝。深秋，随着天气渐冷，一种大朵的花儿开放了，皖河两岸，遍地银白。那不是菊花，也不是别的什么花，而是棉花。在徐迅的眼里，棉花是一种最富有人情味的花。他给棉花的命名是温暖的花朵。不变的是映在河底的山的倒影，那山是直插云霄的著名的天柱山。烟雨迷蒙，河面上潮濡濡的。黄莺、燕子、水鸟低低飞翔。竹梢树梢向河里滴水。有人伸着长竿在河边垂钓。无数珠状水滴把山的倒影打碎，复合；又打碎，又复合……水有多长，山有多远，水有多深，山有多高。

徐迅不是只描摹自然的物象，他把每一种物象都看成一种有生命的东西，甚至是当成人物来抒写，赋予自然景观以人格的魅力。也因此，徐迅写到一草一木，一砖一石，动用的都是真实饱满的感情。“在娘家青枝绿叶，到婆家面黄肌瘦。不提倒也罢了，一提起眼泪汪汪。”读到这几句，我以为徐迅写的是皖河岸边女儿家的命运，不由得心里一动。是的，这样来概括女儿家的命运，已经足以让人生出许多联想，已经够动人心肠的了。接着往下面读，我才知道，徐迅写的是流传在他们家乡的一则谜语，这则谜语的谜底是在河里撑船用的竹篙。徐迅的故乡在南方，他们那里的竹子是很多的。他在一篇长河一样的散文里，专列一章，以“绿竹婆娑”为题写到家乡的竹。哪里有一汪绿，哪里就有一大片竹林，其中有翠竹、水竹，也有斑竹。水竹居多，这种竹子的特点是枝干细长，骨节突出，每一支竹叶都是一字上面顶个人的个字。而竹篙大都是由斑竹制成的。当我知道“一提起眼泪汪汪”的并不是女儿家，而是作了竹篙的“斑竹一支千滴泪”的斑竹时，我心里热浪一扑，眼睛几乎湿了。试想想，不管是出了嫁的女儿，还是远在他乡的游子，一提起根之所系的娘家，一提生他养他的土地，哪一个能不情感大动，眼泪蒙蒙！一则关于竹篙的谜语，用词那么贴切，那么朴素，用情是又那么深邃，她看似对斑竹的感叹，其实是对人生的感叹，这感叹里寄托着人们对命运遭际的多少无奈和情思啊！

在散文作品里，徐迅多次写到树，这定是出于对树的热爱。树是自然的神经，也是自然的触角，对于自然的消长枯荣，作为自然的一部分，树有着相当的敏感。徐迅也不止一次地把自己比作一棵树，一棵孤立无援的树。其实人类的生成与树木的生成一样，也是万千自然现象之一种。只不过树木对母体是依赖的，对岗位是坚守的，对自然是亲近的。而长了双腿双足的人，难免移动，难免漂泊。徐迅从家乡走出来了，到了县城，又到了京城。他把自己说成是家乡那个村庄那块土地的叛逆者。敢于承认自己是个叛逆者，这本身就隐含着对家乡的眷恋之情和回归之意。据我所知，这多年来，徐迅离开妻子和孩子，离开自己温暖的家，一个人在北京生活，是很不容易的。自己洗衣服，有时自己做饭，这且不说，在秋雨绵绵和大雪纷飞的夜晚，他还要一个人独处斗室，那种孤独的心境是可以想见的。对于这种生活的选择，徐迅是自觉的。他离开家乡的自然，是为了亲近更多的自然，是为了在更大范围的自然界汲取生命和心灵的营养。我见他在《坛根笔记》里写了北方的雨，写了窗外的银杏树，这说明他已经有了新的收获。更重要的是，他只有离开家乡的土地，只有与那块土地拉开距离，才能进行回望，才能形成回忆和思念，并对家乡的一切进行美学意义上的观照。同时，他接触的自然多了，眼界开阔了，才能形成比较，才能看出家乡自然的特点。应该说徐迅付出了代价，也得到了回报。他对自然感恩，读者也向他感谢。他的获得首届老舍散文奖的作品《一个人的河流》，就是明证。这篇散文写一个名不见经传的外乡人，一个偶然的机会，为皖河和天柱山所吸引，抛家舍业，孤身一人把自己交给皖河和天柱山。他拿出自己的积蓄不算，还到处化缘给皖河修桥，给天柱山修路，铺石阶，还创办学校，撰写山志，为牺牲在皖河的抗日将士们修建陵园等等。他叫乌以风，是山东人，曾就读于北京国立大学哲学系。他本可以做官，本可以在繁华之地过优裕的生活，可他却投入自然的怀抱，一直到老，到死。皖河是出过许多名人的，如陈独秀、邓石如、朱光潜、张恨水、严凤英等等。但外来的人义无反顾地献身皖河，更显示出这一块自然之地的独特魅力、巨大感召力和生生不息的真理性自然法则。

有自然在，我们每个人都不愁找不到自己，也不愁自己没有归宿。徐迅，你说是不是这样？

（本文为徐迅散文集《一个人的河流》所作的序言）

一粒情种

这篇序言的题目不是我起的，她出自肖峰的新结诗集《神圣的煤》里的一句诗。这句诗有些跳脱，还有那么一点天真和调皮，我捧读厚厚的诗集时，她一下子就跳进我的眼里，并进入我的心里，让我记住了她。有情，又有种，而且谦虚地用一粒作为情种的衡量单位，这是多么美好的意象！我以为，用她来概括肖峰的诗，诠释肖峰的诗，应该是合适的。

我们愿意写点东西，不是为了解决社会上的问题，是为了解决自己的问题，以安顿好自己，给自己的灵魂找一个去处。不是别人要我们写，而是我们自己要写。也就是说，推动我们写作的力量不是来自外部，而是来自内部，来自我们自己的心灵。那么，来自内部的真正动力又是什么呢？主要不是来自思想，不是来自推理，不是来自逻辑，是来自情感。在个人的生命过程中，有一些人和一些事情感动了我们，或对我们的情感造成了比较强烈的冲击，我们不吐不快，不写出来觉得对不起自己，于是就拿起了笔。发乎情，止乎礼，古今中外的优秀作品都是如此。这里，礼指的不仅是礼仪，不仅是秩序，更是一种智性和理性。我们有了情感上的冲动，用智性加以整理，给它一条思路，引导情感从此岸到彼岸，才写成了作品。这个作品的基础和诱发因素还是情感，在整个审美过程中，情感之美是核心之美。肖峰的诗作都是从情感出发，从情感升华，一步一步走进情感的深处。

这部诗集的大部分篇章，肖峰都是以煤作为审美和书写对象。他怀着敬畏之心和感恩之心，对煤追溯求源，进行深究。煤值得深究，也经得起深究。深究的结果，肖峰知道了，煤的历史是很久远的，比人类的历史久远得多。煤是大有根底的，它的根扎得很深很深，一直扎到地球的腹部。煤是有生命的，她是多样性原始生物的复合体，是生命的结晶。所以，肖峰把煤人格化了，在诗人笔下，煤有血有肉，有坚强的骨骼，有昂扬的头颅。肖峰把人类的许多美好品质都赋予了煤。同时，肖峰一再拿煤比喻矿工，在肖峰的心目中，煤的皮肤就是矿工的皮肤，煤的性格就是矿工的性格，煤的精神就是矿工的精神，他们都是火与光的精灵，都是太阳神的子孙，都是光明与温暖的使者。肖峰对煤爱之切，把煤比喻成矿工还不够，进而把煤比喻成女性，比喻成少女，说一层闪光的煤，宛若一群青春的妹妹，那含情的眼神，惹人心动。心上的妹妹啊，请允许我把心底的爱汇成力量，把眼中的情化作微笑，以独特的方式表达爱情。肖峰对煤极尽赞美之能事，干脆把煤比成他的恋人。然而，拿什么更美的语言献给煤呢？用什么更绝妙的手段讨得煤的欢喜呢？只有一头扎进大山深处，扎进煤的怀抱，与煤融成一体，并化成一炉炉火焰，在天地间发扬光大。

写到这里，肖峰还怎么写煤呢？还能写出什么景呢？他没有停止挖掘，没有停止思索，以致超越了煤的物质性和一般的精神性，写出了煤的神性。开卷第一篇，就是《神圣的煤》。整部诗集也是以这篇诗作命名，可见他对这篇诗作的喜爱。这篇诗写得大气磅礴，又用心深沉，堪称力作。何谓神性，也就是灵魂性。肖峰认为，煤是有灵魂的，是有精神追求的。煤不仅是一种存在，而且存在得有意义，甚至带有广义的宗教性。煤既然是神圣的，我们就要对煤怀有敬畏之心，让我们的灵魂和煤的灵魂一起飞升。

综上所述，煤的一切精神品质显然是我们的诗人赋予她的。因为诗人有了精神追求，煤才焕发出精神的光辉。序言的最后，请允许我引用肖峰的几句诗作为结尾：如果我是一粒情种，你是一片热土，投身于你，千年万年之后，我便是一块乌金，一首黑得发光的诗篇。

（本文为肖峰诗集《神圣的煤》所作的序言）

不懈的精神追求

徐州矿务集团公司作家的《喊煤海》文学丛书就要出版了，作为煤矿作者队伍中的一个老作者，我对丛书的出版表示由衷的祝贺，并向徐矿作家群表达由来已久的敬意！如果我没记错的话，在全国煤矿，徐矿作家文学丛书，是继涟邵矿务局作家丛书、平庄煤业集团公司作家丛书、鹤壁煤业集团公司作家丛书之后的又一套阵容强大、品种齐全的作家丛书。一层层煤构成了煤海，一朵朵花攒成了百花。徐矿作家文学丛书的出版，是徐矿作家多年来创作成果的丰厚积累，也是对徐矿作家创作实力的集中展示。这对徐矿集团，乃至全国煤矿文学界，都是一桩值得铭记的美事。

我和徐矿作家群的大部分骨干作者差不多是同龄人，我们在文学创作的道路上几乎同时起步。因一个煤字相连，加之我以前长期在煤炭报副刊做编辑工作，养成了关注煤矿作者的习惯，所以只要发现他们的作品，我都要看一看。每看到他们有好的作品问世，我都为之欣喜。几十年过去，煤炭工业沉沉浮浮，走过了一条并不平坦的路。在此期间，煤矿作者有的离去了，有的搁笔了，有的为生计所累，面露无奈之色，整个煤矿文学创作给人以风疏星稀之感。在这种情况下，有一段时间看不到徐矿作家的作品，我不无疑虑地想，这帮哥们儿是不是也不写了呢？是不是也放弃了文学创作呢？然而事实表明，我的疑虑是多余的。忽一日，我看到了徐矿作家新发表的作品。又忽一日，我又看到了徐矿作家的作品在刊物上赫然登出。如果他们的作品发在地方刊物上，我不一定看得到。他们的作品是发表在北京在全国有着广泛影响的文学刊物上，我很快就看到了。他们的作品一经发表,就受到了好评,赢得了读者的喜爱。由此我知道了,不管风怎么变,云怎么变,徐矿作家追求精神高度的志向没有变。写作,是内心的需要,是写作者的尊严所在。在物质主义泛滥的时代,他们不容许自己的精神处在平庸的状态。通过持续写作,他们提升了自己的精神品位,维护了写作者的尊严。作家是精神自治者。通过精神创造,他们满足了自己的心灵需求,有效地安顿了自己的灵魂。一个人要对别人和社会有价值,首先他自己必须有价值。徐矿的作家们在实现自己人生价值的同时,也实现了对他人、对企业和对社会的价值。

我注意到,不论是小说、散文,还是诗歌、报告文学等文学体裁,徐矿作家所写的大都是矿工生活。他们从人生经验和生命感悟出发,忠实于自己的所感所思,都是文学创作上的诚实劳动者。他们或挖过煤,或搞过掘进,大都在煤窝里滚过爬过。他们深知,没有哪一种生活比矿工的生活更深刻。这种深刻体现在矿工要穿越大地,穿越黑暗,一点一点向地下的世界掘进。头顶那光明的矿灯,就是矿工的心灵。这种深刻还体现在采矿是危险的工作,矿工要越过死亡,甚至要越过一个个亡灵,在大地的深处才能采到火种。他们每天的旅途是往下走,精神是往上升。最深即是最高。徐矿作家抒写矿工的生活,其实也是在写自己。利用文学的神奇机制,他们把自己的故事当作所有人的故事展现出来,也把别人的故事当成自己的故事来写。正是在自己和矿工的结合上,他们不断丰富着创作资源,创造出一个又一个心灵世界,并代表矿工实现了精神上的超越。

新时期以来,各种文学思潮纷至沓来,一会儿东,一会儿西,一波未平,一波又起。徐矿作家的创作心态是沉稳的,他们没有跟风,没有随波逐流,没有左右摇摆。有人做花活儿,有人卖水货,有人搞荒诞,有人玩儿魔幻,而徐矿作家扎扎实实,走的是现实主义的路子。他们只写自己所感受到的东西,创作是及物的,每一个细节都真实可信,充盈着饱满的情感。徐矿作家群是有责任感的作家群体,他们视文学是具有社会影响力的精神现象,注重文学的伦理精神和道德关怀。但他们的创作与狭隘的功利主义无关,超越个人得失的精神追求远远大于名利对他们的吸引。我没有听说徐矿的作家向别人拉精神赞助,更没有见到他们炒作自己。他们宁可寂寞,也要坚守文学的立场和作家的情操。我一开始说愿意向他表达由来已久的敬意，主要就是从这个意义上说的。

这一切源于徐矿作家整体性的自信。他们的自信来自徐州这块文化底蕴丰厚的土地。中华文化博大精深，源远流长。他们坚信，只有向民族文化、民间文化学习，注意借鉴传统经典，才能写出具有中国气派和民族特色的作品来。他们的自信来自内心的强大和坚毅。他们相信自己的眼睛、良知和艺术判断，在他们所创造的艺术世界里，作者才是一切一切的主宰。同时，从徐矿走出的优秀诗人和优秀小说家，也从心理上支持着他们的自信。自信，是一切信仰的心理基础，也是成熟作家的必备条件之一。我有理由相信，以《喊煤海》这套丛书为新的起点，徐矿作家一定会写出更多更好的作品。

激情满怀

云的激情来了,可以下起倾盆大雨。雨的激情来了,可以下得遍地汪洋。风的激情来了,可以吹得浩浩荡荡,摧枯拉朽。雷的激情来了,可以炸得满世界隆隆作响。

人的激情上来了会怎么样呢?或开怀大笑,或暴跳如雷,或引吭高歌,或痛哭失声,或举杯邀明月,或仰天啸长空。激情,是一种激动的感情,强烈的感情,也是一种深刻的感情。

我以为陈小雷就是一个富有激情的人。一个人的性情会有多重性,就我对小雷的印象而言,我坚持认为,翻滚的激情是小雷性情中重要的、突出的一重。

我和小雷曾长期在煤炭系统工作,并一起供职于煤炭报社多年,与小雷接触和交往的机会多一些,知道小雷的激情如含有松油的干柴,如燃点极低的优质煤炭,一经点燃,即熊熊燃烧。有时点燃他激情的是酒。小雷喝酒从不捏着端着,一喝就很干脆,很痛快。几杯酒下肚,小雷的话就多起来了,嗓门也大起来了,满场子都能听到他的声音,称得上热血沸腾,激情四溢。1996年春,我们去扬州参加一个创作会议,回头小雷寄给我一张照片。照片是在酒桌上照的,小雷夹在我和孙少山中间,他弯着腰,伸着脑袋,双臂分别揽着我和孙少山的肩。好笑的是小雷的脸,他的脸超乎想象的红,红得像涂了一层油彩,又像一盏发亮的小灯笼,和平日的小雷判若两人。有时点燃他激情的是漂亮姑娘。有一次去新疆,途中小憩时,他眼睛一亮,被葡萄架下一个美丽的维吾尔姑娘给吸引住了,姑娘举手投足,一颦一笑，都让小雷血流加快，有些不能自已。他拿起相机，对人家左照右照不算，还热情地跟人家交谈，并留下了姑娘的联系地址。我那时还在煤炭报副刊当编辑，小雷很快给我写来了一篇散文，题目是《哦，奥依古丽》。在散文中，小雷对奥依古丽纯真的美极尽赞叹之能事，还对人家对外面世界的向往表达了深切的同情和理解。有时点燃他激情的是大自然的景观。漫天大雪，涛涛林海，茫茫草原，静静的月夜，都能使小雷顷刻间心潮澎湃。当然，更多的激起小雷感情波澜的还是当今的一些社会现象，这些现象有正面的，也有负面的。上个世纪的九十年代末和新世纪初，是全国煤矿较为困难的时期，好多矿工的生活难以为继。小雷每每跟我谈起困难矿工家庭生活的一些细节，都情绪激动，以致眼眶里盈满泪水。他曾经邀我到吉林的一些煤矿去看看，反映一下矿工艰难的生存状态。因我到更为困难的陕西蒲白煤矿去了，就没有到吉林和小雷一块儿下煤矿采访。这是我的一件憾事。

像小雷这样激情充沛的人，合该去当诗人，当歌唱家，当作家，不然的话，他满腹的情感怎么抒发？涌动的激情怎样宣泄？幸好，小雷拿起了笔，早就拿起了笔，做好本职工作之余，他写诗，写电视剧，写散文，也写小说。他已经出过一本散文集《生活的位置》，我给他作序的这本书是他的第二部作品集，叫《生命的河流》。我说了小雷是个富有激情的人，这在他的作品集里可以得到充分印证，我甚至可以作出这样的判断，小雷的每一篇作品都是有感而发，都是激情使然，都有着饱满充盈的真情含量。如《吹口琴的铁匠和他的俄罗斯母亲》这篇作品，是记述他少年时代所目睹的一些往人往事。在大兴安岭一个大雪纷飞的圣诞节之夜，爸爸带他到大个子铁匠夏大爷家参加酒会。铁匠的母亲是一位蓝眼睛的、七十多岁的俄罗斯老太太，人称夏奶奶。酒会进入高潮之际，随着铁匠的口琴响起欢快、优美的旋律，夏奶奶一撩她的紫红色长裙，来到场地中央，接着一个潇洒的亮相，便挺胸展臂，轻盈地舞动起来。激情在闪光，生命在张扬，青春和活力似乎又回到夏奶奶身上，她舞得越来越快，把裙子旋转得像盛开的花朵。此时，夏奶奶的中国儿子夏大爷也吹着口琴跳到场地中央，手拉母亲共同舞蹈。被热烈气氛所感染的人们无不欣喜若狂，一起拍手敲碟打着节拍，喊着叫着为夏家母子欢呼雀跃。可以想见，在偏僻的小山村，那年才十来岁的小雷被那一幕高兴坏了，也感动坏了，以致事过多年叙述起来仍如身临其境，如见其形，如闻其声。小雷承认，夏大爷和他的俄罗斯母亲那最为人性化的生命的辉煌一瞬，对他后来乐观面对人生有很大影响，并对他的性格形成起到了一定的"点拨"作用。

满怀激情写作的人有一个共同的特点，那就是心到手到，不假掩饰，率性而为，直抒胸臆。小雷的写作也是如此。小雷写别人是这样，写到自己妻子时总该收敛一些吧？总该留有一些余地吧？小雷不，写到自己的妻子时，照样爱意浓浓，禁不住赞美，得意之情溢于言表。在这部作品集里，至少有两篇作品是以他的妻子作为审美对象的，一篇是《高原流水》，另一篇是《幸福高原》。至于小雷是怎样描绘他的和他一样同属蒙古族的爱妻的，这里就不转述了，给读者留一些悬念吧！

是的，小雷是蒙古人，他的血管里流淌的是蒙古人的血。蒙古人的遗传基因对小雷热情奔放的性格形成肯定有着先天性的作用。但大兴安岭和呼伦贝尔草原长时间作为小雷的生活、学习和工作环境，大自然的陶冶和洗礼对小雷的后天影响亦不可忽视。

也许有人会说，文武之道，一张一弛。写文章没有激情不行，激情发挥太过也不行，往往过犹不及。只有对自己的激情有所节制，写出的东西才更含蓄，更具分寸之美，才更值得回味。然而我觉得，如果对小雷过多的谈节制，就等于让小雷放弃自己的特色，陈小雷也许就不是陈小雷了。

愿小雷青春永驻，激情永驻。

（本文为陈小雷作品集《生命的河流》所作的序言。）

升华生命

郭安文有内视的能力，他在写诗时找到了自己。他把抒情对象和自己的人生结合起来，将生命的精华融进诗里，既提升了诗作的品位，又使自己的生命得到升华。

我一直认为，好的作家和诗人都是具有悲痛感的人，都是具有深度悲痛感的人，而且是能够表达深度悲痛感的人。他们悲痛，因为他们有自觉的生命意识，提前看到了生命的尽头，意识到了生命的宝贵、短暂和不可重复。苏轼的悲痛感无疑是深刻的。“暮云收尽溢清寒，银汉无声转玉盘。此生此夜不长好，明月明年何处看？”人生是一个未知数，同样一轮明月，今夜看得到，明年此时就不一定看得到了。这是何等的伤怀和无奈！曹雪芹的悲痛感更是无处不在，贯穿于《红楼梦》始终。“侬今葬花人笑痴，他年葬侬知是谁?一朝春尽红颜老，花落人亡两不知。”曹雪芹借少女林黛玉的葬花诗所表达的悲痛，正是全人类共有的悲痛啊！

问题是，当我们知道了人生不过是一场悲剧，我们该如何面对？是整天悲悲戚戚？还是盲目乐观？是纵欲放诞、醉生梦死？还是赋予生命以积极的意义，让有限的生命焕发出应有的光彩？读郭安文的诗，我觉出他的人生态度是向上的，他写出了生命的尊严与亮色。在郭安文的诗集里，有一首《一段柳木支柱的命运》。这首诗以深情的叙事手法，抒写了一段柳木支柱的生命过程。一棵柳树，生长于河岸。流动的河水里有鱼，鱼的鳞是桃红色的。河面上浮着白鹅，白鹅的一朵红顶，如一团小小的火，仿佛能照亮黑夜的眼睛。应当说，柳树所处的环境是美好的，青春之柳过的是无忧无虑的生活。然而柳树的命运发生了转折，一个偶然的日子，柳树被人砍伐，取其一段，运到矿井下面作了支柱。从此，柳木没有了鱼和水，没有了梦和鹅，也没有了星星和阳光，柳木固守在一个小小的点上，过的是黑夜复黑夜的寂寞生活。更为悲哀的是，后来煤采完了，人撤离了，而作为支柱的一段柳木却被遗弃在散发着腐朽气息的采空区里。这时郭安文怎么办？他是让柳木嗬嗬大哭，还是让柳木一点一点死去呢？郭安文接着写道："你是永远也回不了那条河了，只是你没有哭出声来。你紧紧地咬住下唇，吸吮着顶板的淋水和潮气，紧紧抓住大地的骨骼和筋脉，让纤细的枝干仍然倔强地长出一枝顶天立地的绿来。"我惊异于柳木所长出的绿，有了这绿，柳木的面貌大为改观，诗作也得到改观。诗人化腐朽为神奇，让柳木置之死地而后生，绿，正是这首诗的诗魂，也是诗人的灵魂所在。

每位诗人都有自己的诗精神。在我看来，这首诗里所传达出的精神就代表着郭安文的诗精神。

咏煤诗是郭安文这部诗集的重要组成部分，谈他的诗，不能不涉及到他的咏煤诗。世界上的物质千种万种，不是任何一种物质都可以入诗。而煤，仿佛天然与诗有一种投合的东西，仿佛蕴含着与生俱来的诗意，值得诗人反复吟咏。郭安文长期在煤矿工作和生活，是从煤矿成长起来的诗人。从他的诗里可以看出，他一定对煤久久地注视过，深深地探究过，细细地琢磨过，不然的话，他的咏煤诗不会写得如此深情而别致。以手拈煤，以目观煤，以心怀煤，郭安文思索得最多的还是煤的生与死和死与生的问题。不可否认，埋藏于地底的煤是一种化石，它证明着古树之死和恐龙时代的终结。可是，煤真的是一种死的状态吗？煤既然死了，她为何还有一腔的热血呢？为何还有满腹的热量呢？那么郭安文认为，煤的存在是另一种生存状态。在一首诗里，郭安文一连用了七个"有时候"来说明煤性的丰富性。煤是一种积累；一种爆发；一种生命的反击。煤是梅花菊花杏花；是杨树槐树柳树；是春天里藏在水底的阳光；是埋在心底的一个滚烫的故事。哦呀，这是一连串多么美好的意象！

诗人以他的诗心，表明煤的存在是生。而他不得不承认，煤的生是向死而生，煤一旦投入火炉，便很快化为灰烬。从这个意义上讲，煤从被采出，到被点燃，生命何其短暂！其实，人的生命何尝不是如此呢！宇宙永恒，天地无限。与宇宙天地相比，人的生命过程不过是短短的瞬间。如何把握有限的生命，并实现人生的价值，这是人类永远必须面对的问题。郭安文以煤喻人，给出的回答是：“认识了煤，就认识了由生存到燃烧再到升华的全部意义。”

追求完美

初秋，一个空气透明的周日午后，我收到吕秀芳的一条短信，说她在新出的《散文选刊》上看到了我的一篇散文。可巧，我也正在读她的散文集，便给她回了短信：“我也正在拜读秀芳的美文。”吕秀芳的散文的确有着美文的性质，一路读来，面前如鲜花遍地，满目明媚，既悦目，又悦心，得到的是美的享受。

吕秀芳有一篇散文叫《红棉袄》，写的是母亲为她缝制棉袄的事。红棉袄是年逾古稀的老母亲在去世前特意为她缝制的。袄面是母亲年轻时珍存下来的面料，经过几十年的岁月侵蚀，它的色彩和质地已无法与今天的绸料相比。但不知出于何种原因，母亲执意要用这块面料给她做棉袄。事后秀芳听她父亲讲，母亲一针一线，做得特别精心，一件棉袄做了半个多月才完成。母亲像是拼尽生命最后的能量一定要给女儿留下一样东西。吕秀芳把红棉袄视为牵系她和母亲的精神脐带，视为母爱的象征，心灵的栖息之所。她对红棉袄倍加珍惜，每年春秋两季总要把红棉袄拿出来晾晒，用红包袱皮包好，收藏起来。每当思乡和思念母亲之时，她便取出红棉袄看一看，摸一摸。抚摸着红棉袄，闻着棉袄里散发出的阳光的香味，她像是重新回到了母爱温暖的怀抱，孤苦的心似乎也有了皈依。吕秀芳还在散文里写过自己的父亲。父亲戎马一生，却儿女情长。有一次她回家探亲，年过八旬的父亲为接她硬是在寒风中站立了两个多小时，任谁劝他回家他都不听。见到秀芳时，父亲禁不住地流泪。但父亲羞于在女儿面前流泪似的，掩饰他把流泪说成是他的老毛病，一边用手帕擦眼泪，一边说：“老毛病又犯了，止不住，流一会儿就好了。”散文世界是情感世界。在这类散文里，吕秀芳主要写的是情感之美。

生命源于自然，吕秀芳对自然之美有着深度的热爱和相当的敏感。她喜欢听雨，喜欢观雪。她愿意站在高处遥望广阔的原野，愿意一个人静静地仰望星空。她对一花一草都充满好奇，对一鱼一虫都关怀备至。从平房院落搬到六层楼上，她曾因从此接不到地气而怅然若失；墙外空调外接管上不期然来了一对小鸟，她也曾为小精灵的到来骤起欢心。自然滋养了她，她用自己道法自然的散文回报了自然。

我们看世界，其实是在看细节。如果看不到细节，等于什么都没看到。我们写文章也是同样的道理，闪光和出彩的地方往往在于细节。吕秀芳深知细节对于散文写作的重要，她在不断地、自觉地捕捉细节之美。有一天午后，她在书桌后面坐下，铺开稿纸，正准备写东西，一只被她称为“灵魂的小数点”的小小蜘蛛爬过来了。蜘蛛爬过桌面，爬过稿纸，一直爬到她的左手上。小生命的造访一下子引起了她的注意和兴趣，她不写东西了，就那么把左手张开，竖起，一动不动地做成“五指山”的模样，任蜘蛛在她的手上爬上爬下，吐丝结网。因她观察得细致入微，细得像蜘蛛丝一样细，随后以蜘蛛为对象写成的散文，宛如用蛛丝织成一张网，网住了一系列活灵活现的细节。她充分调动自己的词汇库存，以“垂体旋转”“荡秋千”“高空作业”等拟人化的动词，展现了蜘蛛整个精彩劳动的过程。可以说吕秀芳的描绘比电视上动物世界的画面还具有现场感，和供人想象的空间。

我历来认为，不论写什么体裁的文学作品，都必须有思想参与。一个对现实生活没有思考的人，不可能写出有深度的让人回味的文章。我在吕秀芳的不少散文里也读到了思想之美。比如她在一棵盆栽的石榴树下发现了一株新生的石榴苗，为了让小苗得到更多的阳光和养分，她另取了一个花盆，把小苗移栽进去。她对小苗的呵护不可谓不精心，可由于这样那样的原因，小苗还是枯萎了。她顺手把花盆连同死去的小苗放到了窗外的阳台，等于把小苗“在视野和记忆中删除了”。然而，让她想不到的是，过了一段时间，小苗竟重新发出了嫩绿的新芽。小苗置之死地而后生，这让秀芳十分欣喜。如果散文写到这里收笔，虽然也算完整，但似乎还少点什么。秀芳最后感慨地对小苗说：“我放弃了你，可你自己没有放弃自己。”这句话读得心里一明，是呀，自救者人救，自助者人助，无论何种事物，重要的在于自己不放弃自己。正是这句点睛之笔，使文章焕发出哲思之美，并使文章的意境得到升华。

我还在秀芳的散文里读到了文学之美，人性之美，宁静之美，以及忧郁之美、伤怀之美等等。吕秀芳说她在追求完美。在追求完美的过程中，她的眼睛是发现美的眼睛，她的心是创造美的心。发现与创造相结合，她为读者奉献了一个个美的世界。吕秀芳是有潜质的作家，我们有理由期望她放开视野，走出情感自足的状态，写出更厚重，更有分量的作品。

自我开采

我有一部长篇小说，主要写煤矿上一个农民协议工的命运。我的老乡钱海山，刚到煤矿挖煤时也是一个农民协议工。小说主人公的命运是一场悲剧，好不惨然！而海山的命运比小说人物的命运好多了，可以说好到天上去了。海山不仅由农民协议工转成了国家正式工，还一步一步当上了宣传部的宣传干事，记者站的新闻记者，现如今还成了某文化公司的总经理，真是好生了得！这是因为，海山不仅会开采煤，还善于开采自己，不断挖掘自己的潜力。开采自己的说法不是我说的，是海山自己说的，他有一首诗的题目就叫《开采自己》。海山采煤用的是镐是锨，开采自己用的是一支笔。他开采煤是外向的，开采自己是内向的。可以说笔是海山手中的武器，他用笔为自己开辟出一条人生的道路。

海山曾对我讲过，他喜欢写信。他给人写的信打动过别人，曾两度在关键时刻使他的命运发生了转折。信的作用让海山对自己的信产生了自信。海山心里明白，所谓信的作用，其实是情感的力量，是文字的魅力，在于写信者必须有一颗诚实的心。不妨说，信与文学作品有诸多相通之处。很难说海山是在写信时发现了自己的文学天赋，还是有意识地在信中展示自己的文学才能，反正他就这样开始了他的文学创作。海山四面出击，既写报告文学、人物特写，也写散文和诗歌。他给我送来厚厚三大本子打印稿，加起来恐怕有一百多万字吧。

不瞒海山说，他写的报告文学我没有看。我认为这些年来报告文学这种体裁已经发生了变异，很难看到好的报告文学。我主张，判断一个作者的写作态度、思想水准和文字能力如何，还是先看看他的散文好一些。因为散文写作的规定性要求作者必须有真性情的参与，不能掖着藏着，更不能耍滑头，玩儿花活儿。我把海山的散文全部读完了，他的散文没让我失望。特别是他写父亲的两篇散文，和致儿子的一封长信，都给我留下了难忘的印象。在一篇《儿曾嫌父丑》的散文里，海山回忆说，因为他们家的家庭成分是地主，有一段时间，他对父亲非常抵触，甚至恨父亲，连父亲剃个光头他都反对。以致父亲在他面前变得缩手缩脚，跟他说话先要看他的脸色。在一个突然下起雨夹雪的寒冷日子，父亲到学校给上中学的他送棉衣，都不敢进他的教室。等别的同学纷纷穿上家长送的棉衣，并打起雨伞走出教室，他的父亲才从某个墙角后面转出来，给他送上棉衣。此前父亲一直在雨雪地里站着，胡须冻成了冰凌。然而，他不但拒绝穿父亲送的棉衣，还斥责了父亲，一头向雨雪地里跑去。父亲在后面追，他在前面跑，他就是不让父亲追上他。结果他被冻病了，当晚又是咳嗽，又是发烧。还是父亲抓药熬汤，给他发汗，才使他的病情有所缓解。回忆起这一幕，海山异常懊悔，悔不该那样对待自己的父亲。他总结道："父亲是一件粗布棉衣，实实在在，平平淡淡，但可以温暖人，温暖一个人的一生。"从这篇散文里可以看出，海山不仅在进行自我开采，他还像鲁迅先生说的那样，在进行自我解剖。人是需要有一些忏悔精神的，海山的这篇散文充满忏悔之意。

我和海山是真正的老乡，从我的村庄到他的村庄还不到十公里。海山写散文使用了一些我们那里的家乡话，读来让我感到亲切，同时对我也有启发。比如用石灰、黏土和稻壳子把鸡蛋裹起来做成的变蛋，我以前都写成了松花蛋，而海山写的是变蛋。两者相比，还是写成变蛋好一些。因为我们那里的变蛋多是用鸡蛋做成的，变成固体的鸡蛋青上并没有松花。再比如"抱屈"这个词，也是我们的家乡话，它是指一个人心中有委屈。这个词好在抱首先是一个动词，使用"抱屈"比使用委屈生动得多。这个词我也是在海山的散文里看到的。

海山在一篇散文里提到，我曾给他写过两句话，叫"认识自己，找到自己"。不会有错，因为这是我一贯的观点。一个有志于写作的人，如果不能认识自己，找到自己，写作就无从下手。可是，一个人要找到自己并不是很容易，一会儿是风，一会儿是雨，一会儿是云，一会儿是雾，我们一不小心就会处于自我迷失状态。如果连写作的主体都丢失了，我们的心思从哪儿出发呢？海山的人生经历是丰富的，可以挖掘的写作资源很多。在给海山的作品集写序之际，我愿意把这两句话再重一遍。海山若是静下心来，进一步认识自己，找到自己，他的作品有望写得更好一些。

常怀感恩之心

曾听一位老作家说过，想让作家感动不容易。作家做的就是让人感动的活儿，做来做去，已把自己的感情磨炼得很坚强。作家看别人写的东西，一般采取的是理性的态度，甚至是挑剔的目光。哪怕作家真的为一篇作品所感动，他的赞许也会很节制，能说一句还可以就算不错了。也许我还不算是一个作家，我与那位老作家的感觉和看法不大一样。我没把自己放那么高，读别人的作品时还是一个平常读者的心态，还是欣赏的目光。读到动人情肠的好作品，我不知不觉就感动起来，以致得到一次美好的情感历程。我对好作品的判断是感性的，无须多少条件。只要作品里包含的有真实的感情，感情又是独特的，质朴的，是从生命深处发出来的，这就够了，就足以引起我的共鸣。

近日，我读了侯志明的散文集《无家可归》。再过几天就是清明节，玉兰正在开放，柳树已经变绿，春光温馨而明丽。读志明写的母亲，我想到我母亲；读志明写的父亲，我想到我父亲；读志明回忆和妻子刚结婚时的困顿岁月，我眼前马上浮现起我和妻子刚结婚时住集体宿舍的那段日子，等等。刚读了前几篇，我就情感上涌，双眼一次又一次湿润。我抽出纸巾，搌搌眼泪，不由得给远在四川绵阳的志明打了一个电话。尽管打电话前我稍微平静了一下，我听见我的声音还是不大对劲。我没有对志明多说什么，只说正在读他的散文，他的散文写得挺感人的，真的挺让人感动的。

志明写的《我的母亲》里有这样一个细节。上高中时，他住在离家二十多里的学校里。有年夏天的一次，因家里没有按时把每月二十斤面交到学校，他被学校点名回家取面。他觉得很委屈，回家向母亲发了脾气，甚至说了家里根本不关心他的气话。母亲说那两天家里太忙，答应第二天就把面送去。第二天下午，患有风湿性关节炎的、瘦弱的母亲，冒着酷暑，走了二十多里土路，还涉过一条小河，把二十斤面送到了学校。志明记得，汗水湿透了母亲的衣衫，还斑斑驳驳地印在了面袋上。志明后来才知道，当时并非家里忙，而是没有一点粮食了，那二十斤面粉是母亲挨家挨户借了一个中午才凑够的。知道了真实情况后，志明痛上心来，陷入深深的自责。志明的父亲是一位矿工，下班后爱喝一点酒。有一次，还未上学的他，把父亲的半杯酒弄洒在炕桌上。父亲一见，急忙跳上炕，双膝跪着，手撑桌角，嘴贴桌面，把洒的酒吸进嘴里。这一幕让志明深感愧疚，并萌生了长大后要挣钱给父亲买酒喝的想法。就在这年过春节时，母亲给了他四元钱，让他去商店给自己买一双鞋和一双袜子，因为他的鞋袜早已烂得露了脚趾。然而他没有给自己买鞋袜，见别人在商店里争相买酒，他心里一动，便拿四元钱给父亲买了一瓶酒。他高高兴兴把酒拿回家，父亲不但没有高兴，没有夸他，还骂了他，打了他。父亲骂他是败家子，说像他们这样的人家，怎么喝得起这么贵的酒呢！父亲拎着他的脖领，把他拉到母亲跟前。他的手冻麻了，又心慌害怕，抱在胸前的酒瓶掉在了地上。他赶紧扑倒在地，哭着想把酒瓶抱住，可酒瓶已经碎了，一块玻璃碴子扎进了他的手背，鲜血立即流了出来。夜里，他在睡梦中疼得哭醒时，发现自己被坐着的父亲紧紧搂在怀里。父亲一手托着他受伤的手，一边亲他的脸。父亲哭了。他知道了父亲的眼泪是咸的。

我在志明的散文集里读出了两个字：感恩。他对父母感恩，对妻子感恩，对老师感恩，对同学感恩，对同事感恩，对山川感恩，对土地感恩，对一草一木，包括自己所受的苦难，都怀有感恩之心。志明的散文集分为多辑，果然，第一辑就是感恩篇。依次是感情篇、感物篇、感言篇、感事篇、感人篇。不管志明写什么，都是有感而发，篇章里都有感恩的意思。可以毫不牵强地说，感恩之情贯穿在志明散文集的始终。

一个常怀感恩之心的人，他的心必是一颗敏感的心，真诚的心，善良的心，悲悯的心，忏悔的心，知恩必报的心。读志明的散文，我突然悟出来，人类的感恩之心，原来是世间一切文章的文心啊！

情感之美

在神华集团乌达煤业公司庆祝建矿五十周年之际,作家出版社出版了乌达职工的两卷本文学作品集《地火》。这两本作品集包括小说、散文、诗歌、报告文学等各种文学体裁,是从乌达职工几十年的创作积累中精选出来的。作品集内容丰富,情感饱满,格调高昂,堪称厚重。从中既可以看到乌达煤矿的发展轨迹,也可以看到乌达职工的心灵轨迹;既展现了乌达人坚毅旷达的美好风采,又闪耀着乌达矿工百折不挠、奋发向上的精神之光。它雄辩地表明,乌达不但出煤炭产品,也出文学作品;乌达不仅在物质上为国家作出了贡献,在精神建设上同样作出了贡献。

全国煤炭系统一直比较注重文化工作和精神文明建设, 从文化机构、文艺团体、文学刊物、文艺人才,和在国内外产生广泛影响的文艺作品来看,与其他行业相比都不逊色。煤炭部门的领导习惯把文艺作品和煤矿建设相比喻,每建成一块文艺阵地,或每创作出一部优秀的文艺作品,他们往往会说不亚于建成一座年产多少多少万吨的煤矿。干煤矿的愿意拿煤矿说事儿,这样的比喻可以理解。可多少年来,我对这样的比喻一直有一点不同的看法。煤矿是物质层面的东西,文艺作品是在此基础上产生的精神层面的东西,二者不可互相代替。一位诺贝尔文学奖获得者曾经说过:“人类的一切活动都是为了写进书中。”从这个意义上说,我们建设煤矿,最终也是为了把建设过程写进书中。建设煤矿,是为了采取能源,是为了生存。把煤矿写进书中,煤矿就成了存在,永久性的存在。比如我国的许多著名建筑消失了,因为它们被写进了书中,便成为永久性的文明成果。可以肯定地说，乌达煤矿的煤总有一天会被采完，可乌达职工所创作的《地火》，却有可能留存下来，并有可能流传下去。

我和乌达的作者多有交往，和有的作者是多年来的朋友。我知道，他们都是利用业余时间进行写作。他们的工作都是那么繁忙，干吗还要抽出时间写作呢？这除了出于他们对写作的热爱，更重要的是，他们有感情要表达，他们需要给自己的感情倾诉找到一个出口。人类是有感情的动物。人类不仅要生存，要繁衍，还要进行感情上的表达和交流。情感，是一切文化和艺术产生的源头。情感之美，是艺术之美的核心。正是在情感的推动下，乌达的作者们才忙里抽闲，写出一篇又一篇感人至深的作品。温治学在《我为什么写矿工》一篇文章里曾经写道："我作为一个把经历与命运和煤矿紧紧拴在一起的人，无法不强烈地感受到矿工们所遭受的种种困难以及他们独特的承受方式。我的良心时时受到撕扯，心理总也不能平衡。我必须找到一种情感宣泄的方式。于是我拿起了笔。"有感而发，因情而动，这就使得充沛的情感始终贯注在乌达职工的整部作品集当中。我去乌达看过黄河，滔滔黄河之水曾在我心中掀起阵阵波澜。这次捧读乌达朋友们的作品，不知为什么，我老是想起流经那里的黄河。我想，情感之美带给我的冲击与自然之美给我的冲击是不是有着同样的道理呢！

从这些作品里，我还读到了作者们对人生的思考，对生命意义的探寻。文学作品首先是情感的载体，但文学作品同时又是理性的果实。我们有丰富的情感积累还不够，还要用我们的思想对情感加以整理，使情感得到升华，并具有超越性的意义。有位哲学家说过，未经思考的人生不值得一过。所谓对人生的思考，就是人类的心灵生活。表现在作品里，就是情感和故事背后的东西，也就是作品的思想性。一篇作品的高下，往往体现在作者的思考是否深刻和独特上。我们时代的一个特点是，人们普遍沉湎于功利性的外在生活，很少有人注重内在的心灵生活。而乌达的作者们通过写作和思考，找到了自己的内心，更加珍惜自己的生命体验和感受，更注重丰富自己的内心生活，并因此获得了自信和宁静。

乌达煤业公司活跃着一支互相尊重、彼此欣赏的创作群体，有着良好的创作氛围。他们的创作代表乌达人的精神高度，对振奋乌达人的精神已经发挥和正在发挥着不可替代的作用。乌者，煤也；达者，兼济天下也！愿乌达精神结出更加丰硕的成果。

后 记

这些年，除了写小说，我还写了一些散文。我写的散文多发在《文汇报》的副刊上，平均每年都有三四篇。文章是一篇一篇攒起来的。单年度看，我写散文并不多。时间一长，攒起来看就不算少。我出的小说集多一些，迄今已有三十多本。而散文集只有薄薄的一本，排版、装帧、校对也不尽人意。我一直在想，什么时候再出一本散文集就好了。

我写了怀念母亲的散文，想拿给姐姐、妹妹和弟弟看。如果把单篇文章寄给他们，显得我过于着急，他们看完后也不便于保存。要是出一本书收进这样的散文就好了，他们看完可以保存下来，并可以介绍给他们的孩子看。

应文学杂志之约，我写了一些创作谈。这些创作谈涉及到写作经历、创作态度，以及想象力、细节、语言等诸多方面。有一次，一位研究我小说的在校研究生跟我要创作谈之类的文章，我只好翻出杂志，把此类文章各复印一份寄给他。倘是有一本书，收有此类文章，我只需寄他一本书就行了。

由于长期做煤矿作家协会的组织工作，我还为作家朋友们的书写了不少序言，加起来恐怕有几十篇。我敢说，我写每一篇序言都很认真，从不敢有半点敷衍。有朋友对我说：你应该把你所写的序言出一本书。我说出书当然好，可谁给我出呢？

我知道百花文艺出版社对散文比较重视，他们出的散文集也多一些。抱着试一试的想法，我给董兆林先生写了一封信，把想出一本散文集的愿望说了出来。说来我跟兆林是老朋友了，他在《小说月报》当副主编时，选了我不少小说。后来他到《散文》杂志当主编，我们仍保持着联系。现在打电话很方便，但我没有给兆林打电话，而是给他写了一封信。我觉得写信显得郑重一些，在时间上也可以给朋友留一些考虑的余地。

兆林接到我的信，似乎没有等多久，就给了我答复。于是，就有了这本散文集的面世。

看别人书后面的后记，除了记述出书的缘起，还要说一些感谢的话。我想，感谢的话我就不说了，还是存在心里吧。

刘庆邦

2010年7月28日于北京和平里